그래도 그는
되살아난다

고도리 시키 장편소설
김진환 옮김

그래도 그는 되살아난다

차례

Chapter 0

그리고 과거로 되돌아오다

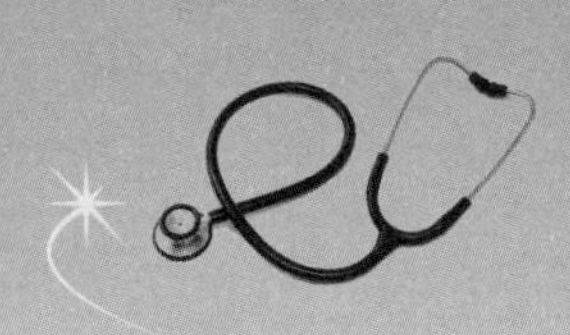

그토록 기다렸던 수술에서 환자는 허무하게 죽어버렸다.

수술실 안을 무영등의 하얀 불빛이 비췄다. 수술대에 누운 환자 주위로는 연녹색의 멸균 가운과 마스크를 착용한 의사들과 간호사들이 멍하니 서 있을 뿐이었다.

쥐 죽은 듯이 조용한 공간에서 환자에게 부착한 모니터의 알람음만이 들려왔다. 수술실에 비치된 모니터에는 체온과 심박수, 심전도 파형이 표시되고 있었다. 심전도 파형은 플랫— 다시 말해, 조금의 심장 박동도 검출되지 않는다는 의미였다.

"…대광반사(對光反射)의 소실을 확인했습니다."

환자의 얼굴을 들여다본 마취과 의사가 쥐어짜 내듯 말했다. 동공의 확대와 대광반사의 소실. 불가역적인 심정지 및 호흡 정지. 죽음의 세 가지 징조가 확인되면서 사망 선고가 내려진다.

"11월 27일, 오전 열 시 38분……. 미나토 하루카 씨, 임종하셨습니다."

수술대에 누운 환자 위로 덮인 멸균포가 천천히 치워지면서 환자의 모습이 드러났다.

젊은 여성이었다. 아직 소녀라고 불러도 될 만한 나이였다. 고등학교도 졸업하지 못한 채 미래를 잃은 그녀의 모습은 한 폭의 그림처럼 덧없었다. 모두 꼼짝도 하지 않았다. 그런데 갑자기 잔잔한 수면 같은 정적이 깨지고 말았다.

"야, 수련의, 어디 가?"

지도 전문의의 노성이 날아들었다. 나는 그 목소리를 무시한 채 천천히 수술실 출구로 향했다.

"시바!"

동료가 내 이름을 부르는 소리가 들렸지만 대답하지 않았다. 그럴 여유는 없었으니까.

'…아직 안 끝났어.'

그렇다. 아직 끝난 건 아니다.

이 수술실에 선 사람들에게 환자의 사망은 청천벽력과 도 같을 것이다. 그러나 난 이미 예상하고 있었다.

아니, 예상했다는 표현은 잘못됐을지도 모른다. 난 이렇게 되리라는 걸 **알고 있었다.**

몇 번이고, 몇 번이고 내 눈으로 직접 봤기 때문이다.

나선처럼 되돌아와 반복되는 시간 속에서, 나는 환자가 죽는 장면을 셀 수 없을 만큼 지켜봐 왔다.

'또 살리지 못했어.'

이를 악물었다. 손톱이 파고들 만큼 주먹을 말아 쥐었다. 이 고통을 가슴에 새기며 절대 잊지 않으리라 다짐했다.

이런 일을 얼마나 더 반복해야 하는 걸까? 기약 없이, 보이지 않는 끝을 향해 계속 걷다 보면 마음이 꺾일 것만 같았다.

하지만.

너를 살리기 위해서, 나는…….

'…기다려, 하루카.'

같은 시간이 몇 번이나 반복되어도 의사는 환자를 살려야 한다.

그렇게 해서 나는 또 한 번 과거로 되돌아왔다.

아직 한 번도 보지 못한 미래에 도달하기 위해서.

Chapter 1

쉽게 말해, 의사는 못할 짓이다

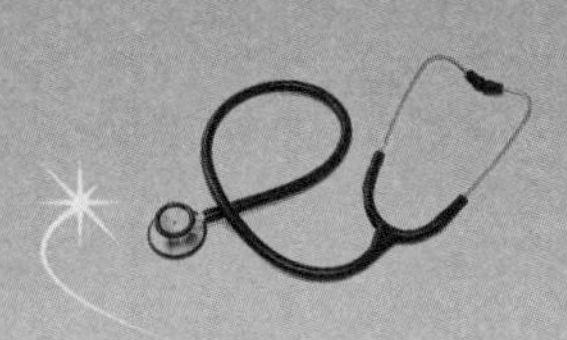

"의사란 거, 참 뭐 같지 않냐?"

심야 시간의 너스 스테이션에서 의자에 몸을 기댄 채, 나는 진절머리를 내며 고개를 절레절레 흔들었다.

캄캄한 병동에서도 전자 차트 입력용 PC 화면은 형형히 빛나고 있었다. 나는 환자의 차트를 적으면서 계속 구시렁거렸다.

"뭐 이런 직업이 다 있지? 수지가 너무 안 맞잖아. 의사는 부자에 성공한 인생이라는 소릴 대체 누가 지껄인 거야? 근로 감독관도 학을 떼고 도망칠 만큼 열악한 노동환경에 야근 수당도 안 나오고. 낮에 일하고 당직 서면서 하룻밤을 꼴딱 새고서도 다음 날 또 밤늦게까지 병원에 있으라잖아. 내 지난달 야근 시간이 얼마나 되는 줄 알아? 과로사 평균 수준의 두 배는 일했더라니까?"

취침 시간을 넘긴 지 오래되었기에 주변은 조용했다. 우리가 키보드를 두드리는 소리만 울리고 있었다.

"이제 퇴근 좀 하나 했더니만, 멍청한 간호사가 원내 전화로 약 좀 받아 오라고 하는 거야. 그 자식들, 수련의가 무슨 심부름꾼 같은 건 줄 아나……."

"시바, 시끄러워."

옆에 앉은 여자 동기가 고개를 돌리며 날 노려보았다. 긴 머리카락을 뒤로 대충 묶은 그녀의 이름은 아사히나 쿄코다. 가뜩이나 사나워 보이는 눈매가 피로와 수면 부족으로 인한 다크서클 탓인지 칼날처럼 날카롭게 빛났다. 이 친구가 소아과에서 연수를 받을 때, 얼굴이 너무 무섭다며 아이들이 울음을 터뜨린 건 수련의 사이에서 자주 언급되는 농담거리였다. 하지만 본인 앞에서 말했다간 화를 낼 게 뻔하기에 늘 조심하고 있었다.

"투덜댈 시간에 일이나 빨리 끝내. 몇 분이라도 더 자고 싶으면."

"애초에 아침 여섯 시부터 지금까지 일하는 상황 자체

가 이상한 거라고.”

나는 머리를 박박 긁었다. 빨리 집에 돌아가서 씻고 싶었지만 오늘 중에 끝내야 하는 일이 아직 산더미처럼 남아 있었다.

“심장외과가 힘들다는 얘긴 들었는데, 이건 뭐 사람을 재워주질 않으니…….”

“좋잖아. 많이 배울 수도 있고.”

“그런 네 노예근성이 존경스러울 따름이야.”

“한 번 더 말해볼래?”

“아무 말도 안 했는데.”

일본의 의사는 의사 면허를 취득한 뒤에 내과와 외과를 비롯한 다양한 진료과를 돌아가며 현장에서 수련하게 된다. 이 과정이 흔히 말하는 ‘수련의’ 기간이다. 나는 올봄에 도쿄에 있는 모 대학 의학부를 졸업하고 이렇게 수련의로 일하고 있다.

“애초에 너 외과 지망 아니었어? 그럼 외과 쪽 돌 때만큼은 성실하게 좀 해봐.”

“난 피부과나 성형외과 지망이거든. 그리고 장래엔 악덕 성형의가 돼서 자유 진료로 떼돈을 벌 거다.”

아사히나는 눈썹을 찡그리며 노골적으로 싫은 티를 냈다.

"성형외과나 자유 진료를 비난할 생각은 없는데. 그런 식으로 돈을 위해 의사 면허를 악용하려는 네 자세, 진짜 혐오스러워."

"이용할 수 있는 걸 이용하는 게 뭐가 나쁜데? 난 돈만 벌 수 있으면 '수소수로 목욕하면 암이 낫습니다.' 같은 헛소리도 얼마든지 지껄일 수 있어."

"넌 대체 왜 의사가 된 거야?"

"그야 당연히 돈 때문이지. 그리고 유명해져서 좋은 대우를 받고 싶은 것도 있고."

나는 아사히나를 손가락으로 딱 가리켰다.

"우리나라 의사들이 이상한 거라니까. 다들 환자를 살리기 위해서, 의학 발전을 위해서 자신을 희생시키는 걸 미덕으로 여기잖아. 그러니까 병원 경영자들이 '얘네들은 공짜로 일해주니까 최대한 마구 부려 먹어도 되겠지?' 하고 얕보는 거라고. 우리도 노동자인데, 자기한테 가장 유리한 환경에서 일하려고 하는 게 뭐가 문제야?"

난 의자에 깊이 기대앉았다. 그리고 소등된 천장을 올려다보며 내뱉듯 말했다.

"이런 환경에서 평생 일하는 건 바보짓이야. 난 반드시 성공한 인생을 가질 거라고."

그렇게 말하자마자 의사 가운의 가슴 주머니에서 원내 전화인 PHS*가 띠리리리, 하고 울리는 소리가 들렸다. 혀를 차고 싶은 기분을 간신히 억누르며 화면을 확인했다. 발신자는 병동 간호사였다.

"네, 시바입니다."

"아, 선생님? 환자분이 배가 아프시다는데, 진찰 좀 부탁드려요."

"아니, 지금 시간이면 당직의 담당일 텐데……."

"그럼 나중에 다시 걸게요."

간호사는 대답을 기다리지도 않고 통화를 끊었다. 옆에 앉은 아사히나가 말했다.

"힘내라."

"…다녀올게."

난 느릿하게 의사 가운을 다시 걸치고 자리에서 일어났다. 병동의 밤은 깊어지고 있었다.

결국 그날은 일이 너무 늦게 끝나버려서 집에 가지 못하고 병원에서 밤을 지새웠다. 최근에 일이 너무 바빠서

* 기지국 출력이 약해 제한된 환경에서만 사용할 수 있는 휴대 전화.

며칠에 한 번꼴로만 집에 들어가는 실정이었다.

수련의가 다양한 진료과를 교대로 돌며 의료 기술을 익힌다는 건 앞서 설명한 대로다. 내가 지금 와 있는 곳은 심혈관 외과, 즉 심장과 온몸에 뻗은 혈관의 치료를 전문으로 하는 외과다.

의사란 직업은 크게 나누어 외과 계열과 외과를 제외한 나머지 계열의 두 종류로 구분된다. 직접 수술을 하느냐 아니냐의 차이라고 할 수도 있다. 왜냐하면 수술이란 기구의 사용법부터 수술 전후의 환자 관리에 이르기까지 독특한 노하우가 필요하며, 그것을 습득하는 일에 집중하느냐 내과적 진단학이나 연구 등 다른 분야에 주력하느냐에 따라 의사로서의 길이 전혀 달라지기 때문이다.

이건 내 지론이지만, 외과 의사는 **장인**적인 측면이 강하다. 수술실 현장에서 선배 의사의 방식을 보고 배우며 수술의 순서와 요령을 몸으로 익히는 건 필기시험에서 높은 점수를 따는 것과는 전혀 다른 영역이다. 굳이 예를 들자면 가부키 배우나 초밥 장인의 '도제 교육'에 가깝다고 해야 할 것 같다.

외과 의사 중에 신경질적인 장인 성향의 인간이 많은 건 그런 사정 때문일지도 모른다. 심장외과 부장인 칸자키 타케오미는 그야말로 전통적인 외과 의사라고 할 수 있는 남자였다.

"견인기 잡아."

"알겠습니다."

수술이 시작된 지 한 시간이 지났다. 눈앞에는 인공심폐기를 부착한 채 이미 기능이 정지된 심장이 있었다. 나는 박동이 멈춘 심장 표면의 혈관을 바라보면서 수술을 서포트하는 중이다.

견인기는 갈고리처럼 생긴 수술 기구로 주로 근육이나 장기에 걸어 견인하는 용도로 쓰인다. 나는 그 견인기를 사용해 '술야(術野)*', 즉 수술 부위를 잘 보이게 하는 역할을 맡고 있었지만…….

"아니야, 너무 잡아당겼어. 조직이 찢어지겠다."

"아, 죄송합니다."

답답한 수술복으로 몸을 감싼 채 나는 고개를 꾸벅꾸벅 숙였다. 앞에 선 집도의 칸자키는 대꾸도 하지 않고 묵묵히 손을 계속 움직였다. 한 마디 정도는 해줘도 되지 않냐고 내심 발끈했지만, 직속 상사에 해당하는 사람에게

* 수술하는 신체 부위가 보이도록 시야를 확보하는 일.

불평을 늘어놓을 수도 없는 노릇이라 잠자코 칸자키의 지시대로 수술을 도왔다.

칸자키 타케오미는 이 병원에서 심장외과 부장 자리에 앉은 남자로, 나이는 대충 40대 중반에 접어들었을 것이다. 외과 의사의 기량이 가장 출중해지는 시기다.

마른 체구는 잘 단련된 권투 선수처럼 단단했고 군살이라곤 없었다. 각진 얼굴에 움푹 들어간 눈구멍 안에서는 도마뱀처럼 번득이는 눈알이 힐끔힐끔 움직였다.

"시바. 이 혈관의 명칭을 말해봐."

"네? 어… 모르겠습니다."

갑작스러운 질문이었다. 난 얼버무리듯 실실 웃었다. 칸자키는 콧방귀를 뀌며 말없이 다시 수술에 집중했다. 내심 실수했다는 생각에 어깨가 축 늘어졌다.

이 칸자키라는 남자는 전국적으로도 명의로 이름난 인물이었고, 심혈관 외과 의사 중에서 관상동맥 우회술(CABG)의 전문가인 '칸자키 타케오미'라는 이름을 모르는 사람이 없다고 한다. 듣기로는 하바토 대학 의학부 부속병원의 교수로 취임해 달라는 제안도 받았는데, 수술에 전념할 수 있는 환경이 아니라는 이유로 거절했단다. 대학병원 교수가 되기 위해 몸을 갈아가며 일하는 의사들도 많은데, 참 아까운 이야기다.

'하지만…. 그런 게 우리랑 무슨 상관이겠어.'

솔직히 말해서 수련의 사이에서 칸자키에 대한 평판은 최악에 가까웠다. 가면 같은 얼굴은 무슨 생각을 하는지 짐작하기 어려워서 섬뜩했으며 수련의를 지도하는 일에도 큰 관심이 없는 사람이었다. 가끔 입을 열었다 하면 주의를 주거나 지적하는 말만 해대는데 기가 죽지 않을 리 없다. 동기인 여자 수련의가 '그 인간, 의사만 아니었어도 결혼 못 했을걸.'이라고 험담을 늘어놓은 적이 있는데, 나도 전적으로 동의하는 바다.

내가 심장외과에 배속된 지 벌써 한 달이 넘었는데도 아직 칸자키와는 제대로 대화를 나눠본 기억이 없다. 무뚝뚝하고 친해지기 어려운 데다 지도 방식도 엄격하다 보니 나는 이 상사를 도저히 좋아할 수 없었다.

그리고 수술 중엔 특히 예민해지는 사람이라 조금이라도 마음에 안 드는 부분이 있으면 수련의를 수술실에서 내쫓았다. 칸자키와 함께 수술실에 들어가서 '나가'라는 말을 안 듣고 끝난 수련의가 있다면, 엄청나게 우수한 인재라는 이야기까지 있을 정도다.

난 술야 중인 수술 부위를 내려다보았다. 칸자키는 아

까부터 바쁘게 양손을 움직이고 있지만, 그런 동작이 무엇을 의미하는지 나는 전혀 몰랐다.

'수술을 잘하는지 못하는지, 그걸 수련의가 어떻게 알겠어…….'

의학 드라마 같은 데선 흔히 전설적인 기술을 가진 외과 의사가 수술하는 장면에서 동료 의사뿐 아니라 환자 가족 같은 일반인들까지 '이렇게 엄청난 솜씨라니…!' 같은 대사와 함께 감탄하는 장면이 나오는데, 내가 보기엔 다 말도 안 되는 소리다. 수술을 잘하느냐 못하느냐를 판단하려면 보는 사람에게도 그만한 경험이 필요하니까.

나처럼 갓 의사 면허를 따고 제대로 수술 구경도 못 해본 녀석이 칸자키의 수술을 본다고 해봐야 '혼자 살금살금 뭘 하고 있네.' 정도의 감상밖에 느껴지지 않는다. 언제쯤 끝나지? 졸린데……. 하고 하품을 참으며 수술 부위에 넘쳐흐른 피를 천천히 호스로 흡입했다.

그때 칸자키의 손이 딱 멈췄다. 난 고개를 들어 그를 바라보았다.

"시바."

"아, 네. 왜 그러십니까?"

"움직임이 둔해. 수술에 방해된다."

칸자키는 수술 장갑을 낀 손으로 수술실 문을 가리켰다.

"나가."

칸자키의 말을 이해하기까지 몇 초의 시간이 걸렸다. 잠시 뒤, 나는 살짝 고개를 끄덕이고 술야에서 손을 뗐다.

수술 장갑을 벗고 한발 먼저 수술실에서 나갈 준비를 하며 칸자키 쪽을 슬쩍 돌아보았다. 그는 아무렇지 않게 수술을 속행하고 있었다.

역시 난 이 아저씨가 진짜 싫다……. 마음속으로 투덜대며 수술실을 나왔다.

나는 올봄에 의사 면허를 취득하고 의사가 되었다. 그토록 꿈꾸던 의사가 됐으니까 이제 세계와 인류를 위해 공헌해야지— 같은 마음은 눈곱만큼도 없었고, 길고 편했던 학생 시절이 결국 끝나버렸다는 사실에 아쉬움만 가득할 뿐이었다. 하지만 막상 병원에서 일하기 시작하자 그런 감상에 젖을 여유는 금세 사라졌다.

의사라는 직업도 결국 서비스업이라 고객인 환자의 눈치를 보며 일할 수밖에 없다.

'링거 안 맞아! 통원도 안 할 거야! 지금 이 자리에서 당장 고쳐내!' 하고 떼를 쓰는 환자를 겨우 달래서 약을 먹이는 건 일상다반사였다. 금요일 밤에 만취 상태로 구급차에 실려 온 응급 외래 환자에게서 욕설과 토사물을 뒤집어쓴 횟수도 양손으로 다 셀 수 없을 정도다.

필연적으로 우리 의사들에겐 환자의 비위를 맞추는 것도 중요 업무일 수밖에 없었다. 회진을 돌다가 상대하기 까다로운 환자를 보러 갈 때는 무슨 말을 들어도 동요하지 않도록 마음을 단단히 먹고 병실 문을 두드려야 한다.

그날도 나는 딱 그런 상황에 놓여 있었다. 병동 창문을 통해 유난히 눈부신 아침 햇살이 내리쬐는 것과 반대로, 내 마음속에는 까만 먹구름이 끼어 있었다.

"아아……. 들어가기 싫다……."

한 병실 앞에 멈춰 섰다. 위가 쿡쿡 아파왔다. 나는 심호흡을 몇 번 거듭한 뒤에 비장의 영업용 미소를 입가에 장착하고서 병실 문을 열었다.

"하루카, 좋은 아침이야."

병실 안으로 싸늘한 가을바람이 불어닥치며 커튼이 살랑거렸다.

"으엑."

달가워하지 않는 목소리가 들렸다. 평소와 다를 게 없는 반응이었다. 널찍한 1인 병실에 커다란 침대 하나가 놓여 있고, 그 위로 한 소녀가 앉아 있었다.

꽤 예쁜 아이라고 할 수 있었다. 얇은 입술과 큰 눈은 남들 외모에 큰 관심이 없는 내게도 남다르게 느껴질 정도였고, 다른 입원 환자나 간호사들이 미인이라고 수군거리는 걸 들은 적도 있다. 큰 눈동자는 빨려 들어갈 것만 같은 짙은 색을 띠고 있어서 마치 다른 세상에서 온 것 같은 분위기를 풍겼다.

하지만 한편으로 굳게 다문 입과 짜증스럽게 찡그린 눈썹에서는 건방진 성격이 그대로 드러났다.

테이블 위에 놓인 대학 수험용 참고서만 봐도 알 수 있듯이 그녀는 올해 고3이었다. 헐렁한 적갈색 환자복을 입었고 왼손에 찬 종이 팔찌에는 '미나토 하루카'라는 이름이 적혀 있었다. 나는 최대한 밝은 목소리로 말을 건넸다.

"오늘 컨디션은 어때?"

"최악."

"어, 뭐 안 좋은 일이라도 있니?"

"아침부터 돌팔이 얼굴을 봤더니 토할 것 같아."

'이 자식이…….'

하루카와 처음 만난 건 몇 달 전이었고, 그동안 몇 번씩 입원과 퇴원을 반복했다. 난 담당의로서 그녀를 돌봐

왔지만, 아무래도 어지간히 미운털이 박혔는지 늘 이런 식이었다.

'적당히 좀 해라, 제발…….'

의사가 된 뒤로 다양한 환자들과 만났지만, 하루카는 그중에서도 압도적으로 까다로운 환자였다. 지금은 진찰하러 들어올 때마다 마음이 우울해질 정도였다.

하지만 상대는 고등학생이다. 지금은 어른스러운 모습을 보여줄 때였다. 나는 침착한 목소리로 말했다.

"심장 상태는 괜찮으려나? 박동 소리를 들어봐야 하니까 옷을 좀 올려줄 수 있겠니?"

"성희롱이잖아. 절대 싫어."

"아니, 이건 진찰이라고."

"변태. 나한테 손대면 바로 신고할 거야."

이 정도면 나도 화가 나서 마음의 여유 따윈 사라질 지경이었다. 그 뒤로도 계속 싫다고 소리치는 하루카를 겨우 달래가며 간신히 청진기를 댈 수 있었다. 아침마다 이런 식이다 보니, 이제 좀 익숙해질 때도 되지 않았냐는 생각에 마음속으로 한숨을 쉬었다.

"…음……."

"아니, 언제까지 그러고 있을 건데? 진짜로 신고—."

“가만있어.”

하루카는 불만을 얼굴 가득 드러냈지만, 그 뒤로는 얌전히 진찰을 받았다. 이럴 땐 또 은근히 말을 잘 듣는 걸 보면 아직 어리다는 게 실감 났다.

‘…심음(心音)은 정상이야. 다만……’

청진기를 가슴에서 복부 쪽으로 옮겼다. 배의 중심으로 청진기를 갖다 대자 정상적인 장잡음(腸雜音)에 섞여 물이 쏴아 하고 흐르는 듯한 이질적인 소리가 들렸다. 정상인의 배에선 들릴 리가 없는 이상 소견이었다.

‘복부 혈관 잡음……. 아직도 들리네.’

난 청진기를 의사 가운 주머니에 집어넣었다. 고개를 들자 하루카가 나를 빤히 바라보고 있었다.

“왜 그러니?”

“내 몸, 어때?”

나는 살짝 마른침을 삼켰다. 마음의 동요를 들키지 않기 위해 충분한 시간을 들여서 할 말을 생각해 냈다.

“괜찮아. 수술까지 얼마 안 남았잖아. 서로 힘내자.”

괜찮긴 무슨……. 마음속으로 자조적인 코웃음을 쳤다. 하지만 어쩔 수 없는 일이다.

이 아이에게 지워진 운명은 어린 나이에 감당하기엔

너무 무겁다. 주변 어른들이나마 아무렇지 않은 척 대해 주는 게 맞을 것이다. 하루카가 어디에 내놔도 부끄럽지 않을 영업용 미소를 머금은 나를 슬쩍 바라보았다.

"돌팔이. 잠깐만 이리 가까이 와봐."

"어, 왜 그러—."

"에잇!"

하루카가 아침 식사의 후식으로 나온 귤을 내 눈가에 대고 쥐어짜서 즙을 튀겼다. 과즙이 안구 결막에 퍼지면서 엄청난 고통에 비명을 지르고 말았다.

"으아아아, 진짜 따가워! 따가워 죽겠네!"

"아하하하!"

하루카가 깔깔 웃어댔다. 이 자식, 언젠가 이 고통을 꼭 되갚아 줄 거라고 소리치고 싶었지만, 일단은 눈부터 씻어내야 했기에 나는 비틀거리며 몸을 돌렸다.

"…흥."

병실에서 나오기 직전, 하루카는 나를 잠시 노려보다가 고개를 홱 돌렸다. 왠지 모르게 근심에 잠긴 듯한 얼굴이었지만, 눈이 너무 아팠던 나는 재빨리 병실을 뒤로했다.

일정 규모 이상의 병원에서는 야간에도 외래를 개방해

서 환자를 진찰한다. 병이라는 건 언제 찾아올지 모르기 문이다. 게다가 중병이나 급병일수록 꼭 병원 문이 닫힌 늦은 밤에 증상이 악화되기도 한다.

그런 응급 환자에 대응하기 위해 개설된 24시간 접수 체제가 바로 '응급 외래'였다. 내가 근무하는 하바토 대학 의료 센터에서도 워크인*부터 핫라인**까지 폭넓게 진찰 가능한 응급 외래를 열어두고 있었다.

전에 대학 동아리 친구들에게 이 이야기를 해주자, 그들은 경외 섞인 시선으로 나를 바라보았다.

"대단하네. 시바도 제대로 일하고 있구나."

"핫라인이 그거지? 심장마비나 교통사고 같은 걸로 오는 환자 아냐? 엄청 힘들겠네."

"멋지다."

한 마디씩 찬사를 건네는 친구들을 보고 나는 어이가 없어져서 이렇게 말했다.

"뭐? 너네 바보냐?"

분명 응급 외래에선 우리 수련의도 진찰을 맡는다. 아

* 도보 내원 환자.

** 초긴급 병례.

니, 야간 진찰은 만성적인 인력 부족에 시달리기 때문에 수련의라도 돕지 않으면 운영이 불가능한 실정이었다.

하지만 응급 외래의 핵심— 생명의 위기에 처한 중증 병례에 대응하는 건 경험이 풍부한 전문의들이다. 생각해 보면 당연한 이야기인데, 만약 우리 같은 신참을 최전선에 내보낸다면…….

전문의 「야, 시바! 삽관한다! 튜브 준비해!」

나 「네? 그게 어딨는데요?」

간호사 「시바 선생님! 심장 마사지 하는 위치가 잘못됐어요!」

나 「진짜요? 죄송합니다.」

환자 「윽」 (심폐 정지)

…이런 상황이 벌어질 수밖에 없다. 의료 소송이 끊일 날이 없을 것이다. 우리 같은 수련의가 보는 건 훨씬 가벼운 병례다.

그날도 나는 응급실 구석에 쪼그려 앉아 한 환자와 마주하고 있었다.

"야! 거기 너, 이 자식아! 뭘 그렇게 꼬라봐? 어어?!"

술 냄새를 풀풀 풍기면서 응급실 침대에 누운 남자가

침을 튀기며 소리쳤다. 나는 얼굴로 밀려드는 알코올 냄새를 견디며 남자의 팔을 더듬었다. 이상한 짓을 하려는 게 아니라, 링거 바늘을 꽂을 혈관을 찾는 것이다.

"네, 잠깐 따끔하실 겁니다~."

"따끔? 뭔 소리야?"

지금이 무슨 상황인지도 모르는 듯한 주정뱅이 아저씨를 흘겨보면서 나는 링거 바늘을 힘껏 찔러 넣었다.

"아… 압파아아아!"

아저씨의 비명이 응급실 전체에 울려 퍼졌다.

"움직이지 마세요."

나는 그렇게 말하며 바늘을 더 깊숙이 넣어 혈관 안에 고정했다. 응급실에는 이렇게 인사불성이 된 취객이 꼭 한 번씩 실려 온다. 자기 이름도 말하지 못할 만큼 취해 있기도 하고 의료진에게 폭력을 휘두르는 경우도 있기에 병원 측에선 달갑지 않은 환자였다. 하지만 구급대원이 '다른 병원에서 벌써 다섯 번이나 거절당했습니다…….' 하고 매달리는데 매몰차게 내쫓을 수도 없는 노릇이다.

"아니, 이기지도 못할 술을 왜 이렇게 마셔대는 거야."

나는 머리를 마구 긁적이며 조용히 투덜댔다.

"그럼 링거 들어갑니다. 구토 억제제도 들어가 있고요,

술이 좀 깨시면 그때 이야기를 들어보는 걸로—."

"…우웁."

아저씨의 얼굴에서 핏기가 싹 가셨다. 이상한 기운을 감지한 내가 다급히 비닐봉지를 내밀었지만…….

"우웩! 우억! 그웨에에에에엑!"

늦고 말았다. 토사물이 응급실 바닥에 좌르르르 쏟아지는 소리에 기분이 우울해졌다. 게다가 최악인 건 그 토사물의 일부가 내 의사 가운에까지 튀었다는 점이다.

도저히 혼자서는 치우기 힘들 것 같아 간호사에게 도움을 요청했더니 되레 내가 혼나고 말았다.

"아니, 바로 앞에 있으면서 토하는 것 하나 못 받아내시면 어떡해요! 제가 이런 거 청소하는 사람이에요?!"

억울한 마음을 억누르며 몇 분 동안 토사물을 청소하고 평화롭게 코까지 고는 취객 환자를 원망스레 노려보았다. 그리고 잠깐이라도 눈을 붙이려고 의사 가운을 벗으며 기지개를 켰다. 하지만 그때 마치 기다렸다는 듯이 너스 스테이션의 간호사가 나를 불렀다.

"선생님. 지금 외래가 너무 붐벼서 간호사들이 여유가 없어서 그러는데, 채혈 좀 도와주시겠어요?"

말도 안 돼……. 하마터면 그 자리에 주저앉을 뻔했다.

나는 조금 머뭇거리며 말을 꺼냈다.

"저기, 채혈을 도와드릴 수는 있는데, 그럼 한 분만 옆에서 지원해 주시면 안 될까요? 혼자 하려면 시간이 오래 걸리니까요."

"어……."

간호사는 전자 차트에서 눈을 떼고 나를 올려다보더니 노골적으로 짜증스럽게 얼굴을 찡그렸다.

"지금은 간호사들이 다들 바빠서 안 돼요."

나는 너스 스테이션 안쪽의 휴게실을 슬쩍 돌아보았다. 몇 명의 간호사들이 소파에 앉아 쿠키를 집어 먹으며 담소를 나누는 모습이 보였다.

"저분들은요?"

"지금 휴식 시간이라 도와드릴 수 없어요."

간호사는 단호히 말했다.

"선생님도 이제 여기서 일한 지 반년은 지났잖아요? 채혈 정도는 혼자서 할 수 있으셔야죠."

간호사는 이제 더 할 말이 없다는 듯 가라는 손짓을 했다. 나는 어깨를 축 늘어뜨리며 채혈 준비를 시작했다.

간신히 채혈을 끝내고 차트도 작성하고 나서, 이번엔

꼭 눈을 붙여야겠다는 마음으로 씩씩거리며 너스 스테이션을 벗어났다. 하지만 응급실 출입구를 빠져나오려는 순간, 근처에서 성난 목소리가 메아리쳤다.

"지금 장난해?! 당신, 사람을 뭐로 보고 이러는 거야?!"

돌아보자 너스 스테이션 앞에서 중년 남자가 얼굴이 새빨개질 만큼 화를 내고 있었다. 남자 앞에는 의사 가운을 입은 여자가 불쾌한 표정으로 서 있었다.

'아사히나……. 저기서 뭐 하는 거야?'

나와 함께 오늘 밤 당직을 맡은 아사히나였다. 가뜩이나 살벌한 눈매가 수면 부족과 짜증 덕분에 거의 살인마처럼 무서워졌다. 아사히나는 말없이 중년 남자를 올려다볼 뿐이었지만, 남자는 그게 더 거슬렸는지 목소리를 높였다.

"그놈의 검사, 검사 하면서 시간만 잡아먹고 말이야! 그렇게나 했으면서 이젠 그냥 집에 가라고? 이런 노인네 돌보는 게 얼마나 힘든 일인지 알아?!"

중년 남자 옆에서 휠체어에 앉은 노인이 보였다. 얼굴이 은근히 닮았으니 남자의 아버지일 것이다. 이마에 거즈를 붙인 걸 보면 집안에서 비틀거리다 넘어지면서 이마에 타박상을 입고 가족과 함께 응급실에 찾아온 것 같다.

이런 경우는 아주 흔했다.

아사히나가 감정을 억누르고 낮은 목소리로 말했다.

"그러니까, 몇 번이나 설명해 드렸잖아요. 두부 CT에서도 이렇다 할 문제는 보이지 않았고 진찰 결과도 이상 없었습니다. 집에 돌아가셔서 경과를 지켜보시죠."

"그럼 그냥 집에 갔다가 무슨 일이라도 생기면 당신들이 책임질 거야?! 아무 문제도 없을 거라는 걸 보장할 수 있냐고!"

"그건 모르는 거죠. 시간이 지난 뒤에 증상이 나타나는 경우도 있으니까요, 그때는 다시 병원에 오셔서—."

"그럼 입원시키면 될 거 아니냐고!"

남자가 침을 튀겨가며 소리쳤다. 무슨 일인가 하고 주위로 병원 직원들이 몰려들었다.

"요새 노망이 났나 싶더니 계단에서 굴러서 머리까지 부딪쳤다고 하니까, 난 아주 미칠 것 같다고! 내가 집에서 노는 사람도 아니고 언제까지 이 노인네 뒤치닥거리만 해야 하는데!"

흠, 대충 짐작이 간다. 요새 고령화가 심각해지면서 병간호 문제로 고민하는 가정이 많다. 그런 사람들이 병원에 오면 '한동안 입원시켜서 맡겨둘 수는 없냐' 하고 부탁할 때가 있었다. 숏 스테이*나 요양원 등의 병간호 서비스는 비쌀뿐더러 순서를 기다려야 하는 경우가 많아서 들어가기 쉽지 않았다.

아무리 부모라도 치매가 심해져 가정 내에서 폭력을 휘두르거나 거동이 불편해져 배설물을 치워야 하는 지경에 이르면 가족들이 힘들어하는 것도 무리는 아니었다.

하지만 이 정도로 완강하게 입원을 요구한다면 진상 고객으로 볼 수밖에 없다. 끼어들어야 할지 고민하는 내 앞에서 아사히나가 단호히 말했다.

"그건 가정사니까 병원에서 해결해 줄 수는 없죠. 입원 조건에 해당하지 않으면 입원시켜 드릴 수 없습니다."

그러면 안 되지……. 나는 머리를 감싸 쥐고 싶었다. 그런 식으로 말하면 환자는 더 화를 낼 뿐이다. 아무래도 이 아사히나라는 친구에겐 자기 의견이 옳은 것 같으면 거침없이 말해버리는 나쁜 습관이 있는 것 같다.

아니나 다를까, 중년 남자의 얼굴이 더욱 붉으락푸르락해지더니 날 선 목소리로 말했다.

"너, 인턴이지?"

* 단기 입소 생활 병간호 제도.

"…그럼 어쩌실 건데요."

"너 같은 말단이랑은 말이 안 통해! 원장 불러!"

"이런 새벽에 원장님은 안 계십니다."

"전화해서 깨우든가! 고객을 감히 이렇게 대우해?!"

아사히나는 남자의 말에 불쾌감을 숨기지도 않고 내뱉듯 말했다.

"애초에 그쪽이 집에서 제대로 돌보지 않았으니까 이런 일이 벌어진 것 아닌가요?"

"뭐가 어째?"

"차트를 봤는데, 비슷한 이유로 이 병원을 몇 번이나 찾아오셨더군요. 그쪽이 부모님을 제대로 돌보지 않으니까 이렇게 다쳐서 병원에 오게 된 거잖아요."

아, 이건 선을 좀 넘었는데…….

중년 남자는 경련을 일으키듯 눈을 치켜뜨더니 주먹을 쥐었다. 아사히나를 때리려는 것이다.

"아사히나!"

몸이 반사적으로 움직였다. 나는 아사히나를 감싸듯 두 사람 사이에 끼어들었고…….

"시바?!"

눈앞에서 별이 보였다. 남자의 주먹은 내 콧잔등에 훌

룽히 명중했고, 입안 가득 피 맛이 번졌다.

비명을 지르는 간호사들과 달려온 경비원들로 벌집 쑤신 듯 소란스러워지는 응급실에서, 나는 코를 움켜쥐며 조용히 그 자리를 벗어났다.

잠시 휴게실에서 코를 움켜쥐고 쉬다가, 지혈된 걸 확인하고 나서 응급실로 돌아왔다. 방금 전의 아비규환이 믿기지 않을 만큼 지금은 조용하기 그지없었다.

너스 스테이션 쪽으로 눈을 돌리자 아사히나가 전자차트에 무언가를 입력하는 게 보였다.

"좋은 아침."

아사히나가 나를 보며 무심하게 인사했다.

"너, 괜찮아?"

"네가 간 다음에 직원들이 제압해서 경찰에 신고해 줬어. 참 별일이 다 있지."

아사히나가 어깨를 으쓱거렸다.

"너한테도 문제는 있었어. 그런 식으로 거절하는데 화를 안 낼 사람이 어딨겠냐?"

내가 그렇게 지적하자 아사히나는 도저히 이해가 안 된다는 듯이 입을 꾹 다물었다.

한동안 아사히나가 전자 차트를 조작하는 소리만 들렸다. 그리고 잠시 지났을 때였다.

"너는 말이야."

"응?"

"자기가 다쳤으면서 나부터 걱정해 주는구나."

나는 눈을 끔뻑거렸다.

"뭐……. 그러고 보니 그러네."

코피야 가만히 놔두면 곧 멎는다. 그보다는 그렇게 흥분해서 폭력적으로 변한 환자에게 아사히나가 또 무슨 짓이라도 당했을까 봐 걱정됐던 것뿐이었다.

아사히나가 자리에서 일어나 자신의 옷깃을 쫙 폈다.

"이제 곧 아침 회진 시작이야. 가자."

"어, 벌써 시간이 그렇게 됐어?"

황급히 휴대폰 시계를 확인해 보니 곧 있으면 오전 일곱 시였다. 응급실 창문으로 내리쬐는 아침 햇살이 너스 스테이션을 비추었다. 나는 급하게 휴지로 코밑을 비벼서 들러붙은 피를 닦아냈다.

"어, 그러고 보니 내 의사 가운이 어디 갔지?"

주위를 두리번거리자 아사히나가 말없이 응급실 구석을 가리켰다.

내 의사 가운은 다른 의류에 섞여 쓰레기통에 처박혀 있었다. 뭔가 시큼하고 불쾌한 냄새가 풍겼다. 나는 만취 환자가 내 의사 가운에 대고 토했던 사실을 뒤늦게 떠올렸다. 토사물 범벅이 된 가운을 쓰레기통에 다시 넣으며, 나는 맥없이 한탄했다.

"…역시 의사는 참 뭐 같다니까."

하바토 대학 의료 센터는 도쿄 서쪽에 위치한 종합병원으로 휑뎅그렁하게 넓은 대지 안에 몇 개의 건물이 나란히 세워져 있다. 내가 지금 소속된 심혈관 외과 병동에서 아침 채혈은 수련의의 담당 업무였고, 나는 아침마다 채혈침이나 주사기 등이 가득 담긴 보따리를 산타클로스처럼 짊어지고 이 병실 저 병실을 돌아다녔다.

채혈을 위해 병실을 찾은 나를 맞아준 것은, 진심으로 싫어하는 표정으로 날 노려보는 하루카의 모습이었다. 하지만 아무리 채혈이 싫어도 바늘을 들고 혈관을 찾는 사람 옆에서 계속 불평을 해대면 정신이 사나워질 수밖에 없다.

"조금 따끔할 거야."

"당신이 채혈할 때 '조금 따끔한' 정도로 끝난 적이 있긴 해? 맨날 한 번에 제대로 못해서 푹, 푹 찔러대는 주제에. 완전 못 해."

"…자, 그럼 조금만 참아."

나는 피부 표면으로 희미하게 드러난 혈관을 향해 바늘을 찔렀다. 하루카는 노골적으로 얼굴을 찡그렸다.

"아, 아파! 아프다니까! 빨리 좀 끝내!"

"아니, 네 혈관이 워낙 가늘어서 말이야……."

"그 말밖에 할 줄 모르지? 아, 혈관이 부어오르나 봐!"

거참 시끄럽네…….

나는 옆에서 난리를 피우는 하루카를 무시하며 바늘을 깊숙이 넣었다. 주사기 끝에 빨간 혈액이 살짝 올라오는 걸 보고서야 가슴을 쓸어내렸다.

주사기를 당겨 혈액을 뽑아냈다. 곧 채혈을 끝내고 바늘을 뺐지만, 하루카는 삐친 것처럼 심기가 불편해 보였다.

"채혈은 왜 해?"

"네 몸을 위해서지."

"그럼 좀 더 잘 해봐. 안 아프게."

"채혈을 많이 해본 베테랑 간호사한테 부탁해 줄 수는 있는데."

"…싫어."

"그럼 내가 할 수밖에."

하루카는 나를 원망스럽게 바라보다가 고개를 홱 돌려버렸다. 그리고 창밖을 바라보며 불쑥 말했다.

"날씨 좋네."

나도 창 너머로 눈을 돌렸다. 따뜻한 햇볕이 아침의 병원을 눈부시게 비추고 있었다. 하루카의 병실에서는 병원 안뜰이 내다보였는데, 젊은 여성 몇 명이 나란히 걸어가고 있었다. 하얀 간호사 유니폼이 햇빛을 받아 반짝거렸다.

"맑은 날엔 화가 나."

"참 독특한 감성을 가졌구나."

24년을 살았지만 맑은 날씨에 분노를 느끼는 사람은 처음 봤다. 하루카는 부모를 죽인 원수라도 되는 듯이 하늘을 올려다보며 말했다.

"맑으면 밖에 나온 사람들이 많이 보이니까. 병실에 갇혀서 맛없는 병원식이나 먹고 정해진 시간마다 약을 먹어야 하는 건 나뿐이야."

나는 뭐라고 대꾸해야 할지 몰라서 가만히 하루카의 말을 듣고 있었다.

"내가 없어도 아무 지장 없다고 과시하는 것처럼 세상은 잘만 돌아가잖아. 그래서 맑은 날은 싫어. 즐겁게 걸어

다니는 사람들을 보는 게 짜증 나."

하루카가 하려는 말을 나도 어렴풋이 이해할 수 있을 것 같았다.

몸만 건강했다면 고등학교에 다니며 한창 청춘을 만끽할 나이였다. 당뇨병에 걸릴 것 같은 커다란 팬케이크를 친구들과 먹으러 가서 인스타그램에 사진을 올리고, 수험이나 장래 희망 문제로 고민하고, 같은 반의 조금 잘생긴 남자애와 친해지기도 하는 그런 평범한 생활을 말이다.

하지만 미나토 하루카에겐 그런 것이 허락되지 않았다. 병원에 갇혀 치료를 받아야만 하는 신세니까.

나는 슬쩍 병실 구석을 돌아보았다. 하루카가 처음 입원했을 때만 해도 반 친구들이 자주 병문안을 와서 과자나 꽃을 놓고 갔다고 하는데, 내가 담당의가 된 뒤로는 그런 광경을 전혀 보지 못했다.

소외감에 기분이 울적해지는 게 당연할 것이다. 나는 격려의 말을 건네려고 입을 열었지만 그보다 먼저 하루카가 말했다.

"돌팔이. 나, 밖에 나가고 싶어."

"…이 병원 안이라면 어디든 가도 돼. 간호사한테 제대로 말만 해줘."

"싫어. 병원 밖으로 나갈래."

"그건 좀……."

"미리 말해두는데, 안 된다고 해도 나갈 거거든?"

하루카는 주눅 들지도 않고 말했다. 왜 하필 나한테 이러나 싶어 머리를 감싸 쥐었다. 잠시 고민한 끝에 멋대로 빠져나가는 게 가장 곤란할 수 있다는 결론에 도달한 나는 한숨을 푹 내쉬었다.

"나도 따라갈게. 멀리는 못 가. 병원 근처까지만이야. 간호사한텐 비밀이고."

하루카의 얼굴이 확 밝아졌다. 침대에서 몸을 내밀더니 내 손을 덥석 잡았다.

"고마워, 돌팔이! 이제 보니 착한 사람이었네!"

하루카는 진심으로 기쁘게 웃었다. 나는 쓴웃음을 지어 보이며 제발 수간호사에게 들키지 않기만을 기도했다.

우리 의료 센터는 불면 날아갈 듯이 날림으로 지어진 낡은 병원이지만, 최근엔 경영진들도 드디어 문제점을 인식했는지 개축하는 쪽으로 방침을 세운 것 같았다. 곳곳에서 회색 낙하 방지망이 보였다. 공사가 진행되는 중이었다. 원래 공사 관계자 외에는 접근이 금지된 구역이라

나도 직접 와보는 건 처음이었다.

길을 꿰고 있다는 듯 성큼성큼 나아가는 하루카를 뒤따른 지 몇 분이 지났을 때, 나는 하루카에게 말을 건넸다.

"어디까지 가려고?"

"거의 다 왔으니까 투덜대지 말고 걸어."

어느새 공사 소음도 멀어진 듯했다. 우리가 걷고 있는 건 병원 대지 끄트머리의 높직한 언덕 같은 곳이었다. 군데군데 잡초가 우거져 있어서 오랫동안 사람 손이 닿지 않았다는 걸 쉽게 알 수 있었다.

길 양쪽에 자라난 단풍나무 숲에서 빨갛게 물든 단풍잎이 하늘하늘 떨어졌다. 나와 하루카는 진홍색 터널 속을 계속해서 나아갔다.

'이런 데가 다 있었네.'

병원에서 일한 지 벌써 반년이 다 되어가지만 이 근처에 와본 적은 없었다. 조금 더 걸어가자 낡은 돌계단이 나타났다. 조용히 계단을 오르며 이제 그만 돌아가자는 말을 언제 꺼낼지 고민하는데, 갑자기 걸음을 멈춘 하루카가 말했다.

"다 왔어."

나는 입을 쩍 벌렸다.

"…신사(神社)가 있네?"

내 키와 비슷한 작은 기둥문과 비좁은 원룸 정도 넓이의 본당이 보였다. 기둥문 양옆에는 돌로 만들어진 해태가 있었다. 마른 낙엽이 발밑에서 바스락거렸다.

"여기에 오고 싶었던 거야?"

"응. 가끔 밤중에 몰래 병원을 빠져나오면 여기로 와."

내 속이 쓰려올 만한 말을 아무렇지 않게 꺼낸 하루카는 아주 당연하다는 듯 본당의 미닫이문을 드르륵 열더니 신발을 벗고 안으로 들어갔다.

"야, 야. 그러다 혼나면 어쩌려고?"

"신관님한텐 허락받았거든?"

분명 거짓말일 테지만, 하루카는 이미 목조 바닥에 벌렁 드러누워서 "음~" 하며 기지개를 켜고 있었다.

"뭐 해, 돌팔이. 빨리 이리 와."

"아니, 난 괜찮은데……."

"회진 태도가 안 좋았다고 수간호사한테 이를 거야."

이 자식, 내 약점을 완벽하게 꿰고 있네……. 나는 떨떠름한 기분으로 본당 문지방에 걸터앉아 뒤로 드러누웠다.

"…시원하네."

그늘이라 그런지 마치 투명한 병의 밑바닥에 누운 것

처럼 맑고 시원한 공기가 폐 속으로 흘러 들어왔다. 옆에 누운 하루카는 멍하니 천장을 올려다보고 있었다. 낡은 건물 같지만, 거미줄 하나 없는 걸 보면 누군가가 열심히 관리하는 모양이다.

손목시계를 슬쩍 보니 오전 열 시가 조금 지나 있었다. 이런 시간에 편안히 누워 있는 건 한동안 경험하지 못했던 일이라, 어젯밤 당직의 피로가 한꺼번에 몰려들며 눈꺼풀이 무거워졌다.

'어쩌지, 졸리네…….'

머리가 급격히 멍해져 갔다. 나는 저항하지 못하고 눈을 감았다. 얼마나 그러고 있었을까? 하루카가 날 부르는 목소리에 눈이 떠졌다.

"돌팔이, 좋은 아침."

"…나, 잤어?"

"아주 푹 잘 자던데."

야단났다 싶어서 이마를 짚었다. 몸을 벌떡 일으키자 몸 구석구석 진흙처럼 들러붙었던 피로가 말끔히 사라진 게 느껴졌다. 푹 자면서 체력이 회복된 것 같다. 기분은 상쾌했지만, 내가 없는 사이 업무가 얼마나 많이 쌓였을지 생각하니 등줄기가 오싹해졌다.

"저기, 돌팔이."

"왜?"

"내 수술이 언제라고 했지?"

"다음 주야."

"안 받으면 어떻게 돼?"

하루카 쪽으로 고개를 돌리자 눈이 딱 마주쳤다. 하루카는 무표정하게 나를 빤히 쳐다보고 있었다. 고요한 위압감에 짓눌릴 것만 같았다.

"그런 건 왜 묻는데?"

"그냥 알고 싶어서."

애매하게 얼버무려서 답을 피할까 하는 생각도 들었다. 하지만 결국 난 솔직하게 대답하기로 했다. 지금 거짓말을 하면 하루카는 두 번 다시 날 의사로 인정해 주지 않을 거라는 묘한 확신이 섰기 때문이다.

"모르겠어."

나는 천천히 단어를 골라가며 말했다.

"너 같은 경우는 꽤 희귀하거든. 비슷한 병례를 수집하기가 어려워서, 회복될 확률과 죽을 확률이 각각 어느 정도라고 말해줄 수는 없어. 다만……. 가만히 놔두면 위험하다는 것만은 확실해."

"생명에 지장이 있다는 거야?"

"응. 만약 어쩌다 심장이 멈추기라도 하면 치명적이야."

하루카는 벌레라도 씹은 듯한 얼굴로 다시 천장을 올려다보기 시작했다.

"우리 엄마 아빠가……."

"응?"

"요새 유독 친절하셔. 예전엔 그만 좀 놀러 다녀라, 이제 곧 수험생인데 공부 좀 해라, 하면서 엄청나게 쪼아대서 진짜 답답했거든. 근데 이젠 뭐 갖고 싶은 건 없냐, 먹고 싶은 건 없냐, 하면서 아주 지극정성이 따로 없어."

"좋겠네. 그런 부모님이 어딨냐?"

"안 좋아. 우리 엄마는 반쯤 울먹이면서 '하루카한텐 아무 잘못도 없는데, 미안해.' 같은 소릴 하더라니까? 꼭 내가 곧 죽게 될 것처럼."

하루카의 입가가 일그러졌다.

"난 학교에서 배드민턴부였거든. 이래 봬도 꽤 잘 쳤어. 도대회에서 준우승할 만큼. 고등학교 졸업하기 전에 진심으로 전국 대회에 나가고 싶었어. 하지만 이 병에 걸린 뒤로는 도저히 그럴 수 없게 됐어."

최악이야, 하고 하루카가 작게 중얼거렸다.

"저기, 돌팔이."

"응?"

"여친 있어?"

나는 몇 초 동안 당황해서 굳어 있다가 하루카의 질문을 겨우 이해했다.

결론부터 말하자면, 지금 특별히 사귀는 사람은 없었다. 하지만 솔직히 고백하기가 부끄럽기도 했고, '와… 스물네 살이나 먹고 여친도 없어…?' 같은 반응을 보는 것도 싫어서 조금 장난스럽게 허세를 부려보기로 했다.

"아, 나야 여자들이 줄을 섰지. 인기 장난 아니야."

"눈빛이 흔들리는데? 뭐, 당신을 좋아할 특이한 여자가 어딨겠어."

내 허세는 바로 간파당했다. 나는 변명하듯 말했다.

"아니, 아니, 아니. 의사는 원래 인기 많다고. 간호사들도 얼마나 나한테 의지하는데."

"난 그쪽이 수간호사한테 혼나는 것밖에 못 봤는데?"

"돈도 많고."

"당신은 의사한텐 왜 야근 수당이 안 나오냐고 맨날 투덜대잖아."

"또 얼마나 똑똑하고 멋져?"

"정말 똑똑한 사람이면 여친이 있다고 금세 들킬 거짓말은 안 하지."

반박할 말이 없었다. 나는 당황한 나머지 혼자 횡설수설하다가 입을 다물었다.

"그럼 돌팔이."

하루카가 아주 가볍게 말을 꺼냈다.

"나랑 사귀어 볼래?"

순간, 말문이 막혔다.

날 놀리는 거라고 생각했다. 하루카의 제안은 맥락도 없고 갑작스러웠으니까. 동요하는 나를 보며 재밌어하는 걸 수도 있다. 얘라면 충분히 그러고도 남았다.

침묵이 이어졌다. 나는 눈을 깜빡거리며 하루카의 얼굴을 바라보았다. 하루카는 얼버무리듯 손을 마구 휘저었다.

"그렇게 심각하게 생각할 건 없고. 그냥 시험 삼아서?"

나와 하루카가 세련된 카페에 가거나 놀이공원에 놀러 가는 장면을 떠올렸다가 고개를 저었다.

'당연히 농담이겠지.'

하지만 만에 하나, 아니, 억에 하나라도 하루카의 제안이 진짜면 어떡하지? 미나토 하루카가 나와의 연애를 진심으로 바란다면? 하지만 나는…….

"에이, 어른을 놀리면 못 써."

분위기를 바꾸듯 밝게 말하며 웃어넘겼다.

현실적으로 생각해 보자. 여기서 '그, 그래, 사귀자.' 같은 말을 했다간 '진짜인 줄 알았어? 극혐.' 하고 반응할 게 뻔하다.

만약 하루카의 농담을 진담으로 받아들여서 불순한 발언을 해버리고, 그랬다는 사실이 병원 내에 퍼지기라도 하면… 난 내일부터 얼굴도 못 들고 다닐 거다. 아사히나가 토요일 아침 길가에 들러붙은 토사물이라도 본 것처럼 불쾌한 표정을 지을 게 눈에 선했다.

'아, 위험했다.'

몸을 일으키며 영업용 미소를 입가에 고정시키며 하루카를 돌아보았다. 하루카는 그런 나를 힐긋 노려보았다.

"…바보."

작게 중얼거리더니 발소리를 쿵쿵 내며 본당 밖으로 나가서 신발을 신기 시작했다.

"돌아가려고?"

"응."

하루카는 성큼성큼 걸어가 버렸다. 내가 다급히 따라갔지만…….

“따라오지 마!”

하루카가 고개를 돌리며 소리쳤다. 그리고 씩씩거리며 빠른 걸음으로 멀어져 갔다. 나는 대체 왜 저러나 싶어 조금 거리를 둔 채 맥없이 걸어갔다.

대체 얼마나 시간이 지났나 하며 나는 손목시계를 내려다보았다. 신사 안에서 깜빡 잠들어 버리기 전에 시계를 확인했던 게 분명 오전 열 시쯤이었다.

‘그렇게 푹 자버렸으니까……. 이제 오후겠네.’

그렇게 생각했을 때였다.

“어라?”

고개를 갸웃거렸다. 시곗바늘은 오전 아홉 시를 넘어가고 있었고, 아까의 기억과는 명백히 달랐다. 시계가 망가졌나 싶어 휴대폰을 확인해 봐도 역시 똑같은 시간이 표시되어 있었다.

‘아까 잘못 본 건가? 내가 생각했던 것보다 훨씬 이른 시간에 신사에 도착했었나 보네. 아니, 그래도…….’

아무래도 영 석연치가 않았다. 하지만 앞서가던 하루카와의 거리가 어느새 꽤 벌어졌다는 사실을 깨닫고 황급히 뛰어갈 수밖에 없었다.

'의사한테 인권은 없어.'

예전에 한 선배가 했던 말이다.

'한밤중에 병동에서 약이 떨어지면 그걸 가지러 가는 사람은 너야. 당직이 끝난 아침에 오전 여섯 시부터 환자의 채혈을 위해 뛰어다니는 것도 너지. 응급실에서 만취 상태로 날뛰는 환자를 제압하다가 얻어맞는 것도 너잖아. 항의하러 온 사람에게 굽신대는 것도 너고. 환자 상태가 급변했을 때는 의학적으로 어쩔 수 없는 일이란 걸 알면서도 네가 사과해야 하지.'

'그건 좀 너무하지 않나요?'

나는 분명 그런 식으로 반박했던 것 같다. 의사도 사람이니 한계가 있고 실수도 한다. 그렇게 모든 일을 떠맡을 수는 없지 않은가.

'어쩌겠어? 네가 착하든 아니든, 네 말이 옳든 틀리든, 그런 건 아무 상관이 없어. 일본의 의료 시스템이 그런 구조로 이루어진 거니까. 잘 기억해 둬.'

그 선배는 쓸쓸한 미소를 지었다.

'의사 면허를 딴 순간부터 넌 더 이상 인간이 아니야. 의료 시스템의 노예가 된 거지.'

가끔 그 말을 떠올릴 때가 있다. 그 선배는 당시에 어떤 심정으로 그런 말을 했던 걸까, 하고 기억의 숲을 더듬어 본다.

내가 갑자기 이런 소릴 꺼내는 이유는 다른 게 아니다. 약의 처방이나 링거 약 조제 등의 직무를 제대로 완수하지 않고 무단으로 병동을 떠나 있던 탓에, 나는 하루카를 데리고 복귀하자마자 잔뜩 벼르고 있던 간호사에게 심하게 혼났다. 너스 스테이션에서 고개를 푹 숙인 채 질책의 말을 듣고 있다 보니, 자연스레 현실에서 도피하듯 '의사란 대체 뭘까?'라는 질문이 머릿속에 떠올랐다.

"선생님. 일도 내팽개쳐 놓고 대체 어딜 갔다 왔어요?"

내 앞에 당당히 선 간호사가 이마에 핏대를 세우며 분노를 잔뜩 억누른 목소리로 말했다. 연분홍색의 간호사복에는 타카미네 아츠미라는 명찰이 붙어 있었다. 미나토 하루카의 담당 간호사이자 내가 이 병동에서 가장 두려워하는 인물이기도 했다.

"전화를 아무리 걸어도 안 받고. 처방받은 약이 다 떨어진 환자분은 결국 아직도 약을 못 받으셨잖아요."

타카미네 간호사가 분노를 드러내며 나를 노려보았다. 하지만 나도 할 말은 있었다. 밖에 나가겠다는 하루카를 혼자 보낼 수는 없지 않은가. 게다가 애초에 처방이 늦어진 근본적인 원인은 약이 떨어졌다는 사실을 늦게 전달한 간호사에게 있다. 최근 들어 병동에서 간호사들의 태도가 점점 선을 넘고 있었다. 나는 자세를 꼿꼿이 하며 말을 꺼냈다.

“타카미네 씨. 저한테도 사정이란 게 있고, 중요한 용무 때문에 다른 일까지는 신경 못 쓸 수도 있는 거죠. 그게 어떻게 전부 제 책임…….”

“뭐가 어째요?”

“아, 아뇨. 죄송합니다.”

나는 어깨를 잔뜩 움츠리며 사과하고 말았다.

타카미네 간호사는 나와 비슷한 나이인데도 이상하게 무서운 느낌이 든다. 전에 타카미네 씨가 고등학생 시절 사진을 보여준 적이 있는데, 사진 속 그녀는 머리카락을 분홍색으로 염색하고 도발적으로 혀를 내밀며 카메라를 향해 가운뎃손가락을 세운 모습이었다. 아무리 봐도 불량 학생이었다.

타카미네 간호사는 한차례 잔소리를 늘어놓더니 일장 연설을 시작했다. 수련의는 간호사의 지시에 따라야만 한다느니, 수련의에게는 간호사를 존중해야 하는 사회적 책임이 있다느니, 수련의는 병원의 계급 피라미드에서 맨

밑에 위치한 물벼룩 같은 존재라느니……. 그리고 의료 시스템의 핵심을 담당하는 건 간호사들이며 간호사를 공경하는 것이야말로 원활한 업무 진행과 환자의 만족도 향상으로 이어진다고 열심히 떠들어댔다.

타카미네 간호사한테서 겨우 해방된 나는 전자 차트 입력용 PC 앞에 힘없이 앉았다. 옆에 앉은 아사히나가 안됐다는 얼굴로 날 쳐다봤지만 입을 열 기력조차 남아 있지 않았다.

"일하다 보면 잘난 척하는 간호사나 열받는 상사들을 전부 두들겨 패주고 사표 쓰고 싶을 때가 있지 않아?"

"갑자기 무슨 소리야?"

산더미처럼 쌓인 업무를 어느 정도 처리해 놓은 나는 병동에서 차트를 작성하던 아사히나를 꼬셔서 병원 내의 편의점에 와 있었다.

전국에 지점이 있는 대형 프랜차이즈 편의점이었는데, 이곳에선 커피나 에너지 드링크처럼 카페인 함유량이 높은 다양한 음료를 팔고 있다. 당직실 쓰레기통에 캔 커피나 몬스터 등의 빈 캔이 가득 버려진 걸 자주 볼 수 있기에 이 편의점에서 파는 음료는 대부분 의사의 뱃속으로 들어간다고 봐도 될 테다.

화려한 디자인의 에너지 드링크를 하나와 이미 많이 늦은 점심으로 삼각김밥 두 개를 집어 들었다. 나는 계산대 앞에 줄을 서면서도 아사히나에게 계속 불평을 늘어놓았다.

"아, 관두고 싶다……. 퇴직금으로 10억 정도만 받고 관두고 싶다……."

"그러든가."

아사히나가 어깨를 으쓱거렸다. 나는 삼각김밥과 에너지 드링크가 담긴 비닐봉지를 들고 병동으로 복귀하려 했다. 그런데 그때 의사 가운의 가슴팍 주머니에 넣어두었던 PHS가 요란한 소리를 내며 전화가 왔음을 알려주었다. 아, 뭐 좀 먹으려니까……. 짜증을 내며 통화 버튼을 눌렀다.

"네, 시바입니다."

"아, 선생님? 타카미네예요."

타카미네 간호사였다. 간호사가 먼저 연락해 올 때는 성가신 일을 떠넘기려는 용건이라고 봐도 된다. 이번엔 또 무슨 일인가 하며 나는 잔뜩 긴장했다.

처방 요청일까? 수액 처방을 빼먹은 게 있었나? 아니면 입원 중인 환자의 상태가 이상해진 걸까? 긴급 사태는 아니어야 할 텐데…….

하지만 이번 용건은 내 예상과 크게 달랐다.

"하루카가 병실에 없어요. 점심도 안 먹었던데 어디로 간 건지……. 선생님은 혹시 뭐 아는 거 없어요?"

나는 고개를 갸웃거렸다. 오늘은 예정된 검사도 없으니 병실을 오래 떠나 있을 만한 이유가 없다.

"매점에도 없는 것 같아요. 슬슬 바이털도 재야 해서 돌아와 줘야 하는데……."

타카미네 간호사는 휴우, 하고 한숨을 쉬었다. 나는 망설이면서 비닐봉지 안에 든 삼각김밥을 몇 번 내려다본 끝에 입을 열었다.

"저기……. 하루카를 찾아야 한다면 저도 도울까요?"

"정말요?! 이야~ 시바 선생님은 정말 듬직하다니까! 고마워요!"

타카미네 간호사가 정말 기쁜 듯 말했다. 어차피 어떻게든 돕게 할 생각이었을 테지……. 난 전화를 끊고 아사히나를 돌아보았다.

"미안. 미아 찾기를 하러 가야겠어."

"도울게. 나도 담당의니까."

아사히나는 컵라면과 샐러드를 의사 가운 주머니에 찔

러 넣고 재빨리 걸어가기 시작했다. 나도 아사히나를 뒤따르며 걸음을 서둘렀다.

하루카는 좀처럼 발견되지 않았다. 화장실이나 샤워실뿐 아니라 병원 내 카페나 도서실까지 돌아다녀 봤지만 전부 허사였다.

"미치겠군."

어찌할 바를 모른 채 머리만 긁적였다. 하지만 그때, 아직 찾아보지 않은 곳이 한 군데 남았다는 게 생각났다.

내가 소속된 병동은 서쪽 2동이었고, 두부를 썬 것처럼 평평한 직방체 모양 건물이었다.

"옥상이 있다는 걸 미나토 환자가 알고 있었을까?"

"입원도 여러 차례 했고, 병상에 가만히 누워 있긴 지루했을 테니까. 가능성은 있어."

아사히나와 그런 대화를 나누며 계단을 올라갔다. 옥상으로 통하는 문을 열자 싸늘한 가을바람이 목덜미로 파고들어 몸을 부르르 떨고 말았다.

4층 건물의 옥상은 정원처럼 꾸며져 곳곳에 나무와 벤치가 보였다. 아마 환자가 햇볕을 쬐거나 풍경을 감상하면서 기분을 전환하라고 만들어 놓은 곳일 테지만, 적어도 난 이 옥상에서 다른 사람을 본 적은 거의 없었다. 기껏해야 일을 땡땡이치고 낮잠을 자러 온 수련의가 벤치에 누워 있거나—그게 바로 나다—늦은 밤까지 일하던 간호사가 잠깐 담배를 피우러 올라오는 정도다.

나는 주변을 빙 둘러보다가 우리가 찾던 인물이 서 있는 것을 발견했다.

"하루카……?"

소리 높여 이름을 부르려다가 말을 잇지 못했다. 그토록 찾던 하루카를 발견한 건 다행이지만, 아무래도 영 심상치 않은 분위기였다.

옥상에는 낙하 사고를 방지하기 위한 펜스가 둘러쳐져 있다. 하지만 하루카는 그 펜스를 넘어 양발을 간신히 디딜 수 있는 자리에 선 채 아래를 내려다보는 중이었다.

한 걸음만 앞으로 내디뎌도 그대로 지면까지 일직선으로 떨어질 것이다. 나는 심장이 마구 쿵쾅거리는 걸 느꼈다. 슬쩍 옆을 보니 눈을 동그랗게 뜬 아사히나의 목덜미에서 땀방울이 흘러내리는 게 보였다.

"어, 돌팔이."

하루카는 펜스 너머에서 담담한 말투로 이야기했다. 나는 당황을 감추지 못하며 물었다.

"뭐 하는 거야?"

하루카는 슬쩍 나를 돌아보더니 다시 얼굴을 돌렸다. 내가 어찌할 바를 모르며 우물쭈물하자 하루카가 말했다.

"뛰어내릴까 해서."

하루카는 별일 아니라는 듯 말했다. 마치 편의점이라도 다녀오겠다는 듯한 말투였다. 내 목에서 잔뜩 상기된 목소리가 흘러나왔다.

"아니, 아니……. 거기서 뛰어내리면 죽잖아."

"그럴 생각인데?"

하루카는 변함없이 담담한 말투로 대답했다.

"죽으려고?"

"응."

나는 마른침을 꿀꺽 삼켰다. 어떻게 대처해야 할지, 없는 머리를 쥐어짜 내며 필사적으로 생각했다.

가끔 자살을 시도하는 환자가 있다는 말은 들은 적이 있었다. 가뜩이나 힘든 투병 생활을 견디며 병원처럼 좁고 어두운 곳에 갇혀 지내다 보면 정신적으로 한계가 오는 사람도 충분히 나올 수 있다. 일본에서는 해마다 수백 명이 입원 중에 자살을 시도한다고 했다. 물론 설마 내가 담당하는 환자가 그럴 거라는 생각은 못 했지만.

하루카가 무슨 생각으로 자살까지 생각하게 됐는지는 모르겠지만, 어쨌든 여기서 뛰어내리는 걸 가만히 두고 볼 수만은 없었다. 나는 하루카를 최대한 자극하지 않도록 차분한 말투로 말을 건넸다.

"…뛰어내리면 많이 아플 거야."

"응? 그래서?"

하루카는 코웃음을 쳤다.

"왜 자살 같은 걸 하려고 해. 죽으면… 그래. 재미없잖아."

"시바……."

옆에서 아사히나가 팔꿈치로 날 툭 치며 속삭였다.

"좀, 잘 좀 말할 순 없어?"

말이 쉽지, 자살하려는 사람을 무슨 말로 말려야 할지 내가 어떻게 알겠냐고.

"저기, 돌팔이."

하루카는 높은 하늘을 올려다보며 말했다.

"사는 게 재밌어?"

나는 당황하며 눈을 깜빡거렸다. 잠시 뒤에야 대답이 나왔다.

"그게 무슨 뜻이야?"

"사는 게 재밌냐고. 이렇게 재미없고 힘든 일만 가득한 세상에서 다들 왜 열심히 살고 있나 궁금해서."

"…그렇지 않아. 살다 보면 분명히 좋은 일이 생겨."

"돌팔이, 그거 진심으로 하는 말이야?"

하루카는 진심으로 비웃듯 입가를 일그러뜨리며 나를 바라보았다.

"그럼 왜 내 몸은 이 모양 이 꼴이 된 건데? 링거나 맞고, 체력은 점점 떨어지고, 끝내는 목숨 걸고 심장 수술까지 받아야 하냐고. 내가 무슨 나쁜 짓이라도 했어? 1년 전까진 그냥 평범한 고등학생이었는데……."

"그건……."

나는 하루카의 말을 부정할 수 없었다.

"더 살아봐야 좋은 일 같은 건 없어. 아무 예고도 없이, 힘든 일만 계속 찾아올 뿐이지."

하루카는 그렇게 말하며 나에게서 얼굴을 돌렸다. 발밑에 펼쳐진 풍경에 빨려 들어가듯이, 하루카의 몸이 살짝 앞으로 기울었다. 아사히나가 작게 비명을 질렀다.

이렇게나 혼자 힘들어했던 걸까?

나는 입술을 깨물었다. 하루카의 말에서 부정할 수 없는 지점도 있다. 병마는 느닷없이, 아무 이유도 없이 찾아오는 법이니까. 당연하다고 믿던 일상이 어느 날 갑자기 무너져 내린다. 그건 누구의 탓도 아니며 단지 운이 나빴다고 할 수밖에 없었다.

"돌팔이. 전부터 하고 싶은 말이 있었는데……."

"…뭔데."

"난 말이지, 의사가 싫어."

하루카는 그 말을 할 수 있어 속이 시원하다는 듯 상쾌한 얼굴로 웃었다.

"질문하면 대답도 제대로 안 해주고. 잘난 척하는 얼굴로 병실에 와선 혼자 고개를 끄덕거리다가 설명도 없이 그냥 가버리잖아."

나는 주먹을 힘껏 쥐었다.

"수술에 관해 설명할 때도 엄청 무례하더라? 부모님 얼굴만 보면서 이야기하더니, 동의서에도 엄마 사인만 받아 갔어. 병에 걸린 것도, 수술을 받는 것도 나잖아? 왜 나를 보면서 이야기하지 않는 건데?"

싸늘한 눈초리로 말하는 하루카를 보며 가슴이 아팠다. 나는 갈라진 목소리를 겨우 짜냈다.

"그건… 내가 대신 사과할게."

"이미 늦었어."

하루카는 도도하게 말을 이어 나갔다.

"저기, 돌팔이. 의사란 직업은 병을 고치니까 선생님이라는 말을 듣는 거지? 존경할 만한 분들이니까 선생님이라고 부르는 거잖아. 그렇다면……."

바람이 불며 하루카의 긴 머리카락이 나부꼈다.

"내가 만난 의사 중에서 선생님은 단 한 명도 없었어. 안 그래, 돌팔이?"

하루카는 동의를 구하듯 내 눈을 들여다보았다. 그 시선에 가득 담긴 분노가 날카로운 칼날처럼 나를 찌르며 비난하고 있었다.

타카야스 동맥염.

그것이 미나토 하루카의 병명이었다.

10대부터 30대 사이의 젊은 여성에게서 발병하는 경우가 많고, 원인 불명의 염증이 몸속 혈관에 침투해 협착 및 폐색을 유발한다. 이러한 염증과 동맥의 변형을 통해 발열 및 전신 권태감, 전신의 통증 등을 유발하는 질환이다.

1908년에 일본의 타카야스 박사에 의해 발견된 질환이었기에 그의 이름을 따서 '타카야스 동맥염'이라는 명칭이 붙었다.

내가 아침 회진마다 하루카를 청진했던 건, 이 타카야

스 동맥염의 특징적 소견인 '혈관 잡음', 즉 복부나 경부의 청진에서 들리는 이상음을 확인하기 위해서였다.

타카야스 동맥염 및 그 유사 질환은 자가 면역의 파탄이다. 원래는 바이러스나 세균처럼 외적을 방어해야 하는 면역이 도리어 신체 조직을 공격하게 되면서 발병한다고 알려져 있다.

타카야스 동맥염은 꽤 희귀한 병이라서 치료를 받지 못한 채 방치되는 잠재적 환자도 제법 많을 거라고 한다. 쉽게 말해, 발견되기 어려운 질병이란 의미였다.

하루카가 옥상에 선 채로 입을 열었다.

"처음엔 이상하게 열이 오래간다고 생각했어. 동네 의원에선 감기가 심해진 탓일 거라면서 별로 효과도 없는 해열제만 계속 처방했어. 그런데 아무리 먹어도 낫지 않아서 갈팡질팡하는 사이에 밥도 못 먹게 되고 걷기만 해도 숨이 차오르게 됐지. 몇 번이고 병원을 찾은 끝에, 아무래도 이상하다는 걸 알아차린 의사가 이 병원을 소개해 줬어. 난 여기에 와서야 내 병명을 알게 된 거야. 이런 병이 있다는 것도 처음 들었어."

하루카는 자조하듯 입가를 일그러뜨리더니 오른팔을 높이 들었다. 환자복 소매가 아래로 흘러내려 가면서 하루카의 위팔 부분이 드러났다.

"보여? 채혈을 너무 많이 해서 이렇게 되어버렸어."

하루카의 팔에는 곳곳에 시퍼런 멍이 나 있었다. 채혈 바늘이나 링거 바늘을 잘못 꽂으면 저렇게 멍이 남는 경우가 있다. 원래는 하얗고 건강한 피부였을 하루카의 팔은 이제 눈 뜨고 보기 힘들 만큼 시퍼렇게 변해 있었다.

"친구들은 다들 남자친구도 사귀고 수험 공부도 하면서 인생을 즐기고 있는데, 나만 병원에 갇혀 있어. 대체 왜 이래야 하는 건데? 말도 안 되잖아. 내 인생 돌려놔."

나는 간신히 쥐어짠 목소리로 말했다.

"…오랫동안 치료를 받아야만 하는 병이야. 네 경우는 진단받은 시점에 온몸의 상태가 상당히 악화된 데다 병의 진행 속도도 빨랐어. 그래서 스테로이드나 면역 억제제 같은 강력한 치료 방법을 사용할 수밖에 없었던 거야."

"그러니까 단념하라고? 내가 뭘 그렇게 많이 바랐는데? 그냥 평범한 고등학생으로 살고 싶었을 뿐인데……. 병에 걸렸으니까 전부 포기하란 말이야? 역시 돌팔이 의사답게 무책임하네."

"그런 게 아냐."

"그런 게 맞아. 지금 그쪽이 하는 말은 결국 그런 뜻이잖아. 의사들은 늘 똑같아."

하루카가 내뱉듯 말했다.

"이러이러한 상태입니다. 이러이러한 치료를 하겠습니다……. 일방적으로 설명만 하지, 내 사정 같은 건 신경도 안 써. 당신들은 아무렇지 않게 몇 달씩 입원시키지만, 그 탓에 내가 뭘 희생해야 했는지 생각이라도 해봤어?"

하루카는 갑자기 웃었다.

"그러니까… 이건 복수이기도 해. 병만 신경 쓰고 나한테 관심도 없었던 의사에 대한 복수."

…아아, 그러셔? 그 말을 듣고 나는… 몸속 깊은 곳에서부터 들끓는 분노를 느꼈다.

물론 하루카가 불쌍하지 않은 건 아니다. 어떤 심정인지도 잘 안다. 미나토 하루카가 겪은 불행은 열일곱 살 고등학생이 이겨내기엔 너무 가혹했을 테고, 오랜 입원 치료가 힘들고 괴로웠으리라는 건 의심의 여지가 없다.

하지만 병이란 게 그렇다. 갑작스럽게 찾아와서 사람을 불행하게 만든다. 그리고 그 병에 조금이나마 저항하고자 시도하는 게 의학이다.

의사는 신이 아니다. 진단하기 어려운 병을 정확히 맞추지 못할 수도 있고, 강도 높은 업무로 인해 환자의 일상

생활까지는 미처 배려하지 못할 때도 있다. 업무 태만이 아니냐고, 의사로서의 자각이 없는 게 아니냐고 비난한다면 머리를 숙이며 사과할 수밖에 없다. 하지만 그게 환자의 요구에 무조건 따라야만 한다는 뜻은 절대 아니다.

"알 게 뭐야."

내뱉듯 말하자 하루카가 당황한 듯 눈을 깜빡거렸다. 아사히나는 경악하며 나를 돌아보았다.

"그딴 거 내가 알 게 뭐냐고. 이건 뭐, 세상에 불만만 가득해서는……. 고등학생 주제에 인생 강연이라도 하냐?"

"뭐… 뭐?"

태도가 급변한 나를 보며 하루카가 미간을 찡그렸다. 나는 바닥에 털썩 앉으며 양반다리를 했다.

이제 착한 척은 여기까지다. 나도 할 말, 못 할 말을 가리지 않고 다 해줄 생각이었다.

머리를 마구 긁어대며 입을 열었다.

"뛰어내리고 싶으면 마음대로 해. 여기서 구경하지, 뭐."

"시… 시바?!"

아사히나가 당황한 듯 나와 하루카를 번갈아 바라보았다. 나는 얼굴을 확 찡그렸다.

"널 안 봐줬다고? 무슨 당연한 소릴 하고 있어. 우린 의사고 여긴 병원이야. 병을 낫게 하는 곳이라고. 인생 상담을 들어줄 만큼 한가하지 않아. 너, 내가 지금 며칠이나 집에도 못 들어가면서 일하는지는 알아? 팬티도 못 갈아입어서 냄새가 날까 봐 조마조마하다고, 지금도."

아사히나가 혐오스럽다는 얼굴로 나한테서 몇 걸음 떨어졌지만, 나는 신경 쓰지 않고 계속했다.

"애초에 말이야. 네가 엄청난 비극의 주인공인 것처럼 굴고 있지만, 유감스럽게도 네 미래가 그렇게까지 어둡진 않아. 현대 의학이라는 게 우리 생각보다 훨씬 대단해서 네 병도 거의 다 회복되었어. 이제 다음 주 수술만 성공적으로 마치면 이제 병원과는 영영 작별할 수 있다고. 아주 내가 다 속이 시원하네. 이제 이 근처에는 오지도 마."

하루카는 얼굴이 새빨개져서 입술을 강하게 깨물었다.

"…당신, 환자한테 그렇게 말해도 돼? 경고하는데, 난 정말로 뛰어내릴 거거든?"

"마음대로 하라고 몇 번을 말하냐? 뛰어내릴 거면 빨리하든가. 어서, 어서, 어서."

나는 어깨에 힘을 주며 팔짱을 끼었다.

"단! **뛰어내린다고 죽을 수 있다는 생각은 버려.**"

"…뭐? 그게 무슨 소리야?"

"너, 여기가 어딘지 잊었냐? 도쿄 서부의 의료를 책임지는 대형 병원, 도보 내원 환자부터 초긴급 병례까지 전부 커버하는 3차 응급 시스템을 갖춘 하바토 대학 의료센터라고."

나는 펜스 너머로 펼쳐진 풍경을 내려다보았다. 넓은 주차장과 그 너머로 보이는 차도, 논밭을 확인한 다음 한쪽 눈썹을 치켜올렸다.

"높이는 대충 10미터 정도 되겠네. 여기서 뛰어내리면, 뭐 고에너지 외상은 확실하겠고. 중상일 거야. 하지만 온몸의 장기가 터져 나오고 뇌가 파열돼서 즉사할 정도의 높이도 아니야."

하루카는 눈을 마구 깜빡이며 나를 바라보았다.

"네가 뛰어내리면, 난 곧바로 성형외과와 뇌신경외과, 응급실에 연락할 거야. 외상 치료의 스페셜리스트들이지. 네 다리뼈가 부러지든 뱃속에서 출혈이 일어나든 머릿속에 혈종이 생겼든 간에, 반드시 수술대에 눕혀 목숨을 구할 거야. 긴급 수술로."

나는 히죽 웃었다. 의사 가운이 늦가을 바람에 나부꼈다.

"각오해 두라고. 양팔에 18 게이지……. 아니, 16 게이지의 굵은 링거 바늘을 꽂아줄 테니까. 그거, 엄청나게 아프다? 그것만으론 부족할 거라서 목에 영양 주입용 관을 꽂아 넣어야 해. 게다가 머리 수술을 할 땐 네 머리카락을 스님처럼 깨끗이 밀어버리겠지. 개두혈종제거술(開頭血腫除去術) 때는 네 두개골을 드릴로 뚫을 거야. 화장실에도 제대로 가기 힘들 테니까 소변줄을 차야겠네. 아, 그리고 호흡 상태가 불안정할 수밖에 없으니까 당연히 입안에 기관 삽관 튜브를 넣어서 인공호흡기를 사용하는데, 그거 엄청 힘들다더라. 깜빡 잊은 척하고 마취 안 해줄게."

하루카는 믿을 수 없다는 듯 눈을 동그랗게 뜨더니 크게 소리쳤다.

"다… 당신 의사 아냐?! 환자한테 그래도 돼?!"

"쌤통이다."

나는 유쾌하게 웃었다. 그리고 몸을 일으켜 하루카에게 성큼성큼 다가갔다. 펜스 너머에서 나를 망연히 올려다보는 하루카에게 말했다.

"잘 들어, 하루카. 죽고 싶은 건 자유야. 하지만 우리는 모든 의술을 동원해서 널 절대 죽게 만들지 않을 거야."

나는 하루카를 재촉했다.

"어서 결정해. 이쪽으로 돌아올지, 아니면 링거와 기관 튜브와 소변줄을 줄줄이 매달며 긴급 수술을 받을지."

"어… 어어어어어어?!"

이럴 계획이 아니었다는 듯이 당혹감으로 가득한 하루카의 목소리가 가을 하늘 아래에서 울려 퍼졌다.

결국 하루카는 오랜 시간 고민한 끝에 겸연쩍은 얼굴로 펜스를 넘어왔다. 옥상 바닥에 주저앉은 하루카에게 마구 야유하다가 아사히나에게 뒤통수를 세게 얻어맞았다.

하지만 결과적으로 보면 내 행동이 오히려 나쁘지 않은 영향을 끼친 것 같다. 하루카는 그날 이후로 뭔가 후련해 보이는 표정을 지을 때가 많아졌으니까.

"회진에서도 예전만큼 채혈이 싫다느니 진찰이 싫다느니 하면서 떼를 쓰지 않게 됐으니까, 다 잘 된 거죠."

"하하하. 시바답네."

늦은 밤, 병원 한구석에 마련된 당직실에서 야식으로 쿠키를 바삭바삭 씹어 먹으며 이야기했다.

우리 병원 당직실은 좁은 실내에 테이블과 사물함, 그리고 책장만 놓여 있는 소박한 공간이었고, 안쪽 문을 열면 2층 침대가 보였다. 잠깐이라도 눈을 붙일 수 있게 마련된 자리다. 책장에는 의학 서적 사이로 오래된 만화 잡지와 골동품이나 다름없는 선정적인 잡지가 보이는데, 낡은 표지에서 오랜 세월이 느껴졌다.

"그건 그렇고, 준 선배랑 당직 서는 건 처음이네요."

"그랬나? 너만 믿을게, 후배님."

테이블을 사이에 두고 내 맞은편에 앉은 사람은 내 선배 의사이자 대학 시절에도 친하게 지낸 사이인 나루베 준이었다. 옅은 녹색의 스크럽복*을 입고 있었다. 세미롱 헤어에 작은 얼굴, 오똑한 콧날이 이지적인 인상을 풍겼다.

준 선배와 나는 대학 동아리에서 처음 만난 사이다. 나보다 3년 먼저 의사 면허를 취득한 그녀는 병원에서 어엿한 의사로 인정받으며 일하고 있었다.

"마취과에서 일하다 보면 외래 환자를 볼 기회가 많지 않아. 가끔은 환자하고 이야기하고 싶거든."

확실히 공감되는 말이었기에 나는 고개를 끄덕였다.

의사는 각자 전문 분야인 진료과를 가진다. 준 선배는 마취과— 즉, 수술 전에 환자를 마취하거나 수술 시간 동안 환자의 상태를 관리하는 진료과에 소속되어 있다. 수술실에선 '막후의 실력자'로 불리는 사람들이다.

마취과에서 수술 마취만 한다고 오해하는 경우도 있지

* 의사가 입는 반팔 작업복.

만, 사실 마취과 의사는 주술기*의 전신 관리, 집중 치료, 완화 케어 등 다채로운 치료를 담당한다. 응급 의료도 그중 하나였고, 같이 당직에 들어갈 때 이만큼 듬직한 사람도 없었다.

준 선배에게 한정된 이야기는 아니지만, 우리 병원에선 수련의 외에도 전문의가 매일 밤 당직을 서고, 때로는 함께 환자를 진료할 때도 있다. 응급 의료 전문인 마취과 의사인 데다 성격도 친절해서 이것저것 물어보기 편한 그녀와 함께 당직에 들어간다면 더 바랄 게 없었다.

"뭐, 다행히 응급실도 한가한 것 같으니까. 여기서 밥 먹으면서 대기하자."

준 선배가 전자레인지에 도시락을 넣으며 말했을 때였다. 하필이면 지금 그녀의 PHS가 울렸다.

"타이밍이 안 좋네요."

"꼭 밥 먹기 전에 전화가 온다니까."

준 선배는 쓴웃음을 지으며 PHS의 통화 버튼을 눌렀다.

"네, 나루베입니다. …네. 아……."

언제나처럼 평온한 말투로 대응하던 준 선배의 안색이

* 수술을 고려하는 시점부터 완전히 회복될 때까지의 기간.

갑자기 바뀌었다.

"알겠습니다. 지금 갈게요."

통화를 끝낸 준 선배가 천천히 자리에서 일어났다.

"무슨 일이에요?"

"초긴급 병례야."

그 말을 듣고 난 심장이 격렬하게 뛰는 것을 느꼈다.

초긴급 병례. 즉, 심근 경색이나 지주 막하 출혈 등의 초중증 질환이 예상되는 병례를 말한다. 1분 1초를 다투는 치료에 간호사와 의사가 총출동해서 대응해야 하는 긴급 상황이었다. 당직실 문손잡이를 잡은 준 선배는 잠시 생각하듯 멈춰 섰다가 나를 돌아보았다.

"…슬슬 너도 배워두는 게 낫겠네."

"네?"

"너도 와."

준 선배가 손짓했지만, 나는 당황하며 고개를 저었다.

"아, 아뇨. 저 같은 1년 차가 초긴급 병례 현장에 가도, 저기, 걸리적거리기만 할 텐데요."

"그거야 당연한 거고. 그래도 한 번은 직접 봐두는 게 좋거든."

"봐둔다니……. 뭘요?"

준 선배는 얇은 얼음장 같은 미소를 지었다.

"의료 현장의 현실 말이야."

"구급대의 이야기에 따르면 환자는 93세 여성. 요양원에 입소 중이고, 몇 년 전에 뇌경색을 일으킨 이후로 계속 누워 있었다고 해."

준 선배의 말을 들으며 나는 경직된 얼굴로 고개를 끄덕일 수밖에 없었다.

응급실에는 구급차만 드나드는 전용 출입구가 있다. 유리문 너머로 펼쳐진 밤의 어둠 속에서 응급실 접수가 가능하다는 사실을 알리는 빨간 램프가 빙글빙글 돌며 빛났다. 평소엔 사람이 거의 드나들지 않는 곳이지만, 지금은 몇 명의 의료진이 잔뜩 긴장한 얼굴로 구급대를 기다리고 있었다.

"우리 병원에도 입원한 전력이 있는 환자야. 뇌경색 외에도 오연성 폐렴*과 만성 심부전을 앓았던 전력도 있어. 이번엔 간호사가 산소 포화도**의 저하와 천명***을 발견하

* 음식물이 기도와 폐로 잘못 들어가서 생기는 폐렴.

** 혈액 속에서 헤모글로빈과 결합된 산소량의 최대치.

*** 목에 가래가 끼었을 때 나는 쌕쌕거리는 호흡음.

고 응급 요청을 했어. 구급대가 도착한 시점에 이미 심정지 상태였다나 봐."

내 등줄기가 얼어붙었다. 준 선배의 말은 결국…….

'…심폐 정지.'

환자의 심장 기능과 폐 기능이 정지된 상태라는 뜻이다. 한 치 앞도 내다볼 수 없는, 매우 위험한 상태였다.

"아무래도… 가족들이 유사시 인공호흡기 사용을 포함한 모든 치료에 미리 동의해 뒀나 봐. 1초라도 오래 살길 바란다면서 말이지. 그 점까지 고려한 초긴급 병례 선정이었어."

준 선배가 그렇게 말한 순간, 나는 묘한 위화감을 느꼈다.

주변에는 준 선배와 나 외에도 몇 명의 간호사와 의사, 의료 기사가 대기하고 있었다. 그들의 얼굴이 왠지 모르게 초조함이 섞인 비통한 표정으로 보였던 것이다.

…뭐지? 이 분위기는…….

그러나 의문에 잠길 여유 따위는 없었다. 문 바깥쪽에서 구급차 사이렌 소리가 들려왔다. 간호사가 외쳤다.

"구급대, 도착했습니다!"

그 목소리를 신호로 파란색 옷을 입은 몇 명의 구급대원이 자동문을 통해 뛰어 들어왔다. 그들이 미는 환자 운반차 위에는 몸에 핏기가 사라진 노파 한 명이 누워 있었다. 구급대 중 한 명은 그녀의 가슴을 힘차게 누르며 심장 마사지를 하고 있었다.

내 주위에 서 있던 사람들이 일제히 환자 운반차로 달려갔다. 홀로 남겨진 나도 주변을 멍하니 두리번거리다가 다급히 뒤를 따랐다.

응급실에는 출입구 앞에 긴급 환자용 치료실이 있었고, 수많은 모니터와 기구가 빼곡히 들어차 있었다. 끊이지 않고 울리는 알람음과 거친 발소리에 둘러싸인 채, 나는 다른 사람들과 함께 치료를 시작했다.

"시바! 루트 확보해!"

준 선배가 날카롭게 외쳤다. 나는 간호사가 내팽개치듯 건네준 링거 바늘을 삽입하기 위해 노파의 팔을 살폈다. 하지만 고령의 여성, 그것도 최근엔 수분도 제대로 섭취하지 못했을 노파의 혈관은 너무 가늘어서 아무리 꼼꼼히 찾아도 바늘을 꽂을 만한 곳이 보이지 않았다.

"뭐 해! 서둘러, 시바!"

"네, 네!"

여유가 없다. 부들부들 떨리는 손으로 바늘을 꽉 잡았다. 나는 손등에서 혈관 확보가 비교적 쉽다고 알려진 부위에 바늘을 꽂아 넣었다. 하지만…….

"…젠장!"

나도 모르게 욕설이 튀어나왔다. 바늘을 몇 번이나 꽂았다 뺐는데도 링거 바늘이 혈관에 들어갔다는 감각은 느껴지지 않았다. 내가 무턱대고 바늘을 움직이자…….

"수련의, 비켜! 넌 심장 마사지나 해!"

가까이 있던 다른 의사가 내 어깨를 강하게 밀쳤다. 그대로 거의 반강제로 밀려나며 링거 바늘을 넘겨준 나는 비틀거리면서 노파의 가슴 쪽으로 이동했다.

"선생님, 교대 부탁드립니다!"

구급대원이 내 눈을 보며 소리쳤다. 나는 대답도 하지 못한 채 망가진 인형처럼 고개만 끄덕거렸다.

"파형— 무맥성 전기 활동! 심박 재개 없음! 심장 마사지 지속!"

응급의학과 의사가 소리쳤다. 나는 노파의 가슴에 손을 얹고 꾹 눌었다.

제길, 왜 이렇게 손이 떨리는 거지…?!

심장 마사지 방법은 의학생 시절에 수업에서 배운다. 하지만 교과서를 통해 아는 것과 현장에서 실제로 실행하는 건 전혀 다른 차원의 문제였다.

심장 마사지는 생각보다 훨씬 많은 힘이 요구된다. 몇 번만 해도 팔이 저리고 숨이 차오르기 시작한다. 나는 노파의 얼굴을 슬쩍 보았다. 핏기를 잃어 낯빛이 흙빛이었고, 완전히 열린 동공은 허공을 응시한 채 움직이지 않았다. 입에는 어느새 기관 삽관 튜브가 집어넣어져 인공호흡기가 슈욱, 슈욱 하는 소리를 내고 있었다.

불과 몇 시간 전까지는 멀쩡히 살아 있었을 것이다. 문득 그런 생각이 든 순간, 가슴속에서 견딜 수 없는 감정의 폭풍이 불어닥쳤다.

'제발 돌아와 주세요!'

이미 비명을 지르는 팔에 더욱 힘을 주며 심장 마사지를 계속했다. '세게! 더 세게!' 하고 머릿속으로 나 자신을 다그쳤다. 이 사람의 생사는 지금 이 순간에 달렸다.

나는 파형을 확인하자마자 환자의 가슴 위로 정신없이 손을 올리며 심장 마사지를 재개하려고 했다. 하지만…….

"—시바! 심장 마사지 정지!"

"…네?"

"심박 재개. 일단 소생은 성공했어."

준 선배의 말을 듣고서도 처음엔 무슨 뜻인지 알아듣지 못했다. 난 환자 운반차 옆 모니터로 시선을 돌렸다.

전자음이 규칙적으로 삐익, 삐익, 하는 소리를 냈고, 심전도 파형도 안정적으로 검출되고 있었다. 혈압도 최소한으로는 확보되었다.

내 온몸에서 힘이 쫙 빠져나갔다. 준 선배가 말했다.

“오전 한 시 38분, 심박 재개. 일단… 안심해도 되겠네.”

난 노파의 얼굴을 바라보았다. 여전히 진흙처럼 탁한 낯빛이었다. 하지만 틀림없이 아직 살아 있다.

되살린 것이다. 우리가…….

노파의 가슴이 천천히 위아래로 움직였다. 물론 인공호흡기에 의해 강제적으로 환기되고 있다는 건 잘 알지만, 그래도 난 노파가 평온히 잠든 것처럼 느껴졌다.

주위 사람들을 돌아보았다. 지친 얼굴로 땀을 닦거나 장갑을 벗는 이들을 보자, 갑자기 견딜 수 없이 자랑스러운 기분이 들었다.

의사는 참 뭐 같은 직업이라는 게 내 입버릇이다. 그 의견은 변함없다. 이렇게 소처럼 혹사당하고, 막무가내인 환자한테 시달리고, 무리한 스케줄도 소화해야 하고, 집에도 제대로 들어가지 못해서 팬티도 빨지 못한다. 노예나 다름없는 이런 생활을 오래 이어갈 생각은 절대 없다. 하지만 그래도, 지금만큼은 의사가 되길 잘했다고 느꼈다.

초긴급 병례의 응급 치료에 참여한 건 이번이 처음이었다. 난 흥분이 채 가라앉지도 않은 상태로 당직실 소파에 앉아 준 선배와 이야기를 나누고 있었다.

"장난 아니네요. 전 초긴급 병례에 참가한 게 처음이었거든요."

준 선배는 "그랬어?" 하고 짧게 대답했을 뿐이다. 완전히 식어버린 도시락을 열심히 먹는 준 선배를 보며 나는 말을 이어 나갔다.

"도보 내원 환자와는 차원이 다르네요. 다들 잔뜩 곤두서서 살기가 느껴진다고 할지……. 그래도 멋졌어요."

준 선배는 살짝 고개를 끄덕거렸다. 피곤해서 그런가 반응이 밋밋하네, 하고 생각하면서도 나는 말을 멈출 수가 없었다.

"준 선배는 역시 삽관이 빠르시네요. 응급의학과랑 마취과가 제일 빠르다고들 하잖아요."

삽관이란 환자의 기관에 튜브를 삽입해서 인공호흡기를 사용하는 것을 말한다. 이번 병례처럼 자발 호흡에 의한 산소 흡입이 어렵다고 판단되는 경우, 삽관에 의한 호흡 관리는 말 그대로 생명줄이 된다.

"그래도 저, 처음 치고는 꽤 잘하지 않았나요? 심장 마사지도 제대로 해냈고요. …환자분이 살아나 주셔서 정말 다행이에요."

나는 콧김을 내뿜으며 주먹을 꽉 쥐었다. 사람의 목숨을 구해냈다는 고양감에 몸이 잔뜩 달아올랐다.

그때 준 선배가 불쑥 중얼거렸다.

"살아나 주셔서 다행이라……."

준 선배는 내 얼굴을 물끄러미 바라보았다. 왠지 모르게 연민의 눈빛처럼 느껴져서 나는 고개를 갸웃거렸다.

"저기, 준 선배? 왜 그러세요?"

"넌 정말 그 할머니가 되살아나서 다행이라고 생각해?"

차갑게 밀쳐내는 듯한 말투였다.

"그, 그야 당연하죠. 그게 우리 일인데요……. 가족들도 그 할머니가 살아 있길 바란다면서요."

준 선배는 조용히 눈을 감았다.

"지금 구급차가 얼마나 많이 출동하는지 알아?"

"어……."

"연간 약 600만 건이고, 요새 들어 특히 증가 추세야."

준 선배가 무슨 말을 하려는 건지 몰랐기에 나는 애매하게 고개만 끄덕였다.

"너도 알다시피 심근경색이나 뇌졸중 같은 초긴급 병례는 발병 직후 몇 분 내로 치료를 시작할 수 있느냐에 따라 환자의 생명이 결정돼. 1초라도 빠른 치료를 받는 게 중요한 거지. 하지만……."

준 선배는 담담히 말을 이어나갔다.

"현재 구급차가 환자를 병원으로 이송할 때까지 걸리는 평균 시간은 점점 늘어나고 있어. 그만큼 구할 수 있는 생명을 못 구하고 있다는 말이야."

난 눈을 동그랗게 떴다.

"…왜 그런 일이 벌어지는 거죠?"

"간단해. 계속 늘어나는 응급 요청에 비해 의료 종사자나 설비의 수가 턱없이 모자라기 때문이야."

준 선배가 내뱉듯 말했다.

"인공호흡기나 링거 기구, 구급차는 절대 공짜가 아냐. 그 할머니가 이용한 의료 자원은 더 **필요한 사람**에게 돌아가야 했을지도 몰라."

그 말을 듣자 나는 반론하지 않을 수 없었다.

"더 필요한 사람이란 게 있을 수 있어요? 그건 결국 죽어도 되는 사람이 존재한다는 뜻이잖아요."

"맞아, 질문이 날카롭네."

준 선배가 힘없이 웃었다. 마치 인생의 풍파를 다 겪고 난 노인 같은 웃음이었다.

"그럼 반대로 물어볼게. 오연성 폐렴을 상습적으로 앓고 치매도 심해져서 의사소통은 불가능, 아무리 봐도 이제 살날이 얼마 안 남은 노인과 아무 잘못도 없이 교통사고에 휘말린 젊은 사람. 너라면 어느 쪽을 살릴래?"

"그건… 궤변이에요. 우린 의료 종사자잖아요. 양쪽 모두 구할 노력을 해야죠."

"이봐. 바보 같은 대답은 하지 말고. 그게 쉬우면 아무도 고민할 필요도, 고생할 필요도 없어. 초등학교 도덕 교과서에 나올 법한 이야기를 하자는 게 아냐."

준 선배가 말을 이었다.

"애초에 93세의 할머니한테 인공호흡기를 사용해 봐야 회복될 가능성은 거의 없어. 기껏해야 며칠 더 살게 하는 게 고작이지. 그러려고 늑골이 부러질 만큼 심장 마사지를 하고, 기관 튜브를 삽관해서 고통을 주는 게 올바른 일일까? 난 아니라고 보는데."

나는 무심결에 자리에서 일어나 준 선배에게 바싹 다가갔다.

"그럼 왜 구급차를 받아서 삽관까지 하신 건데요? 그

렇게까지 그 할머니를 살리고 싶지 않았다면, 왜…….”

“가족들이 원했으니까. 우린 어차피 월급쟁이일 뿐이야. 고객인 환자 가족의 지시를 거스를 순 없지.”

준 선배는 흐아암~ 하고 하품하며 자리에서 일어섰다.

“난 이만 잘게. 잘 자.”

“…네.”

난 가만히 서 있었다. 준 선배는 수면실 문손잡이를 잡으며 이쪽을 돌아보았다.

“우리가 그 초긴급 병례에 대응하는 동안, 다른 구급차에서 전화가 왔었대. 심근경색을 일으킨 40대 남성이 있다고.”

난 마른침을 삼켰다. 심근경색이라면 대표적인 긴급 질환이고, 가만 놔두면 순식간에 죽을 수 있다. 따라서 한시라도 빠른 치료가 필요하다.

“옆 동네에서 쓰러져서 우리 병원으로 응급 요청이 들어왔어. 구급대가 도착하자마자 차내 모니터에서 ST 상승을 확인했고. 심근경색일 가능성이 매우 높아서 명백하게 긴급 치료가 필요한 상황이었지. 하지만…….”

준 선배가 고개를 푹 떨구었다.

“거절했다나 봐. 우린 그 할머니의 초긴급 병례에 대응하기에 벅찼으니까. 다른 병원을 찾아보라고 한 거야."

"…그랬던 건가요."

"결국 여기서 20분이나 걸리는 다른 병원으로 이송됐다는데, 그 병원에서 일하는 의사한테 물어봤더니 결국 죽었대."

내 심장이 빠르게 뛰었다. 준 선배가 가만히 중얼거렸다.

"만약 우리가 그 환자를 받아줄 수 있었다면, 살릴 수 있었을지도 몰라."

준 선배는 수면실로 들어갔다. 탁, 하고 문이 닫히는 소리가 들렸다. 나는 그저 그 자리에 멍하니 서 있을 수밖에 없었다.

다음 날 아침.

당직을 마치고 통상 업무로 복귀한 나는 문득 궁금해져서 어젯밤 초긴급 병례로 들어온 할머니의 전자 차트를 확인했다.

인공호흡기와 승압제*를 최대한으로 사용했지만 결국 새벽에 사망했다고 나왔다.

* 혈관을 수축해 혈압을 높이는 약.

Chapter 2

쉽게 말해, 나선에 사로잡혔다

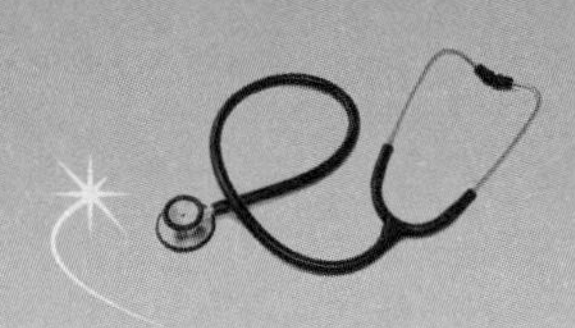

"저기, 돌팔이. 마취할 때 많이 아파?"

"아프지. 다들 너무 괴롭게 몸부림치니까 붙잡고 있는 것도 일이야, 일."

"……."

"거짓말인데. 그렇게 겁먹지 않아도 돼."

"죽어!"

병실 침대에 앉아 있던 하루카가 베개를 내게 던졌다. 나는 큭큭큭 하고 웃으며 베개를 받아냈다.

지난 자살 미수 사건으로부터 며칠이 지났다. 하루카는 그 뒤로 특별한 문제 없이 잘 지내고 있었다. 본인에게 그때 이야기를 꺼내면 토라진 얼굴로 이런 반응을 보였다.

'아, 듣기 싫어. 얌전히 있으면 된다면서? 이제 그런 짓 할 생각은 없으니까, 자꾸 지난 얘기 꺼내지 마.'

자살을 막기 위해 내 본심을 마구 쏟아내 버리고 말았지만, 정작 하루카는 별로 마음이 상한 것 같지는 않았다. 아니, 오히려 그 사건 이후로 나에 대한 태도가 부드러워진 느낌도 들었다. 물론 내가 뭘 할 때마다 화를 내는 건 변함없었지만.

"당신 말이야. 요새 정말 많이 변했어."

"그런가?"

"응. 예전엔 항상 히죽히죽 웃고 있어서 징그러웠거든."

하루카는 내가 다시 던진 베개를 품에 끌어안으며 촉촉한 눈빛으로 날 노려보았다. 나는 어깨를 으쓱거렸다.

"너한테 계속 잘해주려고 하다간 내 몸이 못 버틸 거야. 지난번 일로 교훈을 얻은 거지."

"잘난 척은."

하루카가 불쑥 중얼거렸다.

"…뭐, 나도 그래주는 게 더 좋지만."

"응? 뭐가 좋다고?"

"아니야, 아무것도."

하루카가 고개를 홱 돌렸다. 이럴 때 보면 또 나이에 걸맞게 귀여운 구석이 있다. 나는 쓴웃음을 지었다.

“내일이 수술인데, 어때. 긴장돼?”

그렇다. 내일은 미나토 하루카가 수술을 받는 날이었다. 수술 전 진료도 전부 끝났고, 이제 수술만 기다리면 된다. 이런 상황에선 누구나 긴장되기 마련이다. 하루카의 표정도 약간 경직된 느낌이었기에 꺼낸 질문이었다.

하루카는 입술을 비죽 내밀며 고개를 살짝 끄덕였다.

“…솔직히 수술은 싫어. 꼭 받아야만 한다는 건 알지만, 그래도.”

하루카는 베개를 끌어안은 팔에 힘을 꽉 주었다.

“내일 전신 마취를 받으면서 의식을 잃고… 다시는 눈을 뜨지 못하게 될까 봐 무서워.”

그런 불안감을 느끼는 것도 당연했다. 나는 고개를 끄덕여 보였다.

“타카야스 동맥염은 수술을 안 하는 경우도 많다던데. 왜 나만 이러나, 하는 생각도 들고.”

나는 말없이 하루카의 다음 이야기를 기다렸다.

하루카의 말처럼 사실 타카야스 동맥염 자체는 결코 예후가 나쁜 질환은 아니다. 오히려 치료 반응성은 비교적 좋다고 알려진 편이니까.

다만 하루카의 경우는 동맥이 자가 면역의 폭주로 염증에 노출된 결과, 심장의 혈관에 협착이 발생하고 말았다. 흔히 협심증이라고 부르는 상태였다. 이대로 방치한다면 혈관 폐색과 그에 따른 심근허혈(心筋虛血)이 발생할 수 있었다. 이것이 흔히 말하는 심근경색이며, 발병하면 치명적일 가능성이 높았다.

이러한 협심증을 없애기 위해 새로운 혈관을 접속하여 혈류의 우회로를 만드는 것이 이번 수술의 목적이었다. 관상동맥 우회술(CABG)로 불리는 수술이다.

"심장 수술은 실패하면 죽을 수도 있잖아? 그런 건 싫어. 그게 어떻게 안 무서울 수 있어?"

하루카는 눈을 내리깔며 작은 목소리로 말했다.

"…죽고 싶지 않아."

그 말이 내 마음에 무겁게 내려앉았다.

"무서워?"

"무서워. 죽을 만큼 무서워."

목숨을 건 수술을 받아야 하는 게 어느 정도의 공포인지, 나는 잘 모른다. 하지만 말로 다 표현할 수 없을 정도라는 건 상상하기 어렵지 않다.

지난 사건은 하루카 나름대로 공포에 대처하는 방법이었을지도 모른다. 스스로 죽음을 선택함으로써 수술의 공포에서 벗어나려 한 것을 대체 누가 비난할 수 있을까?

이 아이는 고작 열일곱 살이다.

내가 아무 대답도 안 하자 하루카는 살짝 손을 저었다.

"괜찮아. 이 방법밖에 없다는 건 잘 아니까."

"…하루카."

하루카가 무거워진 분위기를 환기하듯 웃음 지었다. 하지만 그 미소는 왠지 모르게 공허하고 안쓰러워 보였다.

"저기, 돌팔이."

"응. 왜?"

하루카가 머뭇거리며 말을 꺼냈다.

"부탁이 있는데……."

소등 시간이 되려면 아직 멀었는데도 병원 밖은 어두컴컴했다. 깜깜하다는 표현이 어울릴 정도였다. 나는 가을이 깊어지고 있다는 사실을 실감하며 하루카와 함께 병원 대지를 가로질러 걸어갔다. 잠시 뒤, 우리의 눈앞에 익숙한 풍경이 펼쳐졌다.

"지난번 거기구나."

"응."

하루카가 고개를 끄덕였다. 우리가 찾아온 곳은 전에도 하루카와 온 적이 있는 그 신사였다. 고운 단풍으로 장식된 나무들 사이로 작은 신사가 조용히 자리하고 있었다.

"…음."

먼저 온 손님이 있었는지 희미한 담배 냄새가 났다. 깜깜해진 지 오래인데도 여전히 본당은 잠겨 있지 않았고, 문을 열자 싸늘한 공기가 감돌았다.

"아무도 없네."

"청소가 되어 있는 걸 보면 관리하는 사람은 있는 것 같아."

하루카의 말처럼 나무 바닥에는 먼지 하나 쌓여 있지 않았다. 정기적으로 청소하는 사람이 있을 것이다.

하루카는 본당 문지방에 털썩 걸터앉았다. 나도 그 옆에 앉았다.

"여길 좋아하나 보네."

"응. 조용하니까."

하루카의 말을 듣고 나는 가만히 귀를 기울였다. 확실히 조용했다. 애초에 우리 병원이 도쿄 변두리의 외딴곳에 세워져 있지만, 여긴 그중에서도 특히 외진 곳이었다.

근처에 돌아다니는 사람이나 차는 전혀 없었고, 나뭇잎 스치는 소리만 희미하게 들려올 뿐이다.

"병원에 있으면 내가 환자라는 걸 자각할 수밖에 없으니까. 여기선 원래의 나로 돌아갈 수 있어."

하루카는 하늘을 올려다보았다. 초승달이 뜬 밤하늘에는 무수한 별이 밝게 반짝이고 있었다. 손을 뻗으면 닿을 것만 같았다. 이런 밤하늘은 처음이었다.

"이제 얼마 안 남았어. 네 병, 타카야스 동맥염은 거의 나은 거나 다름없으니까. 조금만 더 힘내면 이제 병원에 올 일은 없어. 원래 생활로 돌아가면 돼."

"정말? 돌팔이, 거짓말 아니지?"

"거짓말해서 뭐 하게. 정말이라니까."

쓴웃음을 지으며 돌아보자 하루카는 미심쩍은 눈빛으로 나를 보고 있었다.

"의사들은 애매한 말만 하잖아. 안심시키려는 건지, 아니면 자기 능력이 부족하다는 걸 인정하고 싶지 않아서 그런 건지 모르겠는데, 안 좋은 이야기는 꼭 숨겨."

"아……. 그럴지도 모르겠네."

하루카의 지적은 부분적으로 옳았다. 검사 결과가 안 좋을 때는 환자가 불안해하지 않도록 최대한 좋은 방향으로 설명하는 경우가 많으니까. 하지만 아무래도 하루카는 그걸 거짓말이라고 생각하는 것 같다.

"확실한 건 아냐. 그래도 분명 마지막일 거야."

"아~ 확실하진 않아? 무책임하네."

"어쩌겠어. 사람 몸이란 게 언제 어떻게 변할지 모르는 건데."

"그럼……."

하루카가 내 눈을 들여다보았다.

"날 버리지 마. 약속해. 날 살리겠다고."

나는 눈을 깜빡거렸다.

"…버릴 리가 있겠냐? 난 네 담당 주치의야."

왠지 쑥스러워서 살짝 웃고 말았다. 하지만 하루카는 끝까지 진지한 얼굴이었다.

"그래도. 지금 여기서 정확히 약속해 줘."

하루카가 내 쪽으로 얼굴을 바싹 들이댔다. 샤워를 하고 왔는지, 신사 안에 감도는 나무 냄새에 희미한 비누 향이 섞여 있었다. 하루카는 진지한 표정으로 나를 바라보고 있다. 나는 그 박력에 조금 압도된 채 고개를 끄덕였다.

"알았어. 약속할게. 난 널 살릴 거야."

얼굴이 확 달아오를 만큼 진부한 대사였다. 분명 진심

이지만, 이렇게 소리 내어 말하는 건 역시 부끄러웠다.

하루카의 표정이 밝아졌다.

"정말? 거짓말이면 귀신이 돼서 찾아갈 거야."

"무서운 소리 마."

하루카는 정말 기쁘게 웃고 있었다.

"저기, 돌팔이."

"응?"

"돌팔이는 왜 의사가 된 거야?"

하루카가 고개를 갸웃거리며 물었다. 밤하늘의 별빛처럼 반짝이는 눈동자가 날 가까이서 바라보고 있었다.

허세를 부리며 '그야 당연히, 너처럼 병 때문에 힘들어하는 사람들을 돕기 위해서 의사가 된 거지.' 하고 말할까도 생각했다. 하지만 이 똑똑한 소녀를 그런 낯간지러운 말로 속일 수는 없을 것이다. 결국 난 솔직하게 털어놓기로 했다.

"음, 고등학생 시절부터 공부를 나름 잘하는 편이었는데 딱히 하고 싶은 일은 없었으니까……. 내가 될 수 있는 직업 중에서 제일 돈도 잘 벌고 사회적 지위가 높아 보이는 게 의사였어."

"…우와."

하루카는 경멸스럽다는 듯 나한테서 멀찍이 떨어졌다.

"의사라는 건 그런 거 말고… 사람들을 구하고 싶다는 이상? 같은 걸 가진 사람이 되어야 하는 거 아냐?"

"그건 드라마를 너무 많이 봐서 그래. 어차피 의사도 월급쟁이라고."

나는 휴우, 하고 한숨을 쉬었다.

"의사가 꼭 되고 싶다는 녀석이 있다면, 그건 정상이 아냐. 보통은 공부를 잘해서, 의사인 부모님한테 병원을 물려받고 싶어서, 부자가 되고 싶어서, 여자한테 인기가 많아서……. 대충 그런 동기밖에 없을걸?"

"흠……. 생각했던 것보다 멋있진 않네."

"그걸 이제 깨달았어? 의사는 전혀 멋있지 않아. 그 증거로, 너도 날 보면서 멋지다는 생각은 안 할 거 아냐?"

하루카는 나를 유심히 바라본 다음 감탄하듯 말했다.

"설득력이 있네."

"아무리 내가 먼저 물어본 거지만 말이야. 그렇게까지 납득할 만큼 내가 안 멋있냐? 너무하네……."

하루카는 본당 바닥에 벌렁 드러누웠다. 그리고 밤하늘을 올려다보며 불쑥 말했다.

"난 말이지, 의사가 되고 싶어."

나는 귀를 의심했다. 하루카를 물끄러미 바라보자 쑥스러운 듯 얼굴을 붉혔다.

"왜? 불만 있어?"

"아니, 불만은 없지. 그래도 뭐냐, 꽤 힘들거든? 이 직업."

"나처럼 병 때문에 억울하게 힘들어하는 사람을 조금이라도 줄이고 싶어."

나는 하루카의 말을 몇 번 되뇌어 보다가 "그래?" 하고 대답했다.

"그럼 공부 열심히 해야겠네."

"뭐래. 당신이 들어갈 만한 대학이면, 난 눈 감고도 합격할 수 있거든?"

하루카는 흥, 하고 콧방귀를 뀌며 눈을 감았다.

"슬슬 돌아가지 않으면 간호사들이 걱정할 거야."

"소등 시간까지만 돌아가면 되지."

난 슬쩍 손목시계를 들여다보았다. 저녁 일곱 시쯤이면 확실히 아직 여유는 있었다. 아무래도 하루카는 좀 더 여기 있고 싶은 모양이었다. 당연히 나도 같이 남아야 한다는 생각에 쓴웃음이 나왔다. 하루카 옆에 누우며 눈을 감았다. 피로 탓인지, 나는 금세 잠에 빠져들었다.

이상한 꿈이었다.

검은 옷을 입은 어른들이 모여 있었다. 다들 얼굴을 숙인 채였고, 손수건으로 눈물을 닦아내는 사람도 보였다.

그 옆으로는 흰 가운을 걸친 의사와 간호사들이 나란히 서 있었다. 그들은 누군가에게 사죄하듯이 다들 고개를 숙이고 있다.

누군가가 소리쳤다. 나는 무심결에 돌아보았다. 검은 옷을 입은 여자 중 한 명, 살짝 주름진 얼굴의 여성이 울부짖었다. 그 옆얼굴이 내가 아는 사람과 많이 닮았다.

'…하루카?'

아니, 다르다. 닮았지만 다른 사람이었다. 이 사람은 하루카의 어머니다. 병문안을 왔을 때 몇 번 본 적이 있었다. 하루카 어머니의 어깨를 똑같이 검은 옷을 입은 남성이 끌어안았다. 이쪽은 아버지일까? 눈물로 팅팅 부은 눈으로 가만히 땅만 쳐다보고 있다.

검은 옷을 입은 사람들은 사람이 들어갈 만한 크기의 상자를 둘러싸고 있었다. 상자는 백합처럼 맑으면서도 차가운 흰색이었다.

관이었다.

사람들이 차례로 관 앞에 섰다. 꽃을 올리고 눈물과 콧물을 닦으며 양손을 모았다.

누가 죽기라도 한 걸까? 하지만 대체 누가…….

나는 걸어갔다. 관을 향해, 떨리는 다리로. 꽃을 올리며 고개를 숙였다. 깊이, 깊이 숙였다. 마치 용서를 빌 듯이. 내 입술이 멋대로 움직인다. 견딜 수 없는 오열과 함께 목소리가 흘러나왔다.

지켜주지 못해서 미안해.

얼굴을 들자 관 안에 누워 있는 사람이 눈에 들어왔다.

그곳에 누운 사람은…….

'—하루카.'

미나토 하루카가 죽어 있었다.

"…흐윽?!"

몸을 일으켰다. 거친 숨을 몰아쉬었다. 토할 것 같다. 신맛이 나는 침을 억지로 몇 번 꿀꺽 삼켰다.

천천히 주변을 둘러보자 낡은 나무 기둥이 눈에 들어왔다. 그걸 보고서야 하루카와 신사에 와 있었다는 걸 떠올렸다. 땀이 멎질 않는다. 가슴이 아팠다. 나는 의사 가운 옷깃을 꽉 움켜쥐었다.

…방금 꿈은 뭐였던 걸까?

하루카가 죽다니, 꿈이라지만 너무 불길했다. 게다가

그렇게 생생한 꿈이라니……. 시체가 된 하루카의 창백한 피부가 아직도 망막에 선명히 새겨져 있었다.

"돌팔이? 왜 그래?"

목소리가 들린 쪽을 돌아보았다. 하루카가 의아한 얼굴로 날 쳐다보고 있었다.

"푹 잠들었나 했더니 갑자기 웬 비명이야. 괜찮아?"

"…어. 괜찮아."

간신히 나온 대답이었다. 난 흐트러진 호흡을 가다듬으며 몇 번이고 하루카의 얼굴을 돌아보았다. 하루카는 부끄러운 듯 얼굴을 돌렸다.

"저기. 계속 그렇게 힐끔거리면 부끄럽잖아."

그 말을 듣고서야 방금 꾸었던 꿈은 그저 꿈일 뿐이라는 걸 실감할 수 있었다. 미나토 하루카는 멀쩡히 살아 있다. 이제부터 그녀는 인생을 건 수술을 받게 된다. 나는 그 사실을 확인하며 안도의 한숨을 내쉬었다.

"아무것도 아냐. 이상한 꿈을 꿨거든."

그때, 하루카가 얼굴을 찡그리며 제 가슴께를 눌렀다. 놀란 내가 물었다.

"야, 왜 그래?"

"가슴… 이 아파……."

하루카는 얼굴을 괴롭게 일그러뜨렸다. 이마에 진땀이 맺힌 것을 보자 내 얼굴에서도 핏기가 사라졌다.

설마 협심증 발작이 일어난 걸까?

하루카는 타카야스 동맥염에 따른 심혈관 협착으로 인해 협심증도 앓고 있다. 조금만 무리해도 심장이 비명을 지를 수 있었다. 최대한 평탄한 길을 골라 천천히 걸어왔지만 역시 밖에 나오는 건 힘들었던 걸까? 나는 마구 당황하며 가방 속을 뒤졌다.

"큰일이네, 니트로가 여기 어디 있었을—."

"괜, 찮아……. 조금 지나면 가라앉아."

하루카는 약 몇 알을 먹은 뒤 심호흡을 거듭했다.

마른침을 삼키며 잠시 지켜보자 하루카의 표정이 서서히 편안해지고 호흡도 자연스러워졌다. 나는 안도의 한숨을 내쉬었다. 혹시 하루카는 우리가 생각하는 것보다 훨씬 아슬아슬한 상태인 걸까?

천천히 몸을 일으킨 하루카가 구겨진 옷을 폈다.

"걸어서 갈 수 있겠어? 힘들면 사람을 부를게."

"멀쩡해. 가자, 돌팔이."

하루카는 크게 기지개를 켰다.

"정말 푹 잤어. 아무래도 오늘은 잠이 잘 안 오겠다."

방금 전의 괴로워하던 표정이 믿기지 않을 만큼 경쾌한 말투였다. 아무리 봐도 억지로 괜찮은 척하는 눈치다. 나는 마른침을 꿀꺽 삼킨 다음 하루카에게 맞춰주듯 실실 웃었다.

"그러면 안 되지. 내일은 수술이니까 일찍 자."

"네, 네. 가끔은 의사 같은 말도 하네."

"의사 맞거든?"

하루카와 가벼운 농담을 주고받으며 병원으로 돌아가는 길을 걸었다.

큰 도움은 못 될 테지만 하루카가 불안한 생각을 조금이나마 잊을 수 있게 해주고 싶었다. 한심하게도 지금 내가 해줄 수 있는 건 고작해야 이 정도일 테니까. 그러다 너무 늦은 건 아닌가 하며 시간을 확인하자…….

"어라."

"왜 그래? 돌팔이."

"…하루카. 아까 우리가 병원을 나올 때 거의 일곱 시가 다 되지 않았었나?"

"음, 글쎄? 기억 안 나는데."

내 손목시계는 오후 여섯 시 30분을 가리키고 있었다. 신사에서 하루카와 함께 꽤 오래 머물렀던 걸 생각하면 명백히 이상했다.

그러고 보니 전에 하루카와 이 신사에 왔을 때도 비슷한 일이 있었다.

'꼭 시간이 되돌려진 것 같네.'

거기까지 생각했을 때, 그게 무슨 바보 같은 생각인가 싶어 고개를 저으며 잊어버리기로 했다. 시간을 되돌린다니, 그런 비현실적인 망상이 또 어디 있을까. 나는 피곤해서 시계를 잘못 봤을 거라고 결론 내렸다. 지금은 내일을 위해 충분한 휴식을 취해두는 게 중요했다.

미나토 하루카의 수술은 이제 내일이니까.

아침의 수술실은 시끌벅적했다.

수술실로 통하는 문은 유리로 된 자동문이라서 밖에서도 수술실 복도를 들여다볼 수 있다. 불안한 표정의 환자들과 동행한 가족들, 의논 중인 간호사와 마취과 의사 등이 수술실 입구 앞에서 북적거렸다. 바로 옆에서는 휠체어에 앉은 고령의 환자에게 간호사가 말을 건네고 있었다.

"그럼 팔찌 좀 확인할게요. …네, 되셨어요. 몇 가지만 질문할 테니까 잘 듣고 대답해 주세요. 오늘 수술할 부위가 어떻게 되시죠?"

"응? 뭐? 잘 안 들려."

"오늘 수술할 부위가 어떻게 되시냐구요?!"

"아, 귀청 떨어지겠네! 왜 그렇게 소리를 질러?!"

여기저기서 수술 전의 최종 확인이 이루어지느라 소란스러웠다. 나와 하루카는 구석 쪽에 조용히 서 있었다.

"이제 얼마 안 남았네."

내가 말하자 하루카는 긴장한 얼굴로 고개를 끄덕였다. 그 옆에서는 하루카의 부모님까지 창백해진 얼굴로 서 있었다. 자식이 대수술을 받으러 가야 하니 충분히 그럴 만했다.

"괜찮아. 수술을 집도하는 건 칸자키 선생님이야. 심혈관 외과에선 모르는 사람이 없다고 할 만큼 대단한 의사야. 특수한 수술법은 사용하지 않을 거고, 극히 일반적인 관상동맥 우회술에 불과해. 실패할 리가 없어."

하루카는 작은 목소리로 대답했다.

"…응."

간호사가 하루카를 불렀다.

"미나토 환자. 많이 기다리셨어요. 가실까요?"

나는 하루카의 어깨를 살짝 두드려 주었다.

"잘 갔다 와. 마취에서 깨어나면 언제 퇴원할지 의논해

보자."

하루카는 무언가 망설이듯 불안한 시선으로 여기저기 쳐다보다가 입을 열었다

"저기, 돌팔이."

"왜 그래?"

"나는……."

하루카는 무슨 말을 꺼내려다가 다시 입을 다물었다. 그러는 사이 간호사가 다가와 하루카에게 말을 걸었다.

"미나토 환자? 무슨 일 있어요?"

하루카는 입을 꾹 다물더니 내게서 등을 돌렸다.

자동문을 통과해 링거대를 밀며 수술실로 걸어가는 하루카. 나는 그 뒷모습을 배웅한 다음 병동으로 돌아왔다. 시간을 확인할 겸 PHS를 꺼내자 '11월 27일 08:05 AM'이라고 표시된 화면이 보였다.

병동으로 복귀하자마자 너스 스테이션 앞에서 타카미네 간호사가 나를 불러세웠다.

"아, 시바 선생님, 마침 잘됐네. 처방을 부탁드릴 환자가 엄청 많았거든요."

한숨 돌릴 틈도 없다는 생각에 쓴웃음이 나왔다. 나는 또 산더미 같은 업무에 쫓기듯 움직이기 시작했다.

'…하루카.'

내가 하루카를 안심시키기 위해 한 말은 전부 사실이다. 오늘의 집도의인 칸자키는 적어도 수술 기량에 있어선 전적으로 믿을 만한 사람이었고, 수술 방식도 지극히 일반적인 관상동맥 우회술이었다. 게다가 당뇨병이나 폐병변 같은 위험 요소가 없는 하루카라면 수술 중에 문제가 발생할 확률은 낮다고 할 수 있었다.

문제는 없다. 없을… 것이다.

그런데 왜 이렇게 가슴이 두근대는 걸까?

'그 꿈…….'

어제 신사에서 꾸었던 꿈을 떠올렸다. 미나토 하루카의 시체와 관을 둘러싼 사람들……. 더할 나위 없이 불길한 장면이었다.

지금도 소름이 끼칠 만큼 생생한 꿈이었다. 잊어버리고 싶어도 관 안에 누운 하루카의 얼굴이 선명히 뇌리에 떠오를 정도다.

'바보도 아니고. 쓸데없는 일에 신경 쓰지 말자.'

나는 잡념을 떨쳐내듯 일에 집중했다. 수술이 실패할 리가 없다고 나 자신을 타이르면서.

병동에서의 업무는 오늘도 눈코 뜰 새 없이 바빴지만, 하루카의 수술 결과가 신경 쓰여서 도저히 집중할 수가 없었다. 전자 차트를 입력하던 손을 멈추며 크게 기지개를 켰다.

"잠깐 쉴까……."

나는 몰래 병동을 빠져나와 편의점으로 향했다. 편의점 입구에는 신간 잡지가 진열되어 있다. 매달 읽는 만화 잡지의 이번 달 호가 있는 것을 확인한 나는 재빨리 집어 들었다.

책장을 넘겼다. 하지만 잡지를 읽을수록 의아해졌다.

"…뭐지?"

전에 본 것처럼 기억나는 그림, 기시감이 느껴지는 전개. 페이지를 넘기기도 전에, 나는 다음 전개를 예측할 수 있었다. 아니, 이건 단순한 예측이 아니다. 다음 칸에서 주인공이 어떤 대사를 말하고 적이 어떤 기술을 사용하는지, 신기하게도 나는 전부 알고 있었다.

'전에 읽었던가? 하지만 기억이 없는데…….'

판권면을 확인했지만 의혹만 깊어질 뿐이었다. 발행 일자는 바로 오늘이었고, 따라서 이 책을 예전에 읽었다는 건 불가했다.

고개를 갸웃거리며 잡지를 진열대에 되돌려 놓았다. 문득 주위를 둘러보자 편의점 점원이나 입원 환자들이 날 의아한 눈빛으로 바라보고 있었다. 흰 가운을 입은 남자가 계속 만화 잡지를 읽고 있으니 이상하게 보이는 게 당연했다. 나는 재빨리 그곳을 벗어났다.

커피를 사서 엘리베이터 앞으로 향했다. 그때 내 귀에 PHS의 벨 소리가 들렸다. 화면에는 '아사히나 쿄코'라는 이름이 표시되었다. 통화 버튼을 누르자 잔뜩 상기된 목소리가 들려왔다.

"여보세요?! 시바?!"

나는 무슨 일인가 하며 고개를 갸웃거렸다.

"무슨 일이야? 너, 지금쯤 수술실에 있어야……."

"미나토 환자가…! 그 아이가…!"

온몸에서 핏기가 싹 가시는 느낌이었다. 나는 말을 빠르게 쏟아냈다.

"뭐야? 하루카한테 무슨 일이 생겼는데? 말 좀 해, 아사히나!"

"수술 중간부터 갑자기 상태가 이상해졌어! 혈압도 돌아오지 않고 출혈이 멈추지 않아! 이대로라면……."

아사히나는 수화기 너머에서 비통하게 외쳤다.

"그 애는 죽고 말 거야!"

옷을 갈아입을 시간조차 아까웠다. 수술복을 아무렇게나 걸치고 숨을 헐떡이며 수술실로 들어갔다.

"하루카!"

수술실 안은 조용했다. 저기에 서 있는, 수술용 멸균 가운을 입은 사람은 칸자키일 것이다. 마스크와 모자로 얼굴 절반이 가려졌지만 저 파충류 같은 눈을 알아보지 못할 리가 없다.

칸자키는 양팔을 힘없이 늘어뜨린 채 움직이지 않았다. 이상했다. 관상동맥 우회술은 속도가 생명인 수술이었다. 집도의가 느긋하게 쉬고 있을 여유 따윈 없다.

수술실 입구 근처에는 아까 내게 PHS로 연락해 준 아사히나가 서 있었다. 눈동자는 젖어 있었고 이따금 코를 훌쩍이는 소리도 들렸다.

뭐지? 대체 이 분위기는 뭘까?

나는 조심스레 말을 건넸다.

"저기, 칸자키 선생님. 수술은……."

칸자키는 대답하지 않았다. 그저 그 자리에 가만히 서 있을 뿐이었다. 대신 다른 사람이 내 질문에 반응했다.

"시바."

"어, 준 선배."

환자를 덮은 멸균포 밖에서 불쑥 얼굴을 내민 건 내 선배이자 마취과 의사인 나루베 준이었다. 환자의 상태를 관리하면서 수술을 지원하는 마취과의 특성상 마취과 의사는 이런 식으로 멸균포에 가려진 곳에 조용히 숨어 있는 경우가 많다. 준 선배는 나와 수술대에 누운 하루카를 번갈아 바라보았다.

"그래. 이 아이는 네 담당 환자였구나."

"네. 준 선배는 왜 여기 계시죠?"

"내가 수술 마취를 담당했거든. …한심한 결과를 맞이하고 말았지만."

준 선배는 눈을 내리깔았다. 나는 쓴웃음을 짓고 말았다.

"아니, 아니, 아니, 무슨 소리예요, 아직 수술 중인데. 그런 불길한 소리는 하지 마시죠."

내가 그렇게 말하자 준 선배는 환자 옆에 놓인 모니터를 천천히 가리켰다.

수술 중에는 혈압과 맥박, 산소포화도 등 다양한 수치를 모니터링한다. 하지만 지금 모니터에는 맥박이 '0'으로 표시되고 있었다. 아무리 봐도 비정상적인 수치였다.

"준 선배, 뭐 하시는 거예요. 심박수가 제대로 안 나오잖아요. 씰 위치를 확인할까요? 아, 그렇지. 원래 오프 펌프로 하려던 예정을 변경해서 인공 심폐기를 사용하기로 했었죠?"

준 선배는 대답하지 않았다. 그녀를 대신하듯 칸자키가 입을 열었다.

"시바."

"아, 네. 왜 그러시죠?"

"수술은 실패했다."

그 말의 의미를 이해하기까지 약간의 시간이 걸렸다. 눈앞이 캄캄해졌다. 나는 쥐어짜 내듯 말했다.

"…네?"

"수술 중에 원인 불명의 부정맥으로 인한 심실세동*이 발생했다. 그것뿐이라면 어떻게든 됐을 텐데, 산소포화도의 저하와 출혈 조절에 실패하면서 재생시킬 수도, 인공 심폐로 전환할 수도 없게 되면서— 환자는 사망했어."

칸자키는 수술대에서 물러나며 장갑을 벗었다. 나도

* 심장이 불규칙적으로 박동하고 제대로 수축하지 못해 혈액을 전신으로 전달하지 못하는 상태.

모르게 그의 어깨를 움켜쥐었다.

"장난치지 마시구요. 아직 수술 중이잖아요."

"시바!"

준 선배가 내 팔을 잡아당겼다. 난 준 선배의 손을 난폭하게 뿌리쳤다.

"아니, 아니, 이상하잖아요, 이건……. 전 약속했다고요, 꼭 살려주겠다고……."

준 선배는 말없이 수술대 위를 가리켰다. 흉골을 세로로 펼쳐 노출된 심장이 보였다. 심장은 핏물에 잠겨 있었다. 아무리 봐도 박동은 멈춘 상태였다.

난 믿기지 않는 심정으로 수술용 멸균포를 들췄다. 이건 말도 안 되게 악취미적인 깜짝 카메라 같은 거고, 진짜 수술은 이제 막 시작된 게 아닐까? 그런 바보 같은 망상까지 했다.

멸균포 아래로 핏기가 사라진 하루카의 얼굴이 드러났다. 입에 기관 튜브를 집어넣은 모습이었다.

반년이나 의사를 하다 보면 '사람의 죽음'이라는 걸 가까이서 목격할 기회가 적지 않다. 이제는 얼핏 봐도 그 사람이 살았는지 죽었는지 정도는 구분할 수 있었다.

미나토 하루카는 틀림없이 죽어 있었다.

"아……."

맥 빠진 목소리가 새어 나왔다. 온몸이 부들부들 떨렸다. 다리에서 힘이 풀리며 그 자리에 무릎을 꿇고 말았다.

미나토 하루카의 시신은 그날 저녁 병원에서 반출되었다.

병원에서 사망이 확인된 사람은 자택이나 장례식장까지 관에 담겨 차로 운송된다. 떠나기 전에는 그 환자의 치료를 담당했던 의료진이 고인에게 꽃을 올리고 작별 인사를 할 기회가 주어진다. 우리는 그걸 출관(出棺)이라고 부른다.

우리 병동이 있는 건물 지하에는 출관을 위한 통로가 있다. 뱀처럼 가느다랗고 긴 공간은 평소엔 아무도 오지 않아 휑뎅그렁했다.

그곳에서 지금 흰 가운을 입은 의사와 간호사들이 고개를 숙인 채 나란히 서 있었다. 손수건으로 눈가를 닦는 사람도 보였다. 내 앞으로 한 쌍의 부부가 지나갔다. 전에 본 적이 있는 얼굴이었다. 하루카의 부모님이다.

하루카의 어머니는 비통하게 오열하고 있었다. 제대로 걷지도 못할 정도라 옆에서 어깨를 부축해 주는 하루카의 아버지 덕분에 간신히 쓰러지지 않는 모습이었다. 하지만 아버지 쪽도 완전히 생기를 잃어 창백해진 얼굴을 하고 있었다.

당연한 일이다. 딸이, 아직 열일곱 살밖에 되지 않은 자식이 죽었으니까. 멀쩡하다면 오히려 그게 더 이상하다.

수술 전의 상황을 떠올렸다. 부모님 사이에서 불안한 표정을 짓던 하루카를 괜찮다는 말로 떠나보냈다. 나는 반사적으로 고개를 숙였다.

죄책감에 얼굴을 들 수 없었다.

의료진들이 줄지어 앞으로 나아갔다. 죽은 자에게 꽃을 올리기 위해서다. 길게 이어진 행렬을 보며 이렇게나 많은 사람이 하루카의 치료에 관여하고 있었다는 것에 놀랐다. 행렬 안에는 아사히나와 준 선배, 타카미네 간호사와 칸자키의 모습도 보였다.

이윽고 내 차례가 돌아왔다. 나는 작은 꽃다발을 받아 들고 관에 다가갔다.

"…하루… 카."

작게 이름을 불러보았다. 대답은 당연히 들을 수 없다.

하루카는 눈을 감은 채 잠든 듯이 누워 있었다. 관 안은 꽃으로 가득 차서 팔과 얼굴만 보였다. 얼굴엔 화장이 되어 있고 머리카락도 단정하게 정리되어 있었다.

'난 말이지, 의사가 되고 싶어.'

그렇게 말하던 하루카의 얼굴을 떠올렸다. 쑥스러워하면서도 눈을 반짝이던 그 모습을.

그녀의 꿈은 이제 이뤄질 수 없다.

하루카의 관 위로 꽃을 올렸다. 도저히 억누를 수 없을 만큼 손이 떨렸다. 그런 뒤에 다른 의료진들과 함께 복도에 나란히 섰다. 이제부터 장례 업체에 의해 운송될 하루카의 시신을 배웅하기 위해서다.

내 옆에 누군가가 섰다. 마디가 불거진 그의 손등을 보자마자 내 표정이 딱딱하게 굳었다.

'칸자키…….'

아까의 광경이 뇌리에 생생히 떠올랐다. 수술실에서 하루카의 시신 옆에 우두커니 서 있던 칸자키의 모습이.

'명의 좋아하네…!'

평소에 잘난 척은 혼자서 다 해놓은 주제에, 막상 뚜껑을 열어 보니 이 꼴이다. 내 가슴 속에서 어두운 감정이 들끓었다.

사실은 별로 대단치 않은 실력이었던 게 아닐까? 이 녀석이 부족한 탓에 하루카가 죽은 걸 수도…….

엉뚱한 원망이라는 자각은 있었다. 하지만 칸자키에

대한 분노를 억누를 수가 없었다.

칸자키의 얼굴을 원망스럽게 노려보았을 때였다.

'…어?'

나도 모르게 마른침을 꿀꺽 삼켰다.

악귀처럼 무서운 표정이었다. 지금까지 한 번도 본 적 없는 험악한 얼굴로 입술을 깨문 채, 칸자키 타케오미는 자신에 대한 분노를 필사적으로 억누르고 있었다.

처음 수련의가 되었을 때 전문의한테 들었던 말이 떠올랐다.

'조금 지나면 환자가 죽어도 아무것도 안 느끼게 될 거야. 일일이 마음 쓰다가는 병원에서 일 못 하거든.'

칸자키……. 난 이 남자가 싫다. 음침해서 무슨 생각을 하는지도 모르겠고, 수련의한테는 늘 엄격하다. 의사라면 잠잘 시간도 아껴가며 일해야 한다는 듯한 업무 태도는 나 같은 젊은 세대의 눈에 시대착오적으로만 보였다.

왜 다들 이런 녀석을 명의라고 추켜세우는지 늘 의문이었다. 하지만 지금은 조금이나마 그 이유를 알 것 같다.

잠시 뒤에 모든 조문객이 헌화를 마쳤다. 장례 업체 직원들의 손에 하루카의 관이 천천히 옮겨졌다. 대기하던 영구차 안에 하루카와 가족들이 올라탔다.

문이 닫히고 차가 움직이기 시작했다. 주차장을 빠져나가 차가 완전히 보이지 않게 된 뒤에도 나는 계속 멍하니 서 있었다.

"…가자."

아사히나가 내 팔을 잡아당겼다. 나는 천천히 고개를 끄덕였다. 이제 내가 할 수 있는 일은 아무것도 없다. 여기서 멍하니 있어 봐야 미나토 하루카가 죽었다는 사실은 바뀌지 않는다. 머리로는 그걸 이해하지만, 가슴에 커다란 구멍이 뚫려 있었다.

'…만약에.'

나는 멍한 머리로 공상에 잠겼다.

'만약에 과거로 돌아갈 수 있다면.'

말도 안 되는 생각이라는 건 충분히 알고 있었다. 하지만 어째서인지 그런 공상을 떨쳐낼 수 없었다.

'다시 한번 기회가 주어진다면, 살릴 수 있을까?'

—약속해. 날 살리겠다고.

과거로 돌아갈 수 있다면, 그때는 꼭 약속을 지키고 싶다. 지키지 않으면 안 된다. 나는 이를 악물었다. 다리에 힘을 주며 한 걸음 내디뎠다. 내 몸을 현실로 되돌려 놓으려는 듯이.

그때 딸랑, 하고 방울이 울리는 듯한 소리가 들렸다. 맑고 아름다우면서도 온몸의 털이 곤두서듯 무섭기도 한 기묘한 음색이었다. 어디서 난 소리인가 싶어서 나는 주변을 둘러보려고 했다. 하지만 그 순간…….

"앗."

내 시야가 옆으로 확 기울어졌다. 제대로 서 있을 수 없을 정도의 현기증이 나를 덮쳤다. 나는 무릎을 꿇고 말았다.

"으윽… 으억……."

토할 것 같았다. 머리가 깨질 듯 아팠다. 귀 안쪽에서 혈관이 박동하는 소리가 들렸다.

"—바?! 괜찮—?!"

아사히나의 목소리가 들렸다. 하지만 그 소리는 탁하고 멀게 들려왔다. 마치 다른 세계에서 들려오는 소리처럼.

눈앞이 빙글빙글 돌았다. 몸을 일으킬 수 없었다. 위장 속의 음식물을 게웠지만, 뱃속은 계속 부글부글 끓고 있었다.

'머, 머리가—.'

이윽고 극심한 두통이 찾아왔다. 머리가 쪼개질 것만 같았다. 지금 당장 두개골을 열어 뇌에 직접 진통제를 주사하고 싶었다.

나는 결국 견디지 못하고 짐승처럼 울부짖었다.

"음……. 어라?"

눈을 뜨니 머리가 욱신거렸다. 어딘가에 누워 있던 모양이다. 손끝에서 나무 바닥의 감촉이 느껴졌다.

'여긴…….'

전에 하루카와 몇 번 왔던 그 신사였다. 나무 냄새와 낡은 천장의 나뭇결이 익숙했다. 왜 이런 곳에 와 있는 건가 싶어서 고개를 갸웃거렸다. 하루카의 시신을 배웅한 뒤에 맹렬한 현기증과 두통을 느꼈던 것까지는 기억이 났다. 정신을 잃고 쓰러진 나를 누군가 여기로 옮겨온 걸까? 하지만 왜 하필 이런 곳에…….

몽롱한 머리로 생각에 잠긴 내 귀에 젊은 여자 목소리가 들렸다.

"돌팔이? 왜 그래?"

그 호칭……. 선명히 떠올릴 수 있을 만큼 익숙하지만, 두 번 다시 들을 수 없을 거라고 생각했던 목소리.

나는 천천히 목소리가 들린 방향으로 돌아보았다.

미나토 하루카가 신사의 문지방에 걸터앉아 나를 보고

있었다.

"푹 잠들었나 했더니 갑자기 웬 비명이야. 괜찮아?"

목소리가 나오지 않았다. 눈앞의 현실을 곧이곧대로 받아들일 수 없었다.

"하루… 카?"

"…뭔데? 왜 그렇게 깜짝 놀라고 그래? 극혐."

영문을 알 수 없었다. 놀라서 굳어버린 머리로 대체 무슨 일이 벌어진 건지 생각했다.

"정말로 하루카 맞아?"

"이봐, 돌팔이. 괜찮아? 잠이 덜 깼어?"

놀리는 말투로 내 얼굴을 들여다보는 모습. 이 아이는 미나토 하루카다.

하루카를 수술실에 들여보내고, 수술이 실패했다는 연락을 받고 달려가 하루카의 사망을 확인하고, 그 시신을 배웅한 것까지 나는 선명히 기억하고 있다.

하지만 이렇게 하루카가 살아 있는 걸 보면, 사실 하루카의 수술은 성공적으로 끝났던 걸까? 나는 도무지 납득이 되지 않아 하루카에게 물었다.

"저기, 하루카. 너 수술이 끝난 다음에 어디서 뭘 했던 거야? 난 수술이 실패한 줄 알고……."

"무슨 소리야, 돌팔이. 수술이 실패하길 바라는 거야?"

하루카는 어이가 없다는 듯 고개를 저었다.

"수술은 내일이잖아. 아까도 그 이야기했으면서……."

나는 이번에야말로 정말 할 말을 잃고 말았다.

"…응? 방금 뭐랬어?"

"아니, 내 수술은 내일이라니까? 진짜 잠이 덜 깼어?"

수술이 연장되었다는 뜻일까? 아니, 난 그런 연락은 받지 못했다. 주치의인 내가 모르는 변경 사항을 하루카가 알고 있다는 건 이상했다. 아니면 연락이 온 줄 모르고 있었던 걸까? 그런 생각으로 의사 가운의 가슴 주머니에서 PHS를 꺼내 통화 기록을 확인했다.

예상대로 부재중 전화 기록은 없었다. 다만 나는 전혀 예상치 못한 사실 때문에 눈을 의심했다.

PHS의 대기 화면에는 오늘 날짜와 시간이 표시된다. 표시된 날짜는 11월 26일이었다. 오늘 아침 하루카를 수술실 앞에서 배웅하며 문득 PHS를 확인했을 때는 분명 11월 27일로 표시되어 있었다.

개인용 휴대폰을 봐도 역시 날짜는 11월 26일이었다. 나는 혼란스러운 머리로 하루카에게 물었다.

"야, 하루카. 오늘이 몇 월 며칠이야?"

하루카는 고개를 갸웃거렸다.

"11월 26일이잖아. 당연한 걸 묻네."

하지만 난 그 말을 듣고 믿기 힘든 결론을 내릴 수밖에 없었다.

"시간이……."

"응?"

"시간이 되돌려진 건가."

나는 11월 27일에 미나토 하루카의 죽음을 한 번 경험했다. 그 뒤에 무슨 원리인지는 몰라도 이렇게 두 번째 11월 26일로 돌아온 것 같다.

'아니…….'

애초에 지금 이게 **정말 두 번째이긴 할까?** 전에 하루카와 이 신사에 왔을 때 꾸었던 악몽— 미나토 하루카의 시신과 그걸 사람들이 배웅하던 광경을 떠올리며 나는 생각에 잠겼다. 어쩌면 그게 첫 번째였고 지금은 세 번째일지도 모른다. 그렇게 생각해도 전혀 모순되는 점은 없다.

'타임 루프…….'

같은 시간을 몇 번이고 반복하는 것을 뜻한다. 기억을 유지한 채 과거의 시간으로 돌아온 주인공은 과거의 사건에 개입할 수 있다. SF에선 매우 흔히 쓰이는 설정이었다.

아니, 그럴 리가 있나, 하고 머릿속에서 쓴웃음을 지었다. 타임 루프는 어디까지나 창작물 속의 아이디어일 뿐, 현실 세계에서 과거로 돌아가는 일이 가능할 리 없다. 타임머신은 공상 속에서만 존재하니까.

'그래. 타임 루프라니 말도 안 되지. 그건 그냥 꿈이었을 거야.'

스스로도 어이가 없을 만큼 지독한 악몽이었다. 이제부터 하루카는 목숨을 건 수술을 받아야 하는데, 이게 무슨 부정 탈 꿈이란 말인가.

나는 하루카를 재촉해서 병원으로 돌아가기로 했다. 밤바람에 춤추는 단풍잎, 구름 너머로 보였다 숨었다 하는 달, 어두운 밤길. 이 모든 것에서 강렬한 기시감이 느껴졌다. 말도 안 된다는 건 알지만, 시간이 되돌려졌을지도 모른다는 생각을 도저히 떨쳐낼 수 없었다.

하루카를 병실로 돌려보낸 뒤에, 나는 병원 내 카페에서 커피를 한잔 마신 뒤 수련의실로 돌아왔다. 실내에서 희미한 술 냄새가 났고 쓰레기통에는 빈 캔맥주가 여러 개 버려져 있었다. 수련의 중 누군가가 술잔치라도 벌인 모양이다.

다행히 지금은 아무도 없었기에 나는 내 책상에 앉아 가만히 휴대폰을 갖고 놀았다. 왠지 마음이 진정되질 않아서 얌전히 집에 돌아가고 싶지 않았다.

"과거로 돌아온다… 라. 설마. …그건 그냥 꿈이었을 거야."

대체 내 상상력이 언제부터 이렇게 풍부해진 걸까? 내가 과거로 돌아왔다고? 그런 말도 안 되는 일이 벌어질 리가 없다. 스물네 살이나 먹고 떠올릴 만한 생각은 아니었다.

나도 안다. 아는데, 도저히 이 생각에서 벗어날 수가 없다.

나는 조용히 영화를 계속 시청했다. 영화의 주인공은 사랑하는 사람을 구하기 위해 몇 번이고 과거로 돌아갔고, 끝내는 죽음의 운명을 훌륭히 극복해 냈다.

영화가 끝나자 어느새 꽤 늦은 시간이었다. 잠만 자러 집에 가기도 조금 귀찮아서 나는 수련의실의 지저분한 소파에 드러누웠다.

다음 날 아침, 하루카의 수술 시간이 다가왔다. 나는 하루카를 배웅하기 위해 병실로 찾아갔고, 그녀의 부모님과 함께 수술실로 향했다. 엘리베이터에서 내려 수술실 입구 앞에 선 순간, 나도 모르게 멈춰서고 말았다.

"돌팔이, 갑자기 왜 그래?"

뒤에서 따라오던 하루카가 재촉했다. 하지만 난 대답조차 하지 못했다. 수술실 광경에서 강렬한 기시감이 느껴지는 건, 그럴 수도 있다고 치자. 아침의 수술실 앞이 붐비는 것도 늘상 있는 일이다. 하지만…….

"그럼 팔찌 좀 확인할게요. …네, 되셨어요. 몇 가지만 질문할 테니까 잘 듣고 대답해 주세요. 오늘 수술할 부위가 어떻게 되시죠?"

"응? 뭐? 잘 안 들려."

"오늘 수술할 부위가 어떻게 되시냐구요?!"

"아, 귀청 떨어지겠네! 왜 그렇게 소리를 질러?!"

주위에 보이는 환자와 의료진의 얼굴, 그들이 나누는 대화까지 기억나는 건 어떻게 된 일일까?

나는 어안이 벙벙한 채로 하루카를 수술실로 들여보냈다.

병동으로 복귀해서 하루카의 수술이 끝나기만 기다렸다. PHS를 강하게 움켜쥔 채, 제발 그 어떤 연락도 오지 말길 기도했다.

—그 애는 죽고 말 거야!

고개를 강하게 저었다. 내 기억—이라고 불러도 되는 건지 모르겠지만—대로라면 이제 슬슬 아사히나에게서 연락이 올 시간이었다.

그때 갑자기 PHS가 요란한 소리를 울려댔다. 온몸에서 핏기가 가시는 느낌이 들었다.

"여보세요?! 시바?!"

"아사히나?"

나는 의자에서 일어났다. 아사히나는 전화기 너머로도 얼마나 동요했는지 알 수 있을 만큼 잔뜩 상기된 목소리로 말했다.

"미나토 환자가…! 그 아이가…!"

똑같았다. 그 기억과 완전히 일치하는 전개였다. 나는 수술실을 향해 달려가면서 아사히나의 말을 들었다.

"수술 중간부터 갑자기 상태가 이상해졌어! 혈압도 돌아오지 않고 출혈이 멈추지 않아! 이대로라면… 그 애는 죽고 말 거야!"

계단을 두 단씩 뛰어 내려가며 수술실로 향했다. 옷 갈아입는 시간도 아까워서 수술복을 대충 걸치며 달렸다.

연두색 복도를 지나 수술실로 뛰어 들어갔다. 희미한 소독약 냄새가 풍겼다. 수술실은 몸이 떨릴 만큼 추워서 마치 냉장고 안에 들어온 것 같았다. 나는 수술실 안을 빙 둘러보았다. 완전히 침묵해 버린 모니터와 고개를 푹 숙인 칸자키. 흐느끼는 아사히나. 전부 익숙한 풍경이었다.
그리고…….

"…하루카."

미나토 하루카가 수술 중에 사망했다는 사실을 전달받았다. 나는 대답조차 하지 못한 채 비틀거리며 수술실을 빠져나왔다.

'뭐야……. 대체 뭐냐고, 이게.'

눈앞의 현실을 도저히 받아들일 수 없었다. 한 번 봤던 광경을 그대로 따라가듯이, 하루카는 한 번 더 죽음의 늪 속으로 가라앉았다.

병원 안을 정처 없이 떠돌았다. 하지만…….

"크윽… 아악……!"

눈앞이 확 흔들렸다. 이명이 멎지 않았다. 구토감도. 눈앞의 세상이 한 바퀴 빙글 돈 다음, 그대로 어두워졌다.

"돌팔이? 왜 그래?"

눈을 뜨자 익숙한 광경이 눈앞에 펼쳐져 있었다. 그 신사 안이었다. 깨끗하게 청소된 실내에는 희미한 나무 냄새가 감돌았다.

난 몇 번 눈을 깜빡거린 다음 천천히 몸을 일으켰다.

"잠깐, 돌팔이. 갑자기 뭔데?"

하루카가 뭐라고 떠들어댔지만 귀에 들어오지도 않았다. 나는 갑자기 강하게 고동치는 심장 박동을 느끼며 생각했다.

이건 기시감도, 착각도 아니다.

아무리 생각해도 그게 꿈이나 망상일 리가 없다. 조금 전까지 난 분명 수술실에 있었다. 차갑게 식은 하루카의 시신을 만지며 절망했다. 그 직후에 지독한 현기증을 느꼈고, 그다음—.

'정말로… 과거로 돌아온 건가?'

난 내 손을 가만히 바라보았다. 그럴 리 없다고 부정하는 마음이 점점 사라져 갔고, 그 공백을 다른 감정이 채워 나갔다.

당연한 말이지만 인간은 과거로 돌아갈 수 없다. 시간은 과거에서 미래로 흐르는 강물과도 같고, 그 강물을 역행하는 건 불가능하다.

하지만 내가 지금 처한 상황을 달리 설명할 방법이 없는 것도 사실이었다.

복잡하던 머리가 서서히 냉정함을 되찾아갔다. 내가 해야 할도 분명해졌다.

만약 운명의 장난으로 내가 과거로 돌아온 거라면. 아직 하루카가 살아 있는 상황이라면.

'미래를 바꿀 수 있을지도 몰라…….'

나는 하루카를 구할 것이다.

그리하여 누구에게도 털어놓을 수 없는 나의 싸움이 시작되었다.

Chapter 3

하지만 미래는 바뀌지 않는다

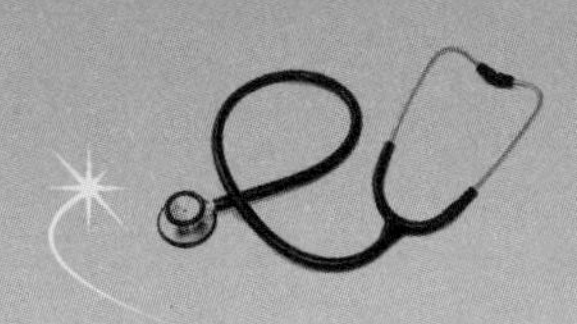

“수술에 참여시켜 달라고?”

하루카를 서둘러 병동으로 돌려보낸 후, 나는 바로 심혈관 외과 부장실로 향했다. 시각은 저녁 일곱 시. ‘집보다 병원에서 잘 때가 많다.’는 소문의 주인공인 칸자키라면, 아직 병원에 남아 있으리라 생각한 것이다. 예상한 대로 부장실 너머에선 무뚝뚝한 얼굴의 칸지키가 컵라면을 먹고 있었다.

“난 네가 수술실에 들어오기 싫어한다고 생각했는데.”

칸자키는 컵라면을 후후 불며 말했다. 나는 칸자키가 권하는 대로 방구석에 쌓인 종이 상자 위에 걸터앉고서 고개를 살짝 숙였다.

이 남자의 말이 맞다. 나는 되도록 수술이란 일에 참여하고 싶지 않다. 수술복은 답답한 데다가 한시도 마음 놓을 수 없을 뿐더러 이따끔 혼나기도 한다. 수술이란 그런 귀찮은 일이다. 하지만…….

'내가 도움이 되거나 뭔가를 발견할 수 있을지도 몰라.'

예를 들면 모니터 상태가 이상하다거나, 지혈 작업이 불충분하다거나 하는 것. 그 정도면 나도 알아챌 수 있다. 내 기억이 정확하다면 칸자키는 하루카의 수술이 실패한 원인이 부정맥과 출혈 조절의 실패라고 말했다. 그걸 미리 안다면 뭔가 방법이 있을 것이다.

칸자키는 말없이 컵라면을 계속 먹고 있었다. 혹시 거절하려는 걸까, 그동안 좀 더 성실하게 일할 걸 그랬나, 하는 후회가 들기 시작했을 때 칸자키는 천천히 고개를 끄덕였다.

"좋아. 허락한다."

"어. 아, 네."

"네가 말을 꺼내놓고 왜 놀라나?"

칸자키는 컵라면의 남은 국물을 들이마셨다.

"수련의가 주체적으로 행동하는 건 좋은 일이지. 나는

배우고자 하는 마음을 존중한다. 참여하도록 해."

"가… 감사합니다!"

나는 몇 번이고 고개를 숙였다. 칸자키는 쓴웃음을 지으며 빨리 가서 자라고 날 쫓아냈다. 부장실을 나오자 몸이 뜨거워지는 걸 느꼈다. 오늘은 수련의실에 틀어박혀 밤을 새워서라도 관상동맥 우회술의 과정을 철저히 외울 생각이었다.

하바토 대학 의료센터에는 열 명 정도의 수련의가 있고 나와 아사히나도 거기 포함된다. 수련의에게는 전용 수련의실이 마련되어 수면이나 자습을 위해 사용할 수 있다.

물론 그건 어디까지나 형식적인 명목일 뿐이고, 실제로는 밤늦게까지 술잔치를 벌이고, 아득한 선배들이 남기고 간 야한 책을 돌려 보고, TV로 너튜브를 보거나 한다. 사실상 수련의들의 아지트나 다름없는 셈이다.

칸자키에게 수술 참가를 허락받은 뒤에 수련의실로 돌아오자 소파에 두 여자가 앉아 있었다. 나는 말을 건넸다.

"준 선배. 그리고 아사히나구나."

"어, 시바. 놀러 왔어."

준 선배가 손을 들며 인사했다.

"이 병원은 수련의실이 깨끗해서 좋다. 대학병원의 수련의실은 돼지우리나 다름없는데."

"뭐, 대학병원의 시설이 낡은 건 전국 공통이잖아요."

준 선배 옆에서 아사히나가 뼈가 담긴 말을 꺼냈다.

"어딨었어? 네가 없어서 내가 대신 처방 지시했는데."

"어, 고마워."

난 수련의실 안쪽에 놓인 내 책상 앞에 앉았다. 근처의 책장을 뒤져 심혈관 외과 수술과 관련된 책을 닥치는 대로 찾아냈다. 둔기로도 쓸 수 있을 만큼 두꺼운 책을 펼치자, 준 선배가 눈을 동그랗게 뜨며 내 얼굴을 바라보았다.

"별일이네. 시바가 공부를 다 하고."

"저라고 1년 내내 놀기만 하겠어요?"

"성실해졌구나……. 학교 다닐 때, 추가 시험에 쫓기던 시바가 그립네."

"그게 언제 적 일인데요."

아사히나가 무시하는 표정으로 콧방귀를 뀌었다. 쟤는 어차피 추가 시험 같은 건 받아본 적도 없을 것이다. 준 선배가 껄껄 웃었다.

"딱 그렇게만 열심히 공부해 줘. 수련의들이 잘해줘야 마취과도 편해지니까."

"저희야 선배님들 발목 잡지 않도록 노력하는 것만으로도 벅차죠. 아직 기구 사용법도, 약의 종류도 모르니까요."

의사 국가시험은 필기로만 이루어지며 실기 시험은 포함되지 않는다. 우리는 의사 면허를 취득하자마자 아무 준비도 없이 최전선으로 보내지는 셈이다.

준 선배는 손을 저으며 말했다.

"그걸로 충분해. 요새 무슨 일인지 주술기에 사망하는 사람이 많아서 우리 부장님은 신경이 잔뜩 곤두서 있어. 지난번에도 수련의 하나가 엄청 심하게 혼났다니까."

"흐음. 뭔가 특별한 원인이라도 있는 걸까요?"

"글쎄? 뭐, 절대적으로 안전한 수술 같은 건 없다는 말로 정리해 버릴 순 있겠지."

준 선배가 어깨를 으쓱거렸다.

나는 잡담은 이쯤 해두기로 하고 공부를 시작했다. 하루카의 내일 수술을 위해 할 수 있는 일은 전부 해두고 싶었다. 시간이 흘렀지만, 나는 전혀 집중할 수 없었다. 왜냐하면…….

"여자 의사는 사내 연애 같은 건 안 하는 게 좋대도?"

"음……. 그래도 직장 밖에서 남자를 만날 기회는 거의 없잖아요?"

"그렇긴 하지."

수련의실 안에서 여자끼리의 수다가 시작되고 있었다. 준 선배가 내게도 말을 건넸다.

"그렇지. 너 아는 남자 중에 여친 없고 괜찮은 사람 없어? 잘생기면 더 좋고."

"그걸 왜 저한테 물어보시는데요?"

이런 식이면 공부를 할 수 없다. 한숨을 쉬며 두 사람 쪽을 돌아보자 어느새 준 선배의 손에는 캔맥주가 들려 있었다. 완전히 눌러앉을 기세다.

"아니, 들어봐. 얘가 얼마 전에 큰맘 먹고 인생 첫 미팅에 나갔는데, 아무도 연락처를 안 물어봤대."

"잠깐, 나루베 선배……."

"이렇게 귀여운데 말이지."

준 선배가 아사히나와 볼을 맞댔다. 아사히나는 곤란하다는 듯이 미간을 살짝 찡그렸지만, 싫어하는 눈치는 아니었다. 사이가 참 좋네, 저 두 사람.

난 아사히나의 얼굴을 유심히 바라보았다.

"왜?"

아사히나가 퉁명스럽게 물었다. 가뜩이나 날카로운 눈매가 더욱 매서워진 것을 보며 나는 한숨을 쉬었다.

"이유는 대충 알 것 같은데."

"너 또 무례한 생각이나 하고 있었지?"

"화장실 가서 거울 앞에 서봐. 사나운 눈매를 가진 여자가 보일 거야."

아사히나가 빈 캔맥주를 던졌지만 나는 가볍게 피했다.

"그러는 넌? 여친 있어?"

"나? 아니, 지금은 없는데."

"지금도 없는 거겠지."

준 선배의 지적은 그냥 못 들은 척하기로 했다. 아사히나가 말했다.

"미나토 환자는?"

나는 잠시 입을 쩍 벌린 채 아사히나를 바라보았다.

"진지하게 하는 소리야?"

"아니, 둘이 사이가 좋다며 병동 간호사들이 쑥덕대길래."

나는 고개를 강하게 가로저었다.

"말도 안 되는 소리야. 걔는 내가 진찰할 때마다 엄청 시끄럽게 군다고. 얼굴 볼 때마다 진이 다 빠져."

"흐음……."

준 선배가 히죽히죽 웃으며 내 책상을 바라보았다. 조금 전까지 읽던 심혈관 외과 수술 책이었다. 나는 준 선배가 무슨 생각을 하는지 알아채고 다급히 부정했다.

“아니, 오해예요. 하루카의 수술 때문에 공부하는 게 아니라…….”

“하루카? 아아, 미나토 환자? 친근하게 이름으로 부르나 보네? 호오…….”

준 선배가 더욱 의미심장한 미소를 지었다. 나는 안 되겠다 싶어서 그냥 무시하기로 했다.

“이거, 좀 더 자세한 이야기를 들어야겠는데? 자, 이리 와.”

“아니, 전 공부해야 해서…….”

“네가 옛날에 교과서 펼치면 두드러기가 난다고 했던 걸 까먹었을까 봐? 됐으니까 얼른 와.”

강제적으로 준 선배 옆에 앉게 되었다. 눈을 빛내면서 집요하게 캐묻는 두 의사에게 시달리며, 나는 그저 우롱차를 홀짝일 뿐이었다.

두 사람의 수다는 몇 시간이나 더 계속되었다.

다음 날 아침. 나는 수술실 입구에서 하루카를 배웅한 뒤에 서둘러 탈의실로 가서 수술복으로 갈아입었다. 수술복이란 ‘청결하지만 청결한 느낌이 안 드는 옷’이며 여기저기 실밥이 터져 잘못하면 속옷이 보일 정도지만, 고온 멸균으로 표면에 조금의 세균도 남아 있지 않다고 한다.

나는 수술실용 샌들을 신고 하루카의 수술실로 향했다. 수술실에 들어가자 소독약 비슷한 독특한 냄새가 코를 간지럽혔다. 무영등으로 밝힌 실내에는 환자를 눕힐 수술대를 중심으로 인공호흡기와 전자 차트, 링거대와 주사기 펌프가 놓여 있었다.

"어, 시바. 오늘 수술받는 애 담당이었던가?"

전자 차트를 입력하던 마취과 의사가 이쪽을 돌아보았다. 마스크와 모자에 가려져 알아보기 힘들지만, 목소리를 들으니 누군지 바로 알 수 있었다. 나는 고개를 살짝 끄덕였다.

"갑작스럽게 참가하게 됐어요. 잘 부탁드립니다, 준 선배."

"별일이네. 자진해서 수술실에 들어오고 싶어 하다니. 아, 알겠다."

마스크를 써도 알 수 있을 만큼 준 선배가 음흉한 미소를 지었다.

"엉큼한 상상이라도 했어?"

"그럴 여유라도 있으면 좋겠네요."

준 선배는 내 반응이 예상 밖이었는지 눈을 깜빡거렸다.

"평소답지 않게 진지하네."

"네, 뭐……."

"그래. 장난쳐서 미안."

준 선배는 스툴 의자를 빙글 돌려서 내 쪽으로 자세를 바꿨다.

"마취는 맡겨둬. 젊은 사람은 마취가 풀리기 쉬우니까 약을 듬뿍 쓸게."

"잘 부탁드려요."

나는 고개를 끄덕였다. 그리고 점점 빠르게 뛰는 심장을 진정시키기 위해 눈을 감고 심호흡을 반복했다. 잠시 기다리자 하루카가 수술실로 들어왔다. 하루카는 불안한 시선으로 실내를 둘러보다가 나를 보고서 입을 열었다.

"…돌팔이?"

"그래."

"돌팔이도 수술하는 거야?"

"집도의는 칸자키 선생님이야. 난 보조고."

"그렇… 구나."

하루카는 뭔가 아쉬워하듯 시선을 내리깔았다.

간호사의 재촉에 하루카는 수술대 위에 누웠다. 하루카의 머리 위쪽에 선 준 선배가 말했다.

"링거에 잠이 오는 약을 넣을 거예요. 바늘이 들어간

부위가 조금 아플 수도 있으니까 미리 각오해 둬요. 나머지 칸자키 선생님에게 맡겨두면 돼요. 마취에서 깨어나면 수술은 끝나 있을 테니까."

준 선배의 설명을 듣고 하루카가 경직된 표정으로 고개를 끄덕였다. 몸에 수많은 모니터를 장착한 다음, 준 선배가 하루카의 정맥에 프로포폴을 주사했다.

"미나토 환자."

"…네."

"점점 잠이 올 거예요. 천천히 심호흡하세요."

준 선배가 하루카와 비슷한 대화를 몇 번 주고받았을 때였다.

"미나토 환자."

"……."

"미나토 환자. 내 말 들려요?"

"……."

하루카의 반응이 사라졌다. 전신 마취로 의식이 소실된 것이다. 이 시점에서는 자발 호흡도 정지되기 때문에 마취과 의사에 의한 인공호흡 관리가 시작되었다. 준 선배는 솜씨 좋게 기관 튜브를 삽입해서 하루카와 인공호흡기를 연결했다.

"삽관 완료. …그럼 집도의 선생님. 잘 부탁드립니다."

어느새 와 있었는지, 내 옆에서 마취 상태를 지켜보던 칸자키가 고개를 끄덕였다. 칸자키가 조수로 수술에 참여하는 나와 아사히나에게 지시를 내렸다. 우리는 수술실 밖에 설치된 세면대에서 지나칠 만큼 꼼꼼하게 손을 닦은 다음 수술용 가운과 장갑을 착용했다. 하루카의 몸 위에 수술용 멸균포를 덮고, 수술 부위인 흉부만 노출시켰다. 새하얀 피부가 드러났다.

칸자키, 나, 아사히나, 그리고 소독 간호사*까지 네 명이서 하루카를 둘러쌌다. 그 외에 마취과 의사인 준 선배와 순환 간호사 등 몇 명이 더 대기하고 있었다.

'…숨이 잘 안 쉬어지네.'

피부가 따갑게 느껴질 만큼 팽팽한 공기였다. 내 숨소리가 유독 시끄러웠다. 나는 힘껏 주먹을 쥐었다.

"수술 개요를 설명한다."

칸자키의 목소리가 수술실에 울렸다.

"환자는 17세 여성. 기초 질환으로 타카야스 동맥염을 앓고 있으며 그에 따른 관상동맥의 협착을 해결하기 위해

* 수술 기구를 올려놓은 쟁반 옆에 서서 의사에게 전기 메스와 겸자 등을 건네주는 간호사.

관상동맥 우회술을 실시한다."

나는 온몸의 신경이 잔뜩 긴장되는 것을 느꼈다. 땀 한 줄기가 뺨을 타고 흘러내렸다.

"수술을 시작한다."

수술 시작과 동시에 노성이 오가는 수술실에서 살기등등한 표정의 의사가 일심불란하게 환자의 몸을 가른다. 알람음이 요란하게 울리는 가운데 다양한 약품이 환자에게 투여되고…….

이런 건 의료 드라마에서 흔히 볼 수 있는 장면이지만, 현실에서의 수술은 지극히 느릿하게 시작된다.

칸자키는 관상동맥 우회술 중에서도 가장 표준적인 방법으로 담담하게 수술을 진행했다. 위험한 다리는 굳이 건너지 않고 모든 과정을 꼼꼼하게 수행하고 있었다.

흉골을 중앙에서 절개하고 심막을 세로로 절개, 관상동맥의 병변부를 육안으로 확인한 뒤에 이식 계획을 세운다. 이번엔 타카야스 동맥염의 병변이 빗장밑동맥 등의 대혈관에는 없다는 사실을 확인하고 좌내흉동맥을 선택한다는 방침을 세웠다. 초음파 메스로 동맥을 박리하여 선택적 이식체 채취를 시작했다…….

문제는 없다. 혈압과 심박수 등이 매우 안정적이라 준 선배가 지루하다는 듯 하품을 할 정도다. 간호사들도 온갖 잡담으로 이야기꽃을 피우고 있다.

이걸로 됐다. 수술이란 파란만장해선 안 되니까. 계획한 작업을 계획대로 해나가는 과정이어야만 한다. 그래야만 환자의 안전도 보장된다.

전에 다른 선배한테서 이런 말을 들었던 적이 있다. '정말 뛰어난 외과 의사의 수술은 **나도 할 수 있을 것처럼** 보인다.'라고.

귀신같은 수술 솜씨라고 하면 얼핏 멋져 보일 수도 있다. 하지만 어지간한 외과 의사가 흉내 낼 수 없는 탁월한 기술이 필요하다는 건, 결국 '위험한 다리를 건너야만 할 정도로 힘든 상황'에 처했다는 의미기도 하다.

정말 뛰어난 외과 의사는 꼼꼼하게 환자의 수술 부위를 상상하며 수도 없이 이미지 트레이닝을 하고, 모든 합병증을 가정한다. 수술을 어떻게 성공으로 이끌지에 대한 확고한 이미지를 사전에 만들어 두는 것이다.

칸자키의 손은 꼼꼼하면서도 거침없이 움직였다. 난 수술대 옆의 모니터를 슬쩍 바라보았다. 여전히 안정적이었다. 내 마음속에서 희망이 점점 부풀어 올랐다.

‘이대로만 간다면…….’

하루카를 살릴 수 있을 거라고 생각한 순간이었다.

“…뭐지?”

칸자키의 손이 멈췄다.

“왜 그러십니까?”

칸자키는 대답하지 않았다. 눈썹을 찡그리며 모니터와 수술 부위를 번갈아 바라보았다. 뭔가 마음에 걸리는 점이라도 있는 걸까? 나는 다시 한번 물었다.

“왜 그러세요, 칸자키 선생—.”

그 순간, 갑자기 요란한 알람음이 수술실 전체에 울려 퍼졌다.

“—산소포화도 떨어집니다! 85%!”

간호사가 외쳤다. 준 선배가 험악한 얼굴로 인공호흡기 설정을 바쁘게 조작했다. 하지만…….

“심실기외수축 다발! 혈압이 계속 떨어집니다!”

“아세트산 링거액 투여 속도 최대로! FiO2 올립니다, 승압제 지속 투여 시작! 주과 선생님, 동의하시죠?!”

준 선배가 묻자 칸자키는 고개를 끄덕였다. 나는 심장 박동이 빨라지는 걸 느꼈다.

뭐지? 지금 무슨 일이 벌어지는 거지?

고민할 여유도 없었다. 수술실 안이 느닷없이 소란스러워졌다.

"방송해서 지원 요청해!"

"부정맥이 나타납니다! 레이트 상승이 멈추질 않아요!"

차례차례로 사람들이 뛰어 들어왔다. 하지만 하루카의 용태는 급속히 악화되었다.

"—파형 흔들립니다. 심박 확인 불가능! 선생님!"

"심실빈맥(心室頻脈)이야! 체외 순환식 심폐 소생을 시작한다! 서둘러!"

칸자키는 하루카의 심장을 직접 움켜쥐고 심장 마사지를 하며 지시를 내렸다. 수술실에 들어온 다른 의사들이 하루카의 발밑에 몰려들어서 처음 보는 굵은 카테터를 삽입하기 위해 분주히 움직이고 있었다.

"탈혈, 송혈 확보했습니다!"

"…안 되겠어, 산소포화도가 안 잡혀! 어떻게 됐어? 다시 넣을 건가?!"

나는 그 광경을 하루카 옆에 멍하니 선 채 그저 지켜볼 수밖에 없었다.

'뭐야……. 이럴 땐 어떻게 해야 하지…?!'

답답했다. 무언가를 해야만 한다는 확신은 있었다. 하

지만 그게 대체 무엇인지, 나로서는 알 수가 없다.

'어째서……. 난 왜 이렇게 무능한 거냐고!'

동요와 초조감, 하루카가 또 죽을지도 모른다는 공포심.

소란이 서서히 가라앉기 시작했다. 마치 서서히 생명이 꺼져가듯이.

"칸자키 선생님. …환자의 심박이 정지했습니다."

한 간호사가 비통하게 입을 열었다. 지금 수술실 안은 마취과 의사와 간호사, 지원 요청을 받고 온 다른 과 의사로 붐볐다.

칸자키는 고개를 살짝 끄덕이고는 수술대 위에 놓인 지침기를 들었다.

"이제 봉합을 시작한다."

그 말을 듣고 나도 모르게 끼어들었다.

"잠시만요. 수술은 아직……."

"시바."

칸자키가 날카롭게 말했다.

"환자는 죽었어. 이 이상 환자의 몸을 헤집는 건 죽은 이에 대한 모독이다."

그 말을 머릿속으로 계속 되뇌었다.

그렇다. **또. 또 죽었다.**

나는 아직도 노출된 하루카의 심장을 바라보았다. 방금 전까지는 분명히 뛰고 있던 붉은색 장기는 이제 미동조차 없이 침묵하고 있었다.

내 입에서, 내 목소리라는 게 믿기지 않는 소리가 새어 나왔다. 나는 신음을 흘리며 힘없이 수술대에서 물러났다. 주변에 서 있던 의사와 간호사들은 징그러운 것이라도 보는 듯한 눈으로 내게 길을 비켜주었다. 아무도 날 불러 세우지 않았다.

수술실 바깥은 아무도 없어 썰렁했다. 나는 비틀거리는 다리로 계속 걸어갔다. 특별히 가야 할 곳이 있었던 건 아니었다. 그저 수술실에서 도망치고 싶었다. 지금의 현실을 외면해 버리고 싶었다. 하지만 그런 한심한 도피 행각도 결국 오래가지 못했다.

갑자기 눈앞이 제트코스터에 탄 것처럼 마구 회전했다. 뱃속의 음식물을 전부 토해낼 것만 같은 강렬한 두통이 밀려왔다.

그때와 똑같다. 지난 두 번째 루프, 병원에서 하루카의 시신을 배웅했을 때 날 덮쳐왔던 현기증이었다.

자리에서 쓰러졌다. 내 입에서 나온 토사물로 범벅이 된 채, 최악의 기분 속에서 나는 정신을 잃었다.

"돌팔이? 왜 그래?"

그 목소리를 들으며 살짝 눈을 떴다.

이제 익숙해지기 시작한 신사 경내의 모습이었다. 오래된 나무와 유독 깨끗한 본당 안. 그리고…….

"푹 잠들었나 했더니 갑자기 웬 비명이야. 괜찮아?"

내 옆에서 문지방에 걸터앉은 하루카가 그렇게 말하며 고개를 갸웃거렸다.

"…응. 그냥 이상한 꿈을 꿔서 그래."

"흐음……. 확실히 안색이 안 좋네. 좀 더 쉬었다 갈까?"

"아니, 괜찮아. 이제 내일이면 수술이잖아. 돌아가자."

나는 하루카를 재촉해서 재빨리 신사를 떠났다.

하루카를 병실로 돌려보낸 뒤에, 나는 아무도 없는 너스 스테이션에서 머리를 감싸 쥐었다. 하루카가 수술 중 사망하면서 지난 루프는 실패로 끝났다. 하지만 아무리 당시 상황을 떠올려 봐도 하루카의 사망 원인은 알 수 없었다. 어째서일까? 왜 거기서 실패한 거지?

수술 과정에는 문제가 없었다. 마취약 투입도 적당했고 출혈 조절도 충분히 잘 되고 있었다. 그런데 어느 순간 건물이 소리를 내며 무너지듯이 하루카의 전신 상태가 단숨에 악화되었다.

애초에 이번 관상동맥 우회술은 결코 위험한 수술이 아니었다. 물론 심장에 직접 손을 대는 이상 어느 정도의 위험 부담은 있지만, 사전에 꼼꼼히 준비하여 만전을 기한 집도였다. 심근경색 직후의 긴급 수술이라면 몰라도 위험도가 적은 젊은 여성의 수술에서 사망자가 나왔다는 이야기는 들어본 적이 없다.

'…그게 아니라면, 설마…….'

분명 나는 무슨 원리인지는 몰라도 과거로 돌아갈 수가 있다. 하지만 내가 할 수 있는 일은 딱 거기까지다.

미래에 벌어질 일은 전부 정해져 있고, 나 따위가 아무리 노력해 봐야 아무것도 바뀌지 않는 게 아닐까?

나는 황급히 고개를 가로저으며 그런 상상을 떨쳐냈다. 아무리 그래도 그럴 리는 없다. 모든 일에는 인과 관계라는 게 있고, 내 행동이 변화한다면 그 결과 역시 바뀌는 게 당연하다.

괜찮을 것이다. 수술 중 사망 같은 일이 그렇게 몇 번이고 발생할 리는 없다. 다음번엔 하루카의 수술이 분명 성공할 것이다. 지금까지는 어쩌다 보니 불운한 사고가 겹쳤을 뿐일 테니.

'그런 원인도 알 수 없는 수술 중 사망이 몇 번이고 발생할 리가 없지.'

나는 주먹을 꽉 쥐며 칸자키가 있는 심혈관 외과 부장실로 향했다. 수술에 참여하게 해달라고 부탁하기 위해서였다. 지난번처럼 칸자키는 내 요청을 흔쾌히 들어주었다.

다음 날 아침, 미나토 하루카의 수술이 시작되었다.

멸균 가운을 걸친 의사와 간호사. 인공호흡기가 연결된 채 잠든 하루카와 규칙적인 심박수를 기록하는 수술 모니터. 전부 지난 기억과 똑같았다.

"환자는 17세 여성. 기초 질환으로 타카야스 동맥염을 앓고 있으며 그에 따른 관상동맥의 협착을 해결하기 위해 관상동맥 우회술을 실시한다."

칸자키가 지난번과 똑같은 대사를 말했다. 나는 이번만큼은 다를 거란 생각으로 마른침을 삼켰다. 하지만…….

"지원 요청해!"

"부정맥이 나타납니다!"

"심박 확인 불가능!"

모든 것이 전과 똑같았다. 갑자기 무너지는 하루카의 바이털 사인, 사람들로 붐비는 수술실, 그리고…….

"—환자의 사망을 확인했습니다."

수술 중 사망한 하루카.

나는 견인기를 내던지듯 내려놓고 비틀거리며 수술실을 빠져나왔다. 누군가가 "야, 수련의! 어디 가?!" 하고 말리는 소리가 들렸지만 무시했다. 수술용 멸균 가운을 벗지도 않고 정처 없이 병원 안을 걸어 다녔다. 정신을 차리고 보니 심혈관 외과의 병동이었다. 너스 스테이션에서 업무를 보던 타카미네 변호사가 보였다.

"어, 시바 선생님? 마침 잘됐네, 부탁할 일이……. 어, 무슨 일이에요? 그런 옷차림으로……."

타카미네 간호사가 미간을 찡그렸다. 수술실도 아닌데 멸균 가운과 장갑을 벗지도 않았다고 지적하는 것 같다. 하지만 그런 말에 대꾸할 기력조차 내겐 남아 있지 않았다.

"저기요, 선생님. 그렇게 피 묻은 장갑을 끼고 여기저기 만지고 다니면 감염 관리사한테 죽어, 아니, 선생님?!"

타카미네 간호사의 목소리가 멀어졌다. 나는 힘없이 쓰러지며 바닥에 웅크렸다.

머리가 깨질 듯 아팠다. 시야가 빙글빙글 돌아 눈을 뜰 수 없었다. 이미 몇 번이나 경험한 그 현상이다.

'아아, 그냥 차라리… 이대로 편하게 죽을 순 없나.'

몽롱한 의식 한편에서 그런 생각을 했다. 그리고 나는

다시 한번 의식을 잃었다.

그 뒤로는 또 똑같은 전개였다. 신사에서 깨어나니 옆에 하루카가 앉아 있었다.

난 서둘러 하루카를 병동으로 돌려보내고 칸자키에게 수술 참여를 부탁했다. 다음 날 아침, 하루카의 수술이 시작되었다. 수술이 시작되고 두 시간이 조금 넘었을 무렵, 하루카의 상태가 급변했다. 그로부터 불과 몇 분 만에 하루카는 죽어버렸다.

처음에는 수술 과정에서 뭔가 실수가 있었을 거라고 생각했다. 예를 들어 칸자키가 자기도 모르는 사이 심장의 급소인 동방결절(洞房結節)을 전기 메스로 지져버렸다거나, 심막과 함께 대혈관까지 절개해 버린 게 아닌가 생각한 거다. 아무리 전국적으로 유명한 명의라도 인간인 이상, 실수할 수도 있는 거니까.

하지만 여러 번에 걸쳐 칸자키의 움직임을 지켜본 나는 그의 솜씨에 전혀 문제가 없다는 결론을 내릴 수밖에 없었다. 얄밉게 느껴질 만큼 칸자키의 수술은 정교하고 완벽했다.

다음으로 나는 마취과 의사인 준 선배가 뭔가 중요한

징조를 놓친 게 아닌가 생각했다. 수술하는 내내 하루카의 바이털 사인을 표시하는 모니터에서 쭉 눈을 떼지 않으면서 조금이라도 이상한 점이 발견될 때마다 보고하고 대응했다면 결과가 바뀌었을지도 모른다고.

하지만 그것도 헛다리였다. 준 선배는 대학병원에서 '차대 마취과 에이스'라는 명성을 얻고 이 병원으로 파견된 젊고 우수한 마취과 의사였다. 마취약 선택을 비롯해 수술 중 관리에는 조금의 문제점도 발견할 수 없었다.

이렇게 되면 난 절대 인정하고 싶지 않았던 현실을 마주 볼 수밖에 없었다.

미나토 하루카의 수술은 아무 문제 없이 진행되었다. 모든 의료진은 그들이 할 수 있는 최선을 다했다. 그런데도 미나토 하루카는 사망하고 말았다.

어떻게 해야 할까? 수술 자체에 문제가 없다면 어떻게 해야 하루카의 수술 결과를 바꿀 수 있는 걸까?

내 머릿속에서 한 가지 단어가 차츰 맴돌기 시작했다. 아무리 떨쳐내려 해도 그 단어가 내 어깨를 강하게 짓눌렀다.

'—운명.'

나는 어느새 열두 번째 루프를 맞이하고 있었다.

"수술을 연기할 순 없냐고?"

내 제안을 듣고 칸자키가 어이가 없다는 듯 눈을 동그랗게 떴다. 부장실 의자에 앉아 컵라면에 물을 붓던 손을 멈춘 채 날 올려다보았다.

난 이번엔 다른 작전을 시도하기로 했다. 그건 '하루카의 수술을 중단시키는 것'이었다. 원인은 알 수 없지만 지금까지의 루프에서 하루카의 사망은 전부 수술 중에 발생했다. 그렇다면 애초에 수술 자체를 하지 않으면 하루카가 죽을 일도 없지 않냐는 생각이었다.

"왜지? 이유를 설명해 봐."

"이유는……."

나는 입을 다물었다. '수술이 실패해서 하루카가 죽게 될 테니까요.' 나 혼자만 아는 미래의 사실을 솔직하게 털어놔 봐야 미친 사람처럼 보일 것이다. 나는 머뭇거리며 말했다.

"아직 환자가 충분히 납득하지 못했습니다. 오늘도 수술이나 의료진에 대한 불신감을 드러냈거든요. 수술을 서두르지 않고 일단 설득해야 한다고 생각합니다."

"수술 전에 불안해하지 않는 환자가 얼마나 되겠어?

환자에겐 나중에 내가 다시 한번 설명해 두지."

"그래도……."

물러서지 않으려 했지만, 칸자키는 더 들어줄 수 없다는 듯 불쾌감을 드러냈다.

"안 그래도 수술 일정을 앞당겨서 내일로 정한 거다. 수술 날짜를 또 변경할 순 없어."

"네?"

나는 의아하게 생각하며 미간을 찡그렸다. 칸자키의 말은 마치 하루카의 수술 날짜를 억지로 앞당겼다는 것처럼 들렸다.

"왜 굳이 그렇게……."

칸자키는 내 질문에 눈빛이 살짝 흔들렸지만 이내 흥하고 콧방귀를 뀌었다.

"서두르지 않으면 늦게 된다."

"늦는다니요……."

"그 환자의 관상동맥은 이미 심하게 협착되어 있어. 당장이라도 막혀버려서 그대로 급성 심근경색이 일어나도 이상할 게 없다고."

나는 눈을 동그랗게 떴다. 칸자키는 낮은 목소리로 말을 이었다.

"그것도 몰랐던 거냐? 환자의 차트는 전부 읽어두라고 가르쳤을 텐데. 그런 상태라면 며칠 내에 관상동맥에 폐색이 발생할 가능성도 있다."

칸자키는 내게서 시선을 떼며 말했다.

"할 말 다 했으면 나가봐. 바쁘니까."

나는 잠시 침묵하다가 부장실을 빠져나왔다.

복도를 걸으며 방금 전 칸자키의 말을 되뇌었다.

—서두르지 않으면 늦게 된다.

입술을 깨물었다. 분명 칸자키의 말이 옳을 것이다. 수술하지 않으면 하루카는 죽는다.

하지만 **수술해도 죽는다는 걸** 나는 알고 있다. 수술 일정을 바꿀 수 없다는 말에 순순히 물러날 수는 없었다.

나는 그 길로 하루카의 병실에 갔다. 소등 시간이 가까워졌기에 하루카는 병실에서 일찌감치 잠자리에 누운 것 같았다. 내가 노크하고 들어가자 하루카는 이불을 내리며 천천히 상반신을 일으켰다.

"어, 돌팔이. 왜 그래?"

나는 하루카에게 어떤 부탁을 했다. 하루카는 의아한 얼굴로 나를 올려다보았다.

"왜 그래야 하는데? 이해가 안 돼."

"부탁이야. 그냥 내 말대로 해줘."

"…뭐, 돌팔이가 그렇게 말한다면야……."

하루카는 떨떠름한 표정을 지으면서도 내 요청을 받아 주었다. 다음 날 아침 일찍 병동에 출근하자마자 타카미네 간호사가 내게 말을 건넸다.

"잠깐만요, 시바 선생님. 할 얘기가 있는데요."

"무슨 일이시죠?"

"미나토 환자가 열이 나서요. 오늘 수술이잖아요? 어떻게 해야 할지 모르겠어서……."

타카미네 간호사가 팔짱을 끼며 한숨을 쉬었다. 나는 시치미를 떼며 말했다.

"수술은 중지해야겠죠."

예정된 수술이 연기되는 경우가 몇 가지 있는데, 환자한테 열이 나는 것도 그중 하나였다. 수술은 매우 침습적*인 행위기 때문에 환자 본인의 컨디션이 최대한 좋은 상태일 때 이뤄져야 한다. 감염병에 노출되어 쇠약해지거나 수술 부위의 회복이 지연될 수 있는 환자에겐 메스를 댈 수 없기 때문이다.

* 수술이나 검사 기구를 통하여 세균 등의 미생물이 몸속으로 침투하는 일.

어젯밤 내가 하루카에게 했던 부탁은 수술 전에 간호사에게 발열이 있다고 이야기해 달라는 것이었다. 간호사는 매일 아침 체온과 혈압 등을 측정하기 위해 반드시 환자의 병실을 찾아야만 한다. 그때 하루카에게 발열이 있었다는 보고가 올라가면 수술은 연기될 수밖에 없다.

'자, 어떻게 되려나…….'

나는 초조하게 연락을 기다렸다. 이윽고 PHS가 울렸다. 발신자는 칸자키였다.

"네, 시바입니다."

"칸자키다. 미나토 환자한테 발열이 있었다던데."

"네, 그렇습니다. 저도 진찰하러 가봤는데 바이러스성 상기도염 같습니다. 조금 지나면 괜찮아질 것 같은데, 독감일 수도 있으니 격리해야 할 가능성도……."

"어쩔 수 없군. 수술은 연기한다."

하마터면 '됐다!' 하고 외칠 뻔했다. 나는 최대한 아쉬워하는 목소리로 대답하며 고개를 연신 끄덕거렸다. 칸자키는 되도록 다음 주 월요일에 맞춰서 수술 일정을 재조정하겠다고 말했지만, 내 귀에는 거의 들어오지도 않았다.

하루카에게 수술이 연기됐다는 말을 전하자 "정말 이걸로 된 거야?" 하고 수상쩍다는 얼굴로 나를 노려보았다.

“수술 자체를 안 하겠다는 건 아냐. 다른 날짜로 조금 연기해서 수술하겠다는 거지.”

“그러면 오늘 해도 되는 거 아냐? 굳이 거짓말까지 해서 왜 미뤄야 하는지 모르겠는데.”

“그건…….”

원래 오늘 해야 했던 수술에서 네가 죽기 때문이라는 말은 할 수 없었다. 칸자키의 말처럼 하루카는 빠른 시일 내에 수술을 받아야 한다. 지금 내가 하는 일도 문제 발생을 뒤로 미룬 것뿐이지 근본적인 해결이라 할 수 없었다. 하지만 오늘 수술의 성공률이 극단적으로 낮다는 사실을 확인한 이상, 일정은 반드시 변경해야만 했다.

‘어쩌면 기다리는 동안 하루카의 수술이 실패하는 원인이 밝혀질지도 몰라. 시간을 벌기 위해서라도 오늘 수술하는 것만큼은 피해야 해.’

나는 화제를 바꾸기 위해 병실 테이블로 눈을 돌렸다.

“이런 상황에서도 공부하는 거야? 열심이네.”

테이블 위에는 수학이나 영어 등의 참고서가 쌓여 있고 볼펜 몇 자루가 굴러다니고 있었다. 하루카는 흥, 하고 콧방귀를 뀌었다.

“너무 오래 입원해서 많이 뒤처져 버렸으니까. 빠르게

쫓아가지 않으면 늦어. 당신들이 제대로 치료하지 못한 탓이지, 뭐."

"대단하다. 열심히 해."

내가 그렇게 말하자 하루카는 의아한 눈빛으로 나를 바라보았다.

"…대체 왜 그래? 어제부터 유난히 친절한 것 같은데? 징그러워."

그럴 수밖에 없다. 난 이 아이가 억울하게 죽어버리는 광경을 이미 몇 번이나 목격했으니까. 관 속에 누워 움직이지 않던 하루카의 얼굴이 자꾸만 떠올랐다.

"그렇지, 돌팔이. 수학 좀 가르쳐 줘. 이해가 안 되는 부분이 있거든."

"난 이제부터 일하러 가야 하는데……."

"돌팔이가 괴롭힌다고 타카미네 언니한테 이를 거야."

"알았어, 알았어."

나는 쓴웃음을 지으며 하루카의 참고서를 보았다.

"아, 그렇구나. 이해됐어. 돌팔이, 의외로 설명 잘하네?"

"뭐가 의외야? 이래 봬도 아르바이트로 학원 강사까지 했던 사람한테."

하루카가 에헤헤, 하고 웃었다. 부디 이 미소를 내일도,

모레도 볼 수 있게 해달라고 기도할 수밖에 없었다. 하지만 그로부터 몇 시간 뒤, 나는 내 안일함을 저주하게 되었다.

그날은 수련의실에 나와 아사히나만 남아 있었다. 많이 낡아서 가장자리가 헤진 소파에 앉아 심혈관 외과의 참고서를 묵묵히 읽고 있었다.

"시바."

"응?"

옆에 앉은 아사히나가 입을 열었다. 나는 참고서에서 눈을 떼지 않고 멍하니 대꾸했다.

"별일이네. 남아서 공부를 다 하고."

아사히나는 뒤로 묶었던 머리끈을 풀며 말했다.

"특별한 이유라도 있어?"

"그냥……. 요새 공부가 부족했던 것 같아서."

"네가 그런 말을 하다니……. 내일 진짜 해가 서쪽에서 뜨려나 보네."

"뭐래."

아사히나가 피식 웃었다. 사실 내 주의력은 산만해져 있었다. 심장의 혈관 주행을 그린 삽화를 바라보며 하루카를 떠올렸다.

'…이번에는 괜찮을 거야.'

애초에 오늘은 수술 자체를 하지 않았다. 지금까지 하루카의 사망 원인은, 수술 중 이유를 알 수 없는 사망이었다. 그렇다면 이번 루프에서는 사망 원인 자체가 존재하지 않는 셈이다. 그 증거로 내가 지금까지 경험한 루프 중에서 이런 늦은 시간대까지 하루카가 생존한 건 처음이다.

이번엔 정말 성공할지도 모른다. 그렇게 생각하자 좀처럼 공부에 집중하기 힘들었다.

"저기. 물어보고 싶은 게 있는데."

"뭔데?"

"왜 미나토 환자의 수술을 거짓말까지 하면서 중지시킨 거야?"

나는 마른침을 꿀꺽 삼키고 아사히나를 돌아보았다. 아사히나는 감정을 알 수 없는 눈빛으로 나를 마주 보았다.

"…알고 있었던 거야?"

"당연하지. 간호사는 속여도 의사는 못 속여. 아무리 봐도 상기도염 같은 증상은 아니었어. 수술은 충분히 가능했을 거야."

나는 두꺼운 참고서를 탁 덮었다.

"이유는 말할 수 없어."

그렇게 대답할 수밖에 없었다. 내가 지금 처한 상황을 설명한다고 아사히나가 믿어줄 것 같진 않았으니까.

난감한 마음에 입술을 깨물었다. 아사히나는 성실한 성격이다. 거짓말까지 해서 수술 일정을 변경하는 건 아사히나가 가장 싫어하는 행동일 것이다. 하지만…….

"흐음……. 그럼 됐어."

아사히나는 퇴근 준비를 시작했다. 나는 눈을 여러 번 깜빡거렸다.

"괜찮겠어?"

"뭐가?"

"그… 하루카의 수술 일정을 억지로 연기시킨 거."

"안 괜찮아. 그래도 환자를 위해서 그랬을 거 아냐."

아사히나가 담담한 말투로 말했다.

"전에 너하고 당직 섰을 때 말이야. 아무리 상대방에게 잘못이 있더라도 그런 식으로 매몰차게 말하면 누구나 화를 낼 거라고……. 네가 그랬잖아."

"그랬던가?"

"그랬어. 기억 안 나?"

아사히나는 말도 안 된다는 듯이 미간을 찡그렸다. 나는 기억을 열심히 뒤져보며 그런 말을 했던 것도 같다는 애매한 미소를 지었다.

"그때는 나도 조금 반성했거든."

아사히나는 코트를 입고 수련의실 문을 잡았다. 옆얼굴이 살짝 빨개진 게 보였다.

"그럼 내일 봐, 시바."

"그래, 내일—."

내일 보자고 말하려는 순간, 수련의실에 설치된 스피커에서 '치직' 하는 거슬리는 소리가 들렸다. 안내 방송이 시작되는 모양이다.

"—코드 블루, 서쪽 제2동 3A 병동. 방송을 들은 직원들은 즉시 그곳으로 모여주십시오. 코드 블루, 서쪽 제2동 3A 병동. 방송을 들은 직원들은 즉시 그곳으로 모여주십시오."

아사히나의 표정이 매서워졌다.

"잠깐, 서쪽 제2동 3A 병동이면……."

"우리… 심혈관 외과 병동이야."

코드 블루의 뜻은 '병원 내 긴급 상황'이다.

서쪽 제2동 3A 병동에서 코드 블루가 발령되었다는 건, 심혈관 외과의 입원 환자의 용태가 급변했다는 의미였다. 나도 모르게 몸이 먼저 움직였다. 코트와 가방을 내

던진 아사히나와 함께 병원 복도를 달렸다.

'제발, 제발 아니길…….'

불길한 상상이 뇌리를 스쳤다. 제발 다른 환자이길, 의사로서 하면 안 될 그런 생각까지 했다. 너스 스테이션은 크게 소란스러웠다. 누군가의 말소리가 들렸다.

"뭐? 심폐 정지?"

"아무도 예상 못 했대. 열일곱 살 여자애였다고……."

"우와, 가엾어라……."

심장이 마구 두근거리고 입안이 바싹 말랐다.

나는 사람들이 한 병실 쪽으로 몰려드는 것을 깨달았다. 마음속에 절망의 먹구름이 짙게 끼었다.

"어, 저 병실은……."

"…하루카의 병실이야."

나는 사람들을 밀쳐내며 병실 안으로 들어갔다.

"하루카!"

응급의학과 의사에게 심장 마사지를 받는 하루카, 허공에 고정된 공허한 시선. 생명 활동이 이미 정지되었다는 건 명백해 보였다.

'어째서…… 어째서 이렇게 되어버린 거지?!'

무릎을 꿇으며 절규할 뻔했다.

"수련의! 심장 마사지 교대해!"

나는 반쯤 떠밀리듯이 하루카의 심장 마사지를 시작했다. 부들부들 떨리는 양손을 하루카의 가슴 위에 겹치며 필사적으로 눌러댔다. 이렇게 하면 아프지 않을 리가 없는데도 하루카는 인형처럼 저항하지 않았다.

"파형, 심실세동! 제세동기 사용합니다!"

전기 충격을 받은 하루카의 몸이 튀어 올랐다. 하지만 심장 고동은 돌아오지 않았고 심전도 파형은 계속 엉망으로 파도치고 있었다. 그 뒤로도 필사적인 응급조치가 행해졌지만, 수십 분 뒤에 미나토 하루카의 사망이 선고되었다.

나는 화장실에서 요란하게 구토하면서 또 한 번 루프의 소용돌이에 집어삼켜졌다.

"돌팔이? 왜 그래?"

이 말을 듣는 게 벌써 몇 번째인지 모르겠다. 나는 살짝 눈을 떴다. 하루카가 내게 말을 걸었지만 나는 아무 말도 하지 않았다.

"무슨 일이야? 그렇게 심각한 표정으로……."

나는 빠르게 몸을 일으켜서 하루카의 손을 잡아당겼

다. 하루카는 깜짝 놀란 듯 눈을 동그랗게 떴다.

"자, 잠깐만. 돌팔이?"

"가자."

"간다니, 어디로……."

"여기 말고, 좀 더 설비도 인원도 충실한……. 그래, 대학병원으로 가자."

"지, 지금? 왜?"

"일단 가!"

하루카의 손을 확 잡아끌었다. 나에겐 불과 몇 분 전에 일어났던 사건, 병실에서 심폐 정지에 빠졌던 하루카의 얼굴이 아직도 눈에 선했다.

하루카가 왜 그런 상태가 됐는지는 모른다. 하지만 지난 수십 번의 루프를 거치면서, 나는 애초에 이 하바토 대학 의료센터에서의 수술 자체가 무의미하다고 생각하기 시작했다.

'수술을 하든 안 하든 하루카는 죽어. 그렇다면 좀 더 인원과 설비가 충실한 곳에서 수술할 수밖에 없어.'

의사가 소개장도 없이 환자를 데리고 가서 직접 이원시킨다는 이야기는 나도 들어본 적이 없다. 틀림없이 큰 문제가 될 테고 내 경력에서 씻을 수 없는 흠집으로 남을 것이다. 하지만 지금의 나에게 그런 일 따윈 정말 아무래도 상관없었다.

신사가 위치한 언덕을 내려오자 마침 병원 내를 순환하는 버스가 오는 게 보였다. 마침 잘됐다 싶어 우린 바로 버스에 올라타서 가장 가까운 역에서 내리기로 했다.

"칸자키 선생님이나 타카미네 언니는 우리가 이러는 거 알고 있어?"

"괜찮아. 내가 어떻게든 책임질게."

"책임진다니……."

하루카는 할 말이 있는 듯했지만 결국 입을 꾹 다물어 버렸다. 자세히 설명할 여유가 없었던 나는 황급히 하바토 대학 의학부 부속 병원까지 가는 길을 조사했다.

버스에서 내린 뒤 역으로 향했다. 이 주변은 도심부의 주택 지역에 속하는 곳이라 퇴근 중인 정장 차림의 사람들로 붐볐다.

"잠깐, 사람이 많아……."

"나한테서 떨어지지 마."

난 하루카의 손을 잡았다. 하루카는 놀란 듯 눈을 동그랗게 뜨더니 시선을 내리며 살짝 고개를 끄덕였다. 나는 인파를 헤치며 걸어 나갔다. 개찰구까지 갔을 때였다.

"저기, 돌팔이. 나 지갑 안 갖고 나왔는데……."

"…기다려. 표 사 올게."

나는 다급한 마음을 억누르며 종종걸음으로 티켓 발매기 쪽으로 향했다. 하지만 하필 대기열이 길어서 나는 초조하게 발끝으로 바닥을 찼다.

'젠장, 급할 때 꼭…….'

난 지난번 루프에서 하루카의 상태가 급변하는 것을 지켜봤다. 이번에도 그렇게 되지 않는다는 보장이 없으므로 최대한 빨리 대학병원에 도착해야만 한다. 그때 휴대폰 진동이 느껴졌다. 발신자는 아사히나였다.

"네, 여보세요."

"저기, 지금 병동에서 미나토 환자가 사라졌다고 난리야. 혹시 아는 거 없어?"

"지금부터 나랑 같이 전철을 타려고 해."

"…뭐?! 아니, 어쩌려고? 내일 수술이잖아!"

"사정은 나중에 설명할게. 지금 좀 급해서. 끊을게."

"아니, 너 지금 대체 무슨—."

나는 종료 버튼을 눌렀다. 마침 순서가 돌아왔기에 티켓 발매기 앞에 섰다.

하지만 그때 갑자기 역 안에서 비명이 들렸다. 나는 고개를 돌렸다.

"사람이 쓰러졌어요!"

누군가가 외치는 소리를 듣자 온몸이 고동쳤다. 나는 반사적으로 뛰어갔다.

사람들이 몰려 있었다. 그 중심, 마치 분화구처럼 뻥 뚫린 공간 한가운데에 한 소녀가 가슴을 움켜쥔 채 쓰러져 있었다. 나는 소리쳤다.

"하루카!"

나는 달려가서 하루카의 어깨를 쳤다.

"야! 들려?! 하루카, 대답해 봐!"

대답은 돌아오지 않았다. 하루카는 창백해진 얼굴로 신음하듯 아래턱을 위아래로 움직이고 있었다. 사전기 호흡— 특정한 이유로 호흡이 이뤄지지 않을 때 나타나는 운동으로, 심정지의 징조였다. 나는 하루카의 목에 손을 대고 경동맥이 박동하는지 확인했다. 예상대로 박동은 느껴지지 않았다. 심장이 정지한 것이다.

—서두르지 않으면 늦게 된다.

칸자키의 말이 선명히 떠올랐다.

'결국 칸자키의 말이 옳았던 건가……!'

하루카의 심장은 아슬아슬하게 외줄타기를 하고 있었

고, 아주 작은 변화에도 이렇게 멈춰버릴 수 있었던 걸까?

아니, 지금은 느긋하게 생각 같은 걸 할 때가 아니다. 나는 조용히 숨을 들이마셨다.

"거기 남자분, 구급차 좀 불러주세요! 거기 여자분은 AED를 가져오시고, 당신은 도와줄 사람을 모아주세요!"

나는 가까이 보이는 사람들에게 잇달아 지시를 내렸다. 그리고 하루카의 가슴 위에 손을 겹치고 심장 마사지를 시작했다. 마음속으로 미안하다고 사과하면서, 늑골이 부러질 만큼 가슴을 강하게 압박했다.

그러다 사람들이 서로의 눈치를 보며 가만히 서 있는 걸 발견했다. 나도 모르게 목소리를 높이고 말았다.

"뭐 합니까?! 사람이 죽어가고 있는데, 빨리 움직이세요!"

샐러리맨으로 보이는 남자는 어깨를 흠칫 떨더니 다급히 휴대폰을 꺼냈다.

"…네, 역에 쓰러진 사람이 있으니까 구급차를……. 네, 개찰구 근처입니다……."

한편 내가 AED를 가져오라고 지시한 중년 여성은 나와 하루카를 불안하게 바라볼 뿐, 도무지 움직이려 하지 않았다.

"어, 에이 이 디? 그게 어디에 있어요?"

나는 심장 마사지를 지속하면서 이를 악물었다.

"그건 아무 데나 있어요! 역 안이라면 반드시 구비되어 있습니다!"

"그, 그래도… 난 못 봤는데……."

"됐으니까 찾아봐요! 모르겠으면 직원한테 물어보면 되잖습니까! 우물쭈물하다간 늦는다구요!"

내가 다그치자 중년 여성은 발소리를 내며 뛰어갔다. 근처에서 구경하던 사람이 "뭐야, 저 사람. 자기가 뭐라고 잘난 척이야? 일반인이 그런 걸 어떻게 아냐고." 하고 투덜대는 소리가 들렸지만, 반박할 기력조차 남아 있지 않았다.

만약 길가에 사람이 쓰러져 있다면 '사람을 모을 것', 'AED를 가져올 것', '구급차를 부를 것'을 주위 사람들에게 요청한 다음 심장 마사지를 시작해야 한다. 이건 의대생 시절에 공통으로 배우는 응급 필수 사항이며, 몸이 반사적으로 움직이도록 반복적으로 교육받는다.

하지만 실제로 해보면 생각처럼 잘되지 않는 게 사실이다. 처음 보는 사람이 갑자기 내리는 지시에 순순히 따를 리가 없고, 결국 귀중한 시간을 낭비하게 된다.

나는 기도하듯 심장 마사지를 계속했다. 하지만 마음

속에서는 불길한 목소리가 새어 나왔다.

'이번에도 안 되는 건가?'

나는 온몸이 떨릴 정도의 공포를 느꼈다. 마치 사신의 손길이 하루카를 꽉 붙잡고 놓아주지 않는 것만 같았다.

'젠장, 젠장, 젠장!'

곧 AED과 구급대가 도착했다. 구급차 안에서 하루카는 여러 번에 걸친 전기 충격을 받았다. 하지만 심장이 다시 뛰는 일은 없었고, 미나토 하루카는 사망했다.

그다음 루프에서도 나는 포기하지 않고 온갖 방법을 시도했다. 대학 시절 은사님께 칸자키와 함께 집도해 달라고 부탁해 보기도 하고, 엄청난 액수의 택시비를 쓰면서 대학병원에 간다거나, 혹시 모른다는 마음으로 건강식품을 먹어보기도 했다.

하지만 전부 실패하고 말았다. 어떤 방법을 시도해도 미나토 하루카의 심장은 박동을 멈춰버렸다.

그중에서도 최악은, 내가 똑같은 시간을 루프한다는 사실과 예정대로 수술을 진행해도 하루카가 죽는다는 사실을 전부 칸자키와 아사히나에게 털어놓았을 때였다. 나는 다음 날 출근 정지 명령과 함께 정신과 의사의 진찰을 받게 되었다. '일 때문에 많이 지치셨나 보네요. 충분한 휴식을 취하세요.'라는 뻔한 진단을 받고 간신히 심혈관 외과 병동으로 복귀한 나를 기다리고 있던 것은 미나토 하루카가 수술 중에 사망했다는 소식이었다.

그쯤 되자 내가 대체 뭘 위해 똑같은 시간을 반복하는지에 대한 의문이 들기 시작했다. 수십 번의 루프를 거치면서 지금이 '몇 번째'인지도 잘 떠오르지 않았다. 하루카가 죽는 광경에도 익숙해진 느낌이 든 순간, 나는 경악할 수밖에 없었다.

"돌팔이? 왜 그래?"

이미 수십 번은 들었던 말이었다. 내 시점에선 조금 전에 비참하게 죽었던 소녀가 의아하다는 표정으로 내 눈을 들여다보고 있었다.

"푹 잠들었나 했더니 갑자기 웬 비명이야. 괜찮아?"

나는 양손으로 얼굴을 감쌌다. 내가 지금 얼마나 한심한 표정일지 생각하면 도저히 하루카와 눈을 마주칠 수 없었다. 신사 주변은 정적에 휩싸여 있었다. 벌레 울음소리만 들려왔다. 나는 작은 목소리로 말했다.

"…하루카. 먼저 돌아가 있을래?"

"그야 상관없는데……. 왜 그래, 돌팔이. 어디 안 좋아?"

"조금. 잠깐만 쉬다가 따라갈게."

하루카는 걱정스러운 듯이 미간을 찡그리더니 천천히 일어나 자리를 떠났다. 나는 그 뒷모습을 눈으로 배웅하다가 답답한 마음에 머리를 감싸 쥐었다.

사면초가였다. 뭘 어떻게 해도, 어떤 선택지를 골라도 하루카는 죽어버린다. 아무것도 하기 싫었던 나는 조각상처럼 움직이지 않고 있었다.

시간이 얼마나 지났을까? 옆에서 잔디 밟는 소리를 들은 나는 퍼뜩 현실로 돌아왔다. 고개를 돌리자 익숙한 얼굴이 겸연쩍은 표정으로 뺨을 긁적이고 있었다.

"타카미네 간호사?"

하루카의 담당 간호사인 타카미네였다. 타카미네 간호사는 내 옆에 털썩 걸터앉았다.

"여기서 뭐 하세요?"

"바쁜 일 하나가 끝나서 잠깐 담배 피우러 왔는데, 웬 커플이 있더라고요. 차마 나갈 수가 없어서."

"그 커플이 설마 저랑 하루카는 아니겠죠?"

"두 사람 말고 또 누가 있겠어요?"

대체 어디가 좋은 분위기라는 건지 의문이었다. 타카미네 간호사는 익숙한 동작으로 담배에 불을 붙이고 정말 맛있게 연기를 빨아들였다.

"그러다 폐암 걸려요."

"짧고 굵게 살자는 주의라서요."

의료 종사자의 입에서 나왔다는 게 믿기지 않는 말이었다. 타카미네 간호사는 연기를 후욱 내뱉으며 말했다.

"안 가요?"

"…잠깐 생각할 일이 있어서요."

"그 일이, 제가 오늘 아침부터 부탁한 수액 처방을 내팽개칠 만큼 중요한 일인 거겠죠?"

"…죄송합니다. 복귀하면 바로 할게요."

타카미네 간호사가 입에 문 담배에서 담뱃불이 일렁였다. 나는 질문을 꺼냈다.

"이 신사를 알고 계셨네요."

"네. 전 이 병원 부속 간호학교 출신이거든요. 학교 다닐 때부터 수업 째고 여기에 담배 피우러 오곤 했어요."

"문득 생각난 건데, 신사 경내에선 금연 아닌가요?"

"금연이 뭐 어쨌다고요?"

"…아무것도 아니에요."

타카미네 간호사가 위압적으로 말하자 나는 고개를 가로젓고 말았다. 화제를 돌렸다.

"여기에 자주 오세요?"

"퇴근한 다음 담배 피우고 싶을 때나, 뭐. 가끔요. 사람이 거의 없으니까요."

타카미네 간호사는 멍하니 하늘을 올려다보며 말했다.

"죽은 간호사들을 기리는 장소거든요. 간호학교 학생들은 불길하다고 얼씬도 안 하죠."

"아…!"

반사적으로 감탄사가 새어 나왔다. 기분 탓인지 갑자기 오싹한 느낌이 들었다.

"제2차 세계 대전 무렵에 이 간호대학에서 스무 명의 학생이 전쟁에 동원됐어요. 흔히 말하는 학도병이죠. 그녀들이 전쟁에 나가기 전에 작별의 잔을 나눈 장소가 바로 이 신사였대요."

"그 간호 학생들은 어떻게 됐나요?"

"전부 죽었어요. 저기 위령비 있잖아요."

"아……."

타카미네 간호사가 가리킨 곳을 보자 분명 작은 비석이 나무 사이에 오도카니 놓여 있었다.

"그 간호 학생들에 관한 재밌는 이야기가 있어요. 갑자기 격전지에 파견된 그녀들은 전쟁터에 가자마자 전부 죽었대요."

그 이야기의 어디가 재밌다는 걸까? 하지만 뒤에 이어지는 내용이 있을 것 같아서 나는 잠자코 있었다.

"현지 병원은 일손 부족으로 허덕이고 있었죠. 그런데 그날 밤, 죽었던 간호 학생들이 다시 살아나서 치료를 도왔대요. 폭탄에 휩쓸리고 총에 맞아도 몇 번이고 되살아나서요. 그 덕분에 수많은 병사의 목숨을 살릴 수 있었어요. 그리고 전쟁이 끝남과 동시에 간호 학생들은 두 번 다시 깨어날 수 없는 잠에 들었다… 라는 이야기예요."

"좀 무서운데요? 좀비 영화도 아니고……."

"제 동기도 그렇게 말하면서 이 근처엔 얼씬도 안 하더라고요."

타카미네 간호사는 고개를 갸웃거렸다.

"난 오히려 멋지다고 생각했는데 말이에요."

"멋지다고요?"

"네. 죽은 뒤에도 환자들을 살리기 위해 몇 번이고 되살아난다는 게, 참 대단한 마음가짐 아닌가요?"

불량 학생 출신 간호사가 히죽 웃었다.

"솔직히 이 일을 하다 보면 그만두고 싶을 때가 한두 번이 아니잖아요. 환자한테 성희롱을 당할 때도 그렇고,

잘난 척하는 의사가 이상한 이유로 화를 낼 때도 그렇고. 그렇게 야근을 해대도 전혀 늘어나지 않는 급여 명세서를 볼 때도 그렇고요. 하지만…….”

타카미네 간호사는 말을 이어 나갔다.

“환자가 기다리니까요. 열심히 힘을 내볼 수밖에요.”

타카미네 간호사는 스읍 하고 담배를 빨아들인 다음 시원하게 연기를 내뱉었다.

“시바 선생님은 이야기를 잘 들어주는 재주가 있네요? 나도 모르게 술술 얘기하게 되네…….”

내가 잘 들어준다기보다 타카미네 간호사가 혼자 신나서 열심히 떠들어댄 느낌이긴 했다. 그녀는 휴대용 재떨이에 꽁초를 집어넣으며 말했다.

“그럼 수고해요. 난 이만 퇴근할 테니까.”

“아……. 수고하셨습니다.”

“드디어 내일이네요.”

“네?”

“왜 그렇게 얼이 빠져 있어요? 하루카의 수술 날이잖아요.”

타카미네 간호사가 내 어깨를 툭 두드렸다.

“우리 병동 간호사들은 기도 말고는 할 수 있는 게 없잖아요. 우리 몫까지 열심히 해줘요, 선생님."

타카미네 간호사는 손을 흔들며 가버렸다. 나는 그 뒷모습을 배웅하며 멍하니 생각에 잠겼다.

'죽은 뒤에도 되살아나 환자를 구한 간호 학생들… 이라.'

나는 문득 신사 주변을 한 바퀴 빙 돌아보았다. 지금까지 전혀 몰랐지만, 신사 뒤편에는 신사의 역사에 관해 설명하는 간판이 세워져 있었다. 많이 낡아 곳곳이 헤진 나무 간판이었지만 글자는 간신히 알아볼 수 있었다.

'쿠사타치 신사… 라는 이름이었구나.'

루프의 시작 장소는 늘 이 신사였지만 이름을 알게 된 건 이번이 처음이었다. 간판에는 방금 타카미네 간호사가 알려준 것과 비슷한 내용이 적혀 있었다.

—죽은 뒤에도 환자들을 살리기 위해 몇 번이고 되살아난다는 게, 참 대단한 마음가짐 아닌가요?

타카미네 간호사의 말이 머릿속에서 몇 번이고 재생되었다. 확실히 대단하다고 생각하며 쓴웃음을 지었다. 난 솔직히 환자보다는 내 목숨이 더 소중한 사람이고, 만약 '전쟁터에 가서 한 몸 바쳐 의사로 일해주게.' 같은 말을 들으면 뒤도 안 돌아보고 도망칠 자신이 있다.

다만 그런 나에게도 단 한 명, 무슨 일이 있어도 살리고 싶은 환자가 있었다. 어쩌면 내가 빠지게 된 이 루프는 죽은 간호 학생들이 내게 준 기회일지도 모른다.

'몇 번이든 다시 시도해서 미나토 하루카를 구해내라.'

학생들의 망령이 내게 그렇게 말하는 것만 같다.

"…아직 안 끝났어. 할 수 있는 일이 좀 더 있을 거야."

나는 작게 중얼거리며 병원으로 걸어가기 시작했다.

Chapter 4

이렇게 빗소리에 둘러싸여서

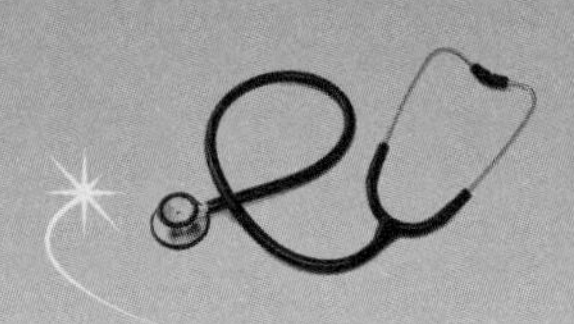

싸늘한 수술실에 칸자키의 낮은 목소리가 울려 퍼졌다.

"수술을 시작한다."

칸자키가 하루카의 피부에 메스를 댔다. 젊은 여성의 피부는 탄력이 있어서 메스가 잘 든다. 나는 살짝 배어 나온 피를 거즈로 닦아내면서 칸자키의 손끝 움직임에 온 신경을 집중했다.

나는 칸자키가 최대한 잘 볼 수 있도록 술야를 전개하고 지시받기 전에 먼저 손을 움직이려 노력했다.

의학생 시절부터 수술 현장을 여러 번 견학했고, 이런 식으로 조수로 수술대에 섰던 적도 있었다. 하지만 수업이나 업무의 일환으로 수술에 **참여하게 된 것**과 집도의를 돕기 위해 수술에 **참여하는 것**은 천양지차다. 수술이 시작된 지 불과 5분 만에 내 이마는 땀으로 흥건해지고 숨도 가빠지기 시작했다.

수많은 루프에서 실패만 경험한 나는 당초 예정대로 하루카가 이 병원에서 수술을 받는 선택지를 고르기로 했다. 억지로 수술을 연기시키거나 하루카를 병원에서 데리고 나왔던 것이 전부 실패로 끝났던 것을 생각하면, 역시 '미나토 하루카가 하바토 대학 의료센터에서 수술을 받고 성공한다.'라는 길밖에 없다고 판단한 것이다.

대신 나는 수술에 대한 내 태도를 바꾸기로 했다. 하루카의 사망 원인은 부정맥과 심실세동에 따른 것이며 이런 현상은 수술 시간이 길어질수록 발생 가능성이 높아진다.

그렇다면 내가 완벽하게 지원해서 수술의 퀄리티를 높이고 시간을 단축시키면 미나토 하루카의 수술이 성공할지도 몰랐다.

"시바, 이식체 채취로 넘어간다. 준비를—."

"초음파 메스 준비 부탁드립니다. 염산파파베린 용액도요."

칸자키의 말이 끝나기도 전에 내가 간호사에게 지시를

내렸다. 그와 동시에 리트랙터를 미세하게 조정하여 술야를 칸자키가 가장 잘 볼 수 있도록 했다. 칸자키는 몇 번 눈을 깜빡거렸다.

"그래, 맞아. …많이 공부했군."

"아뇨. 턱없이 부족합니다."

아까 나는 이식할 혈관을 잘 구분하지 못해서 쓸데없는 시간을 소비하고 말았다. 아직도 개선의 여지가 많았다.

현시점에서는 평범한, 아니, 평균 이하의 실력인 나 같은 수련의가 칸자키를 충분히 지원할 수 있을 만한 기량을 익히려면 꽤 많은 연습을 거쳐야 한다. 보통은 수십 년에 걸쳐 수백 번의 수술을 경험하면서 익히는 과정이다.

하지만 지금의 나는 루프의 감옥에 갇혀 있다. 바꿔 말하면 성공할 때까지 몇 번이든 미나토 하루카의 수술을 반복할 수 있다는 소리다.

애초에 이건 말처럼 간단한 일이 아니다. 내가 수술을 잘할 수 있게 될 때까지 하루카는 내 앞에서 계속 죽을 것이다. '내가 서툰 탓에 하루카가 죽었다.'라는 자책에서 벗어날 수 없다.

이미 나는 수술실에서 하루카의 죽음을 스무 번 넘게 지켜봤다. 하지만 그에 비례해서 내 기술은 차츰 숙달되는 조짐이 보였다. 지금의 나라면 관상동맥 우회술에 관해서라면 어지간한 외과 의사보다 훨씬 솜씨 좋게 집도의를 지원할 수 있을지도 모른다.

결국 그 수술은 어느 정도까지 진행되다가 하루카의 상태가 급변하면서 사망으로 끝났다. 비통한 심정으로 절개 부위를 봉합하는 가운데, 내 마음속에서 희미한 기대감이 싹트고 있는 건 사실이었다.

'많이 늘었어, 틀림없이…….'

그 증거로 수술 전개가 조금씩 빨라지고 있다. 루프가 처음 시작될 무렵엔 좌전하행지(左前下行枝)를 스타빌라이저로 고정할 즈음에 끝났던 것에 비해, 지금은 이식체—관상동맥 접합을 시작하는 부분까지 도달했다.

이번에야말로 수술을 성공시킨다. 나는 그 결심을 가슴에 품은 채 과거로 계속 돌아갔다.

"수술에 참여하고 싶다고?"

칸자키의 이 의아한 표정을 보는 건 몇 번째일까? 포장을 뜯지 않은 컵라면을 들고 눈을 가늘게 뜨는 칸자키를 향해 나는 고개를 깊이 숙였다.

칸자키는 잠시 침묵하다가 천천히 고개를 끄덕였다.

"좋다. 허락하지."

"감사드립니다!"

나는 감사 인사를 하자마자 몸을 돌려 부장실 문을 잡았다. 하지만…….

"기다려."

칸자키가 날 불러 세웠다. 빨리 가서 수술 공부를 하고 싶은 마음에 안절부절못하며 고개를 돌리자, 칸자키는 컵라면을 선반에 되돌려 놓고 있었다.

"너, 저녁은 먹었냐?"

"…아직인데요."

"나도 그래."

칸자키는 의사 가운을 벗고 정장 재킷을 입었다.

"병원 근처에 맛있는 라면 가게가 있는데, 같이 갈까?"

나는 몇 번 눈을 깜빡거렸다. 수많은 루프를 반복한 나에게 '병원에 돌아오자마자 칸자키에게 수술 참여를 요청하는 것'은 하나의 통과 의례가 되어 있었다. 하지만 이런 식으로 칸자키가 식사를 권유하는 건 처음이었다.

나는 칸자키가 선반에 돌려놓은 컵라면을 보며 조용히 납득했다. 이번엔 특히 서둘러서 수술 참여를 요청하러 왔기 때문에 칸자키가 아직 컵라면을 뜯지 않고 있었다.

그래서 칸자키가 같이 라면을 먹으러 가자고 권유하는 이벤트로 연결된 것이리라.

어떻게 할지 고민하는 사이 칸자키가 "10분 뒤에 입구에서 기다려."라는 말을 남기고 나보다 먼저 부장실을 빠져나갔다. 당황스러웠지만 이렇게 된 이상, 의사 가운을 벗어두기 위해서라도 수련의실에 가야 했다.

칸자키가 나를 데려간 곳은 주택가의 아주 깊숙한 곳, 대체 왜 이런 데서 가게를 차렸나 싶을 만큼 구석진 곳에 위치한 라면 가게였다. 하지만 놀랄 만큼 대기열이 긴 걸 보면 맛은 확실한 듯했다.

나는 칸자키를 곁눈질로 바라보았다. 평소처럼 가면 같은 얼굴이라 감정을 읽어낼 수 없었다. 나는 머뭇거리며 입을 열었다.

"줄이 기네요."

"그래."

대화가 끝났다.

'아……. 어색해…….'

잠시 기다리자 우리 차례가 돌아왔다. 가게 안은 김이 뿌옇게 서리고 후텁지근했다. 카운터 자리밖에 없어서 우리는 가게 가장 안쪽에 놓인 두 개의 스툴 의자에 나란히 앉았다. 점장으로 보이는, 까만 셔츠를 입고 이마에 띠를 두른 중년 남자가 말을 건넸다.

"오, 어서 오십시오! 오늘은 뭐로?"

"늘 먹던 걸로. 이 친구한테도요."

칸자키가 날 가리키며 주문했다. 점장은 "알겠습니다!" 하고 우렁차게 대답했다. 곧 라면이 나왔다. 국물이 투명해서 그릇 바닥이 보이는 간장 라면이었다. 슬쩍 보니 칸자키는 이미 젓가락으로 면을 집고 있었다.

'이 아저씨, 맨날 라면만 먹네.'

생각해 보면 칸자키의 부장실에 들어가서 하루카의 수술에 참여하게 해달라고 요청할 때는 늘 컵라면을 들고 있었다. 라면을 좋아하는 걸까? 아니면 내가 그런 모습만 봤을 뿐인 걸까?

"칸자키 선생님, 라면을 좋아하시나요?"

"그래. 하루에 한 번은 꼭 먹지. 단골집을 여럿 정해두고, 순서대로 돌아가면서 먹어. 월요일은 역 앞의 하카타 돈코츠 라면, 화요일은 상점가의 닭육수 라면인 식으로."

…매일 라면을 먹는 게 사실이었나 보다.

"대단하시네요……. 건강은 괜찮으세요?"

"괜찮다. 난 매일 아침의 조깅과 주말의 웨이트 트레이닝을 한 번도 빼먹은 적이 없고, 1일 섭취 칼로리와 각종 영양소 배분도 신경 쓰고 있으니까. 건강검진에서도 이대로 괜찮다는 판정을 받았다. 좋아하는 음식을 마음껏 먹기 위해서라면, 건강을 위한 노력도 게을리하지 않아야지."

라면에 대한 엄청난 열정이 아닐 수 없었다. 나는 곁눈질로 칸자키를 힐끔거리며 천천히 면을 먹기 시작했다.

'…어, 확실히 맛있네.'

담백한 국물에는 간이 잘 되어 있고, 면은 쫄깃해서 삼킬 때의 느낌이 좋았다. 그때 칸자키가 내게 말을 건넸다.

"시바."

"네?"

"무슨 일 있었냐?"

짧은 질문이었다. 내가 고개를 갸웃거리자, 칸자키의 말이 이어졌다.

"세상에는 두 종류의 의사가 있다. 의사를 하고 싶어 하는 녀석과, 의사를 하게 된 녀석이지. 넌 후자라고 생각했다."

"…뭐, 그럴지도 모르겠네요."

전에 학과 동기들과 대화하던 중에 '만약 매년 1억 엔씩 받을 수 있다면 의사를 그만둘 거냐?'라는 화제가 나온 적이 있었다. 그때 '의사 일은 계속할 거야. 돈 문제가 아니니까.'라고 대답하는 녀석이 실제로 존재한다는 사실에 놀라고 말았다. 참고로 난 즉시 사표를 제출할 자신이 있다.

"그런 네가 갑자기 수술에 참여하게 해달라고 말하는 이유가 뭔지 궁금하군."

"그건……."

'하루카가 죽는 모습을 수도 없이 지켜봤고, 반드시 살리고 싶기 때문입니다.'

솔직하게 말했다간 정신이 이상한 사람으로 볼 게 뻔하다. 나는 애매한 미소로 얼버무렸다.

"요새 공부가 부족하다는 걸 통감해서요."

"의외로 빈틈없는 녀석이군."

칸자키는 불쑥 중얼거렸다. 내 거짓말을 다 꿰뚫어 보는 것 같아서 영 불편했다.

나는 다른 화제를 꺼냈다.

"라면은 혼자 드시러 가세요? 아니면 가족분들과…?"

"가족은 없어."

칸자키가 평이한 투로 말했다.

"아내와는 별거 중이야. 사실상 이혼이지."

벌집을 들쑤신 것 같아 나는 식은땀을 흘렸다. 하지만 칸자키는 딱히 불편해하는 기색 없이 말을 이었다.

"벌써 5년쯤 됐군. 사흘 연속으로 병원에서 지내다가 집에 갔더니 메모가 남겨져 있었어. 내가 너무 가정에 소홀해서 정나미가 떨어졌다고."

칸자키는 자조하듯 큭큭 웃었다.

"그 이후로 제대로 연락도 안 해봤어. 잊어버릴 만할 때쯤 아들 사진을 보내주는 정도지. 어느새 중학생이 된 것 같더군."

"된 것 같다니……. 만나러 가지 않으셨나요?"

"못 만나. 주소를 모르거든. 아들 녀석도 이제 내 얼굴 같은 건 다 까먹었겠지."

나는 무슨 대답을 해야 좋을지 알 수 없었다. 칸자키는 내 심정을 꿰뚫어 본 것처럼 말했다.

"불편해할 것 없어. 난 괜찮으니까. 자업자득이고."

"그래도……."

"아내 말도 맞아. 난 아이가 태어날 때도 병원에서 일했고, 육아도 제대로 돕지 않고 수술만 했어. 어린이집이나 초등학교를 고르는 일도 아내한테만 떠넘겼지. 남편인 척, 아버지인 척할 자격 따윈 없어."

칸자키는 면을 후루룩 빨아들였다. 그의 뒷모습이 처음으로 무기력해 보였다.

"시바. 너, 여자친구는 있냐?"

나는 고개를 가로저었다.

"그래? 그럼 지금부터 하는 말은 중년 아저씨의 푸념이니까 적당히 흘려들어라."

칸자키는 잠시 침묵하다가 다시 입을 열었다.

"난 일본의 의료 제도가 파탄에 이르렀다고 생각한다."

"파탄… 이라고요?"

"담당 환자의 상태가 안 좋아지면 한밤중이든 경조사 때든 즉시 달려가야 하니까. 이런 말도 안 되는 제도를 유지하는 건 일본뿐이야. 다른 나라에선 시간대마다 여러 명의 의사가 진찰을 담당해."

그건 의료 종사자들 사이에서 가끔 언급되는 사실이었다. 주치의 제도는 의사의 살인적인 노동 시간을 통해 유지되고 있다. 부모님의 임종이나 아내의 출산을 지켜보지 못한 의사의 사례를 일일이 열거하기 힘들 정도다.

"옛날에, 내가 아직 수련의였을 때였지. 난 한 병원의 일반 외과에서 말기 식도암 환자를 담당하고 있었다. 살날이 며칠 안 남았다는 건 누가 봐도 명백했지."

어느새 칸자키의 라면 그릇은 깨끗이 비어 있었다. 칸자키는 라면 그릇 바닥에 그려진 문양을 바라보며 말을 이어 나갔다.

"난 당시의 여자친구, 그러니까 지금 호적상의 내 아내와 주말에 데이트할 예정이었어. 그때 프러포즈를 하려고 계획을 짰지. 그날만큼은 꼭 여자친구와 만나고 싶었어."

"…선생님."

"환자는 좀처럼 죽질 않더군. 난 회진 때마다 안달복달했어. 환자가 이대로 주말까지 버티다 죽으면 난 평생 한 번뿐인 데이트를 중단하고 달려와야만 하니까 말이야."

환자의 가족이 이 말을 들으면 화를 낼지도 모른다. 사람의 목숨과 여자친구와의 데이트를 어떻게 비교할 수 있냐고 말이다.

하지만 난 칸자키를 비난할 마음이 들지 않았다. 가만히 고개를 숙인 칸자키의 옆모습이 너무나 괴로워 보였기 때문이다.

"금요일 밤에 데이트 준비를 하는데 병원에서 연락이 오더군. 환자의 혈압과 심박수가 떨어지기 시작했고 이제 곧 죽을 것 같다고. …그 연락을 받았을 때 느꼈던 감정을 난 잊을 수가 없다."

"…어떤 감정이었는데요?"

"기뻤다. 이제 아무 걱정 없이 데이트를 갈 수 있겠다고 생각했지. …그런 생각을 해버렸어."

칸자키는 물잔을 꽉 움켜쥐었다.

"환자가 임종할 때까지 돌보고 뻔뻔하게도 유족에게 위로의 말을 건네고 나자, 난 갑자기 내가 무서워졌다. 내 안에 생겨난 끔찍한 마음을 깨닫고, 내가 얼마나 이기적이고 어리석은 인간인지에 대해 생각하게 됐지."

"하지만 그건……. 누구라도 그랬을 겁니다. 사람인데 어쩌겠어요."

"그래, 어쩔 수 없는 일일 테지. 하지만 용서받을 수 없는 일이다."

칸자키는 잔에 남은 물을 한 번에 들이켰다.

"그 이후로 아무 생각도 안 들도록 계속 일했다. 사람의 몸을 자르고, 자르고, 계속 잘랐지. 어느샌가 명의니 어쩌니 하며 칭송받게 됐지만, 그런 건 아무 의미도 없어. 난 그저 그날의 나 자신에게 계속 변명하고 있을 뿐이다."

나는 아무 말도 할 수 없었다.

"만약 과거로 돌아갈 수 있다면, 넌 의사가 될 거냐?"

나는 한참 생각하다가 고개를 가로저었다.

"…모르겠습니다."

"난 되지 않을 거다. 절대로."

칸자키는 심장을 토해내듯 말했다.

"만약 다시 시작할 수 있다면, 가족과 많은 시간을 보낼 수 있는 직업을 고를 거다. 다음엔……. 입학식을 끝낸 아들에게 축하한다고 말할 수 있는 인생을 보내고 싶다."

의외의 말이었다. 칸자키는 그야말로 일벌레, 우리 병원에서도 가장 정력적으로 일하는 외과 의사 중 한 명이다. 의사는 환자를 위해 밤낮없이 일해야만 한다고 말할 거라 생각했던 것이다.

"괴로우세요?"

내가 묻자 칸자키는 입술을 꽉 깨물었다.

"모르겠다. 그런 걸 수도 있겠군. 하지만 내 수술을 기다리는 환자가 있고, 내 능력으로 살릴 수 있는 사람들도 있지. 그러니 어쩌겠어……."

그 말에서 칸자키 타케오미라는 의사의 본질이 잘 드러나는 것 같았다. 이 남자는 내가 생각했던 것보다 훨씬 따뜻한 사람이었다. 그래서 이렇게까지 고뇌하는 것이다.

칸자키는 천천히 자리에서 일어섰다.

"재미없는 얘기만 늘어놓은 것 같아 미안하군."

"아닙니다. …많은 도움이 되었습니다."

"그래. 날 반면교사로 삼도록 해."

칸자키는 농담인지 진담인지 모를 소리를 했다.

나는 마지막으로 한 가지 궁금한 점을 묻기로 했다.

"칸자키 선생님. 아까 하신 말씀이요."

"응?"

"세상에는 두 종류의 의사가 있다고 하셨잖아요. 의사를 하고 싶어 하는 녀석과 의사를 하게 된 녀석."

"그래. 그래서?"

"칸자키 선생님은 어느 쪽이시죠?"

칸자키가 피식 웃었다.

"굳이 말할 필요도 없을 것 같은데."

"…그렇… 겠네요."

가게를 나와 칸자키와 헤어졌다. 바로 병원으로 복귀한다는 것 같다. 구부정한 자세로 걸어가는 칸자키의 뒷모습이 오늘따라 왜소해 보였다.

쌀쌀한 바람이 불었다. 나는 몸을 부르르 떨며 하늘을 올려다보았다.

"…한차례 쏟아지겠네."

나는 계속해서 수술을 거듭했다.

루프가 시작되면 그 신사에서 눈을 뜬다. 옆에는 하루카가 있다. 잡담 나눌 시간도 없이 바로 하루카를 데리고 병원으로 복귀한다.

다음은 칸자키가 있는 부장실로 가서 수술에 참여하겠다는 의사를 표명한다. 이때 너무 일찍 도착하면 같이 라면 먹으러 가자는 권유를 받기 때문에 어느 정도는 여유를 둔다.

그 뒤에 수련의실로 돌아와 참고서를 들고 나온다. 수련의실에 너무 오래 머무르면 아사히나와 준 선배의 술간치에 휘말리니까, 일단 밖에 나와 시간을 보내고 나서 수련의실로 돌아간다. 저녁을 먹고 수련의실 침대에서 잠을 청한 뒤, 다음 날 아침이 되면 수술을 시작한다.

하루카의 수술이 실패로 끝나면 그 현기증이 찾아온다. 정신이 들면 루프 시작 시점으로 돌아와 있다.

루프 때마다 약간의 차이점은 있지만, 대략적인 흐름은 이와 같다.

지금 수술실은 침울한 정적에 휩싸여 있었다. 수술용 가운과 확대경을 장착한 칸자키가 수술 실패를 선언한 뒤로는 계속 그랬다.

"넌 이제 그만 물러나라. 무리하지 말고 나가서 쉬어."

칸자키가 반론을 허용하지 않는 말투로 말했다. 나는 살짝 고개를 숙인 다음 수술실을 빠져나왔다.

옷을 갈아입고 탈의실 거울을 들여다보았다. 미간을 잔뜩 찡그린 채 이쪽을 노려보는 내 얼굴이 보였다. 나는 손가락으로 미간의 주름을 펴며 구석에 놓인 의자에 걸터앉았다. 이제부터 어떻게 할지 생각했다.

이건 최근에 알게 된 사실인데, 루프 시작을 알리는 현기증의 발생 시각은 일정하지 않았다. 하루카가 사망한 뒤에 현기증이 오는 건 틀림없지만, 수술 직후일 때가 있는가 하면 이번처럼 약간의 시간이 더 주어질 때도 있다.

오늘 저녁에는 하루카의 출관— 병원에서 시신을 전송하는 장면이 있을 것이다. 솔직히 나는 참석하고 싶지 않았다. 딸의 이름을 부르며 통곡하는 하루카의 부모님을 지켜보는 건 가슴 아픈 일이니까.

오늘은 더 이상 일을 할 마음도 들지 않았다. 어차피 루프 하면 전부 없던 일이 될 테니 계속 게으름을 피워줄 테다. 그런 생각으로 PHS의 전원을 껐다.

'무리하지 말라고…….'

아까 칸자키가 했던 말을 떠올렸다. 나는 조금 고민하

다가 천천히 자리에서 일어섰다.

내가 향한 곳은 병원의 옥상 정원이었다. 전에 하루카가 뛰어내린다고 난리를 쳤던 곳이다. 날짜로 따지면 불과 지난주에 벌어졌던 사건이지만 어느새 몇 달 전 일처럼 느껴졌다. 뭐, 실제로 그만한 시간을 지나왔으니 착각이라 할 수도 없다.

맑게 갠 날씨였다. 여전히 잘 손질된 정원에는 아무도 없는 듯했다. 안쪽 벤치에서 휴식을 취하려는데, 나무들 사이에 먼저 온 손님이 있다는 걸 발견했다.

"준 선배?"

"어, 시바."

준 선배는 수술실에서 바로 왔는지 녹색 마취복을 입은 채였다. 벤치에 편하게 기대 하늘을 올려다보고 있었다.

"여기서 뭐 해?"

"준 선배는요?"

"나? 난 이제부터 수술 세 건에 연속으로 들어갔다가 ICU 당직을 서고 내일 아침부터 또 열 시간 예정된 췌두십이지장 절제술에서 마취를 담당해야 하는 참이야."

"장난 아니네요."

"장난 아니지. 나 좀 살려줘."

"응원할게요."

"아……. 푹 자고 싶다……."

축 늘어진 준 선배 옆에 조금 거리를 두고 앉았다. 준 선배는 멍하니 하늘을 올려다보며 말했다.

"유감이야."

"뭐가요?"

"그 여자애. 미나토 환자라고 했던가?"

"…네. 유감이죠."

내가 대답하자 준 선배는 의아한 표정으로 내 얼굴을 들여다보았다.

"너, 무슨 일 있어?"

"네? 왜요?"

"좀 더 풀 죽었을 줄 알았는데. 꽤 냉정하네."

"그래 보여요?"

나는 어깨를 으쓱해 보였다.

괴롭지 않냐고 하면, 당연히 괴롭다. 눈앞에서 하루카가 목숨을 잃는 장면은 몇 번을 봐도 가슴이 찢어질 만큼 아팠다. 하지만 지금의 난 수술을 거듭하면서 내 실력을 갈고닦는 게 우선이었다. 내 기술이 향상되면 하루카는 죽지 않을지도 모른다. 그렇게 생각하면 한탄할 여유 따윈 없었다.

“준 선배는 힘들지 않으세요?”

왜 그런 질문이 나왔는지는 잘 모르겠다. 어쩌면 하늘을 올려다보는 준 선배의 얼굴이 학생 시절보다 훨씬 지쳐 보였기 때문일 수도 있다.

“가끔 말이야.”

“네.”

“내가 지금 무슨 일을 하는 건지 모르게 될 때가 있어.”

준 선배는 나를 슬쩍 돌아보았다.

“의학이란 건 생명을 지키기 위해 발전해 왔잖아. 하지만 그건 어떻게 보면 죽음에서 도망쳐왔다는 의미기도 해. 백 살이 다 되어 계속 누워 있기만 하는 노인에게 인공호흡기를 달고, 입으로 먹지 못하니까 위루(胃瘻)를 만들고……. 그게 과연 옳은 걸까?”

준 선배는 한 마디 한 마디를 스스로 곱씹듯이 천천히 말을 이었다.

“옛날엔 사람들이 집에서 죽는 게 당연했어. 가족들이 지켜보는 가운데서 임종을 맞고, 죽은 뒤에는 열심히 잘 살다 가셨다고 추모하고. 장수한 사람의 장례식에선 팥밥을 먹기도 했지. 하지만 지금은 그렇지 않아. 이런 식이면 오히려 의학의 발전 때문에 사람들이 더 불행해진 게 아닌가 하는 생각이 들어."

나는 아무 대답도 할 수 없었다.

만약 내가 혼수상태가 되어 계속 누워 있어야 한다면, 차라리 안락사를 당하는 편이 나을 것 같다. 인공호흡기와 위루가 주는 고통이나 가족에게 주는 부담을 생각하면 '무슨 일이 있어도 살아 있게만 해줘.' 같은 말은 도저히 할 수 없다. 이런 생각을 하는 사람이 나 말고도 많았는지, 어떤 설문 조사에서는 무조건적인 연명 치료를 바라지 않는다는 의견이 오히려 대다수였다.

하지만 현실은 그런 희망과는 거리가 멀다. 우리는 한정된 의료 자원으로 의사 전달조차 불가능해진 사람들의 생명을 1초라도 늘리기 위해 애쓰고 있으니까.

"난 말이지, 가끔 내가 엄청 나쁜 짓을 하는 것 같은 느낌이 들어. 의사가 하는 일이 아주 하찮고 슬프게 느껴질 때도 있고."

"…준 선배."

준 선배는 휴우, 하고 한숨을 쉬더니 갑자기 밝은 목소리로 말했다.

"도망쳐 버릴까?"

"네?"

"이제 업무나 병원의 속박에서 완전히 벗어나서 아무도 모르는 장소로 가버리고 싶어. 같이 가자."

"저기……."

"지금 여친 없다면서. 내가 결혼해 줄게. 둘이서 열심히 일하면 어떻게든 되겠지. 아담한 단독 주택을 사고, 여유가 생기면 개를 기르는 거야. 주말엔 마당에서 바비큐 파티를 하고. 어때?"

준 선배가 내 얼굴을 바라보았다.

그 가면 같은 미소 뒤에… 깊이를 알 수 없는 비탄이 숨겨져 있는 듯했다. 살려달라고 말하는 것만 같았다.

나는 긴 시간을 생각한 뒤에 천천히 고개를 저었다.

"농담은 그쯤 하시죠. 자, 일하러 가요."

잡념을 떨쳐내듯 몸을 일으켰다.

준 선배의 제안을 받아들일 수는 없다. 나에겐 반드시 살려내겠다고 맹세한 여자아이가 있으니까.

'…하루카.'

그 아이가 기다리는 한, 나는 병원을 떠날 수 없다.

"그래. …네 말이 맞아."

준 선배는 힘없이 웃으며 자리에서 일어났다.

"아아. 시바한테 차였네."

"그만 좀 놀리시죠."

우리는 나란히 옥상 출구로 향했다. 하지만 내려가는 길은 올라올 때에 비해 훨씬 길게 느껴졌다.

흉벽을 둘로 가르자 그 밑에서 붉은 심장이 고동치고 있었다.

내흉 동맥을 박리하여 접합부를 만들어 냈다. 실처럼 가느다란 동맥에 메스, 첨인도(尖刃刀)를 찔러 넣자 미세하게 피가 튀었다. 스타빌라이저로 좌전하행지를 고정하기 위해 생선처럼 파닥이는 심장을 꽉 붙잡았다—.

이 광경을 보는 게 과연 몇 번째일까? 눈을 감아도 혈관의 색과 주행이 선명히 떠올랐다. 오늘도 수없이 반복했던 하루카의 수술에 도전하고 있다.

"이식체 접합은 문제없다. 혈류를 확인했어. 바로 봉합으로 넘어간다."

칸자키의 말을 들은 순간, 나는 가슴 속에서 형용할 수 없는 성취감이 솟구치는 것을 느꼈다.

'성공이야. 드디어…….'

루프를 통해 수술 실력을 향상시켜 칸자키를 보조한

덕분에, 나는 조금씩 수술 시간을 단축시킬 수 있었다. 오늘은 전례가 없을 만큼 순조로운 수술이었고, 처음 보는 단계까지 수술을 진행할 수 있었다. 수술에서 가장 어렵고 위험한 부분은 이미 잘 넘겼고, 이제는 절개한 부위를 봉합하기만 하면 끝이었다.

'이제 얼마 안 남았어…!'

이 수술이 끝나면 하루카는 마취에서 깨어난다. 병마에서 완전히 벗어나 새로운 시간을 보낼 수 있게 된다.

하루카가 눈을 뜨면 먼저 뭐라고 말해야 할까? 나는 다급해지는 마음을 억누르며 봉합실을 조직에 슬며시 밀어 넣었다. 바늘이 살을 꿰뚫는 감촉이 손끝으로 미세하게 전해져 왔다.

그러다 문득 위화감을 느꼈다. 규칙적으로 뛰던 심장의 박동이 미세하게 약해진 것이 느껴졌던 것이다. 그뿐만 아니라 심박의 리듬도 불규칙해진 듯한—.

그 순간, 시끄러운 알람음이 수술실에 울려 퍼졌다.

"무… 무슨…?!"

모니터를 돌아보았다. 나는 얼굴에서 핏기가 싹 가시는 걸 느꼈다. 혈압 100, 80, 60—. 계속해서 떨어진다. 명백한 이상 사태, 아니, 긴급 사태였다.

'말도 안 돼. 어째서…….'

간신히 비명을 참았다. 다리에 힘이 풀려 주저앉을 것만 같았다.

'수술은 이제 곧 끝나는데, 어째서?!'

나는 하루카의 상태가 급변한 원인이 타카야스 동맥염에 따른 관상동맥 병변으로 인한 심근경색이라고 생각해왔다. 심근경색이란 쉽게 말해 심장의 **산소 결핍**이다. 특정한 이유로 심장에 영양을 공급하는 혈관이 가로막혀 심장 근육에 충분한 혈액과 산소가 전해지지 못하는 것이다.

하루카의 이번 수술— 관상동맥 우회술은 혈관의 우회로를 만들어 그런 산소 결핍을 없애는 게 목표다. 이번 루프에선 이식체의 접합을 끝냈으니 새로운 통로로 혈류가 완성되었을 테다. 이론적으로는 심근경색이 발생할 수 없었다.

하지만 지금 하루카의 상태는 이렇게 급변하고 있다. 이미 수없이 봤던 악몽 같은 광경이 이번에도 내 눈앞에서 재현되고 있었다.

소란스러운 수술실. 쇄도하는 의사들. 울려 퍼지는 노성. 차례차례로 정맥에 주사되는 약제들. 조금 전까지 규칙적인 리듬으로 뛰던 심박과 혈압이 크게 널뛰며 모니터와 우리를 헤집었다.

그리고…….

"—칸자키 선생님. 시바 선생님. 환자가… 사망했습니다."

하루카가 또 죽었다.

"…뭐야, 이게……."

내 입에서 불쑥 그런 말이 흘러나왔다.

내가 지금까지 루프를 반복했던 건, 수술이 성공하면 하루카가 죽지 않을 거라 믿었기 때문이다. 그런데 그런 나를 비웃듯 수술이 끝나기 직전에 하루카는 죽어버렸다.

그렇다면 이제 어쩔 방법도 없는 게 아닐까?

온몸에서 힘이 쫙 빠져나갔다. 처음 느껴보는 기분이었다. 하루카가 죽을 때마다 지금까지 몇 번의 슬픔을 견뎠는지 모른다. 때로는 분노도, 답답함도, 약간의 기대감도 있었다. 하지만 이런 허무감에 사로잡힌 건 처음이었다.

수술이 성공해도 하루카가 죽어버린다면, 이제 더 이상 루프를 반복할 의미는 없었다. 아무리 건져 올리려 해도, 하루카의 생명은 내 손끝에서 미끄러져 버렸다. 나는 비틀거리며 수술실 출구를 향해 걸어갔다. 하지만…….

"시바, 어디 가는 거냐?"

칸자키가 나를 불러 세웠다.

"이대로 봉합을 시작한다. 네 할 일은 아직 끝나지 않았어."

그 목소리가 참을 수 없을 만큼 신경에 거슬렸다.

"뭐 하고 있어? 수술대로 와라, 시바."

칸자키가 재촉했지만 나는 가만히 서 있을 뿐이었다. 칸자키가 낮은 목소리로 말했다.

"넌 주치의다. 마지막까지 네 할 일을 해."

주치의. 그 말을 들은 순간, 마지막 인내심이 끊어졌다.

"…닥쳐."

"뭐라고?"

난 칸자키에게 성큼성큼 다가갔다. 쥐 죽은 듯 조용한 수술실 안에서 내 발소리만 들렸다.

"닥치라고. 이제 상관없어."

칸자키가 눈을 동그랗게 떴다.

"그게 무슨 소리냐?"

칸자키가 분노를 드러내며 물었다. 하지만 이제 와서 칸자키가 화를 내든 말든 아무 관심도 없었다. 나는 목소리를 높였다.

"소용없었다고. 전부… 전부!"

몸을 돌렸다. 간호사들과 의사들이 겁먹은 듯 길을 비

켜주었다. 나는 무수한 시선을 받으며 수술실을 빠져나왔다. 좀비처럼 멍하니 병원을 걸어 다녔다. 목적지 같은 건 없었다. 생각하는 것을 뇌가 거부하고 있었다.

병원 건물을 빠져나와 살짝 질퍽거리는 땅을 비틀거리며 걸어갔다. 늦가을 바람이 쌀쌀했다. 붉게 물든 단풍잎이 눈앞에서 하늘하늘 춤추며 떨어졌다. 피를 떠올리게 하는 붉은색이었다.

어느새 도착한 곳은 그 신사였다. 셀 수 없을 만큼 루프를 반복하면서 지나치게 익숙해진 그 신사였다.

아무도 없는 경내에서 무릎을 꿇었다. 본당을 올려다보며 신음하듯 중얼거렸다.

"…뭐 하자는 거야?"

이 신사에 깃들었다는 간호사들의 망령. 몇 번이고 되살아나 환자들을 구했다는 그녀들…….

"당신들이야? 날 이런 꼴로 만든 게."

난 혼자 말을 이어 나갔다. 원망하듯이, 저주하듯이 분노의 말을 쏟아냈다.

"뭘 어쩌라는 건데!"

머리가 욱신거렸다. 나는 머리를 감싸 쥐었다. 또 루프가 시작되려는 것 같다. 나는 고개를 마구 저었다.

"싫어……. 제발 그만해……. 이제 그만 놔줘……."

더는 견딜 수가 없었다. 또 애매한 희망에 매달리면서 하루카의 죽음을 지켜보고 싶지 않았다.

두통과 현기증이 심해진다. 마치 아직 끝나지 않았다는 사실을 냉혹하게 알리는 듯이.

그리고 갑자기 눈앞이 깜깜해졌다.

"돌팔이? 왜 그래?"

목소리가 들렸다. 차가운 시신이 되어 이 병원을 떠나기까지 불과 하루도 남지 않은 소녀가 천진난만하게 웃고 있었다. 지금 눈앞에서 살아 있지만, 이 아이는 이제 곧 영원히 만날 수 없는 장소로 떠나버린다.

목소리가 나오지 않았다. 무슨 말이든 하려고 입을 열었다가도 울음이 터질까 봐 아무런 말도 할 수 없었다.

"진짜 이상해. 뭐야, 기분 나쁘게."

나는 천천히 고개를 저었다. 그리고 온몸의 힘을 다해 억지로 괜찮은 척했다.

"저기, 하루카."

"왜? 갑자기 진지하게……."

고개를 갸웃거리는 하루카에게 내가 물었다.

"뭐 하고 싶은 일 없어?"

"응?"

"뭐든 좋아. 먹고 싶은 거나, 가고 싶은 곳……. 최대한 들어줄게."

"…갑자기 뭐야? 나 내일 수술 받는 거 잊었어?"

"그러니까 기분 전환이 필요할 거 아냐. 어차피 수술 일정 같은 건 며칠 미뤄도 달라지진 않아."

난 적당한 구실을 붙이며 하루카의 얼굴을 바라보았다. 진짜 이유, 내일 죽게 될 너를 위해 조금이나마 좋은 시간을 보내게 해주고 싶다는 말은 당연히 할 수 없었다.

"정말 뭐든 괜찮아?"

"응. 내가 해줄 수 있는 거라면. 칸자키 선생님한텐 내가 연락해 둘게."

"어, 그러면 신중하게 생각할래. 잠깐만, 음……."

하루카는 손가락을 하나씩 접으면서 생각에 잠겼다. 나는 가슴을 도려내는 듯한 아픔을 필사적으로 참아내며 묵묵히 하루카의 말을 기다렸다.

"아, 생각났어."

하루카가 손뼉을 짝 쳤다.

"저기, 돌팔이. 나는—."

택시 안은 조용했고 미터기 돌아가는 소리만 이따금씩 들렸다. 차창 밖은 완전히 깜깜했다. 나와 하루카는 뒷좌석에 나란히 앉아 목적지에 도착하기만을 기다리고 있었다.

"저기, 돌팔이."

"왜?"

"정말 병원에서 나와도 괜찮은 거야?"

"괜찮아. 병원에 허락은 받았으니까."

"…알았어."

하루카는 불안한 표정이면서도 고개를 끄덕였다. 나는 창밖을 멍하니 바라보았다. 번화가의 휘황찬란한 네온사인을 바라보는데 갑자기 유리창에 한줄기의 물이 떨어졌다. 잠시 후엔 투둑투둑 하고 물방울이 유리창을 때리기 시작했다.

"…비네."

문득 중얼거렸다. 빗줄기는 점점 굵어지고 있었다.

오늘, 10월 26일 밤에 비가 온다는 사실을 나는 처음 알았다. 왠지 기묘한 기분이었다. 이 시간을 수도 없이 반복했으면서 날씨조차 몰랐던 것이다.

그만큼 하바토 대학 의료센터 안에서만 열심히 돌아다

넜던 셈이다. 그런 주제에 결국 아무것도 바꾸지 못했다고 생각하자 자조적인 웃음이 나왔다.

나는 고개를 돌려 하루카 쪽을 바라보았다. 평소의 환자복 대신 아주 평범해 보이는 교복 차림이었다.

우리가 향한 곳은 하라주쿠였다. 평일 밤인데도 거리는 붐볐고, 우산을 쓴 사람들이 이리저리 걸어 다녔다.

도쿄 서쪽에서 멀리 온 덕분에 택시비가 꽤 많이 나왔다. 나는 잔뜩 구겨진 만 엔짜리 지폐 여러 장을 택시 운전사에게 건네고 차에서 내렸다.

"…우산을 깜빡했네."

어느새 장대비가 내리고 있었다. 나는 옆에 선 하루카를 재촉했다. 휴대폰 지도 앱을 켜서 우리가 갈 가게를 찾으며 걸었다. 그때였다.

"…또네."

나는 진절머리를 내며 고개를 절레절레했다. 전화벨이 울리며, 화면에는 '아사히나 쿄코'라는 이름이 표시되고 있었다. 아까부터 계속 이런 식으로 몇 분마다 아사히나와 칸자키에게서 연락이 오고 있었다. 어차피 용건은 뻔하다. 지금쯤 병원에서는 하루카가 사라진 걸 알고 난리가 났을 테니까.

나는 휴대폰 설정을 조작해서 병원 관계자의 전화를 전부 차단했다. 이제 더 이상 성가실 일은 없을 것이다.

"돌팔이. …괜찮은 거야?"

우산 대신 가방을 머리 위에 든 하루카가 의아한 표정으로 날 보고 있었다. 나는 고개를 살짝 끄덕였다.

"아무것도 아냐. 가자."

하루카를 재촉하자 나를 가만히 올려다보며 물었다.

"병원 사람이야…?"

심장이 강하게 두근거렸다. 나는 어떻게 대답할지 망설였다. 하루카는 고개를 가로저었다.

"괜찮아. 대답하기 싫으면 안 해도 돼."

"…괜찮겠어?"

"응. 왜냐하면……."

하루카가 물웅덩이를 피해 걸어가며 말했다.

"약속, 지킬 거라고 믿으니까."

머릿속에서 전에 하루카가 했던 말이 떠올랐다.

—약속해. 날 살리겠다고.

가슴속에서 무언가가 울컥하는 느낌이었다. 나는 내 모든 의지를 담아 힘차게 고개를 끄덕였다.

"가자."

"응."

물이 첨벙거리는 소리가 들렸다. 우리는 비 오는 거리를 계속 걸었다.

사람들 사이에서 '인스타 명소'라는 단어가 정착한 지 꽤 오랜 시간이 흘렀지만, 정작 난 사진에는 취미가 없었다. 게다가 나는 단 음식도 별로 좋아하지 않는다. 어릴 때부터 과자도 짠맛으로만 먹었고, 급식으로 나오는 도넛은 입안에 들러붙는 느낌이 싫어서 옆자리의 먹보에게 양보했을 정도다.

그런 내가 지금 거대한 팬케이크를 앞에 두고 있었다. 제정신인가 싶을 정도로 듬뿍 얹힌 휘핑크림이 번들거렸다.

"여기 한번 와보고 싶었거든."

하루카는 활짝 웃고 있었다.

우리가 온 장소는 거리 구석에 위치한 팬케이크 가게였다. 파스텔 색감으로 꾸며진 가게 안은 저녁 대신 팬케이크를 먹으러 온 사람들로 북적거렸다. 학원을 마치고 온 여고생들이나 퇴근하고 온 정장 차림의 여자 손님들이 신나게 수다를 떨고 있었다. 가게 안에 남자는 나 혼자라 앉아 있기가 영 불편했다.

"…아무리 생각해도 사람 말고 흰긴수염고래가 먹어야 할 것 같은 이 음식은 대체 뭐야?"

"이 가게 몰라? 엄청 유명하잖아. 커다란 팬케이크 맛집이야."

하루카는 팬케이크 사진을 찰칵찰칵 찍은 다음 정말 기쁜 얼굴로 포크를 케이크에 푹 찔러 넣었다. 그리고 보기만 해도 속이 더부룩해지는 생크림 덩어리를 만족스럽게 음미했다.

"맛있다!"

"잘됐네. 천천히 먹어."

"어, 돌팔이는 안 먹게?"

"아니……. 나는……."

내 앞에도 하루카가 먹는 것과 별개로 또 하나의 팬케이크가 놓여 있었다. 당연히 1인분일 거란 생각에 따로 주문했다가 음식이 나오고 나서야 내가 크게 착각했음을 깨달았다. 아무리 생각해도 이건 여럿이서 나눠 먹을 양이라 나 혼자 처리하는 건 불가능했다.

하루카는 즐거워하는 얼굴로 팬케이크를 먹고 있었다. 어느새 하루카의 팬케이크는 절반 정도까지 줄어들었다. 이런 식습관을 유지하다간 틀림없이 당뇨가 올 거라는 생각이 들었다.

"빨리 먹어. 식어버리잖아."

가게 한쪽에서 내 쪽을 힐끔거리는 점원의 시선이 느껴졌다. 빨리 먹으라고 눈치를 주는 것 같다.

한 입째는 그나마 단맛을 음미할 만한 여유가 있었다. 세 입째부터 혀가 거부 반응을 보이기 시작했고, 다섯 입째엔 남은 팬케이크 양을 확인하며 절망하고 말았다.

"하루카. 괜찮으면 내 것도 먹—."

"이 가게의 팬케이크, 전부터 먹고 싶었거든."

하루카가 감격스러운 표정을 지었다.

"입원하면 다른 사람이랑 같이 식사할 기회도 없잖아."

"…그랬구나."

"엄청 기뻐. 다른 사람이 맛있게 먹는 걸 보기만 해도 이렇게 즐거울 수 있구나."

"…그, 그래?"

이건 '멍하니 있지 말고 빨리 먹어라.'라는 우회적인 압박인 걸까?

"돌팔이, 맛있지?"

"으, 응."

솔직히 팬케이크를 먹을 때마다 입이 '이제 봐주세요.'

하고 비명을 질렀지만, 이런 상황에선 도저히 티를 낼 수 없었다.

"돌팔이. 나, 이 딸기가 올려진 것도 먹고 싶은데."

이 자식, 제정신인가?

"응? 같이 먹자."

"아니, 더 이상은 무리야. 물리적으로 더 안 들어간다고."

"…뭐든 말하라고 할 땐 언제고."

"윽."

"돌팔이는 약속을 안 지키는 사람이었네."

"그건, 저기, 그거랑 이거랑은 다르지."

"됐어. 어차피 별로 기대 안 했으니까."

"…저기요. 추가로 주문하고 싶은데요……."

하루카의 끈질긴 항의에 굴복한 나는 비장한 심정으로 점원을 불렀다.

"이 스트로베리랑 땅콩이 들어간 팬케이크, 그리고 레몬 크레이프 주세요."

"크레이프도 먹게?"

"신 레몬은 위산과 함께 소화를 촉진시키니까 위 안에 오래 안 남아 있는대."

"의사인 나도 처음 들어보는 말이군."

곧 듬뿍 담긴 팬케이크와 크레이프가 나왔다. 나는 보기만 해도 배가 불렀지만, 하루카는 이것도 사진으로 찍은 뒤 기쁘게 먹기 시작했다. 참 잘도 먹네.

"음, 신 과일도 괜찮다."

"잘됐네. 천천히 먹어. 난 여기서 지켜볼 테니까."

난 휴대폰이라도 만지며 시간을 보내려 했지만…….

"자, 돌팔이. 아~ 해봐."

하루카가 포크로 크레이프 끝을 찌르더니 내 입가로 내밀었다. 나는 당황하며 마구 고개를 저었다.

"아니, 아니, 아니. 그렇게 배려하지 않아도 돼."

"부끄러워할 필요 없는데."

"아니, 난 부끄러워하는 게 아냐. 이건 뭐냐, 그래, 위의 용량에 문제가 있는 거지."

"내 크레이프를 못 먹겠다는 거야?"

회식 자리에서 진상을 부리는 아저씨 같은 말투로 크레이프를 계속 내미는 하루카.

크레이프를 내미는 하루카는 간절한 눈빛으로 날 올려다보고 있었다. 무슨 요구든 들어주고 싶긴 하지만, 포크 끝에 찔린 크레이프는 지금의 내게 흉기나 다름없었다. 뱃속에서는 위가 '더 먹으면 너 진짜 토한다. 장난으로 하는 말 같아?' 하고 경보를 울리고 있었다.

"너무 배불러서 그래. 조금만 쉬었다가……."

"크레이프는 나오자마자 빨리 먹어야 해. 잠깐만 기다리라는 말은 크레이프한테 실례야."

도망칠 곳은 없나 보다.

나는 모든 걸 체념한 다음 크레이프를 입에 넣었다. 맹렬히 항의하는 혀와 위를 무시하며 입안의 음식물을 우물우물 씹었다.

결국 하루카는 그 뒤에 후식으로 나온 파르페까지 두 개나 더 해치웠다. 나까지 결사의 각오로 파르페를 뱃속에 집어넣은 건 말할 필요도 없을 것이다.

만족스러워 보이는 하루카를 데리고 가게를 나왔다.

"맛있었어!"

"그래. 다행이네."

나는 살짝 웃었다. 하루카가 기뻐한다면 그걸로 충분했다.

"돌팔이, 수술이 끝나면 또 가자."

마른침을 꿀꺽 삼켰다. 나는 도저히 대답할 수 없었다.

수술이 끝나면—. 그런 가정이 얼마나 무의미하고 잔혹

한지 아는 사람은 나뿐이다. 하루카가 고개를 갸웃거렸다.

"돌팔이?"

"…아, 그래. 좋아. 퇴원하면 또 가자."

가면 같은 미소와 함께 억지로 듣기 좋은 말을 꺼내자 자기혐오가 밀려왔다. 이 아이가 퇴원해서 팬케이크를 먹으러 갈 미래는 오지 않을 것이다. 영원히.

밖은 여전히 비가 내리고 있었기에 나는 처마 밑에서 머리를 긁적였다.

"난감하네. 묵을 곳도 찾아봐야겠어."

나는 휴대폰으로 근처 호텔 위치를 검색했다. 다행히 몇 군데를 찾을 수 있었고, 일단 아무 데나 들어가 보자는 생각으로 이동했다. 하지만…….

"죄송하지만 방 두 개를 이용하실 수는 없습니다."

접수 데스크의 직원이 머리를 숙이며 말했다. 나는 어찌할 바를 몰랐다.

'여기가 다섯 번째인데……. 시간이 늦어서 빈방이 없는 건가?'

꽤 비싼 호텔까지 찾아봤지만 방을 잡을 수 없었다. 지금 와 있는 곳도 넓은 로비에 푹신푹신한 소파가 놓인 고급스러운 호텔이었다.

이렇게 된 이상 조금 멀리 있는 호텔까지 찾아볼 수밖에 없을 것 같다. 내가 휴대폰으로 검색을 시작하자 안내 직원이 머뭇거리며 입을 열었다.

"저기, 더블베드가 있는 방도 괜찮으시다면 빈 곳이 있는데요. 어떻게 하시겠어요?"

쓴웃음을 지으며 고개를 저었다. 나는 물론이고, 애초에 하루카도 싫어할 것이다.

하지만…….

"정말요?! 그럼 거기로 할게요!"

내가 사양하기도 전에 하루카가 옆에서 먼저 대답해 버렸다. 내 입에서 "응?" 하는 의문사가 새어 나왔다.

안내 직원은 공손하게 고개를 숙이더니 "알겠습니다. 잠시만 기다려주세요." 하고 말하며 안쪽으로 사라졌다.

"거절할 줄 알았는데."

"왜? 묵을 곳을 겨우 찾아서 다행이잖아."

"아니, 그래도……. 그건 좀……."

나는 하루카의 얼굴을 가만히 바라보았다. 하루카는 내 의도를 알아챘는지, 어이가 없다는 듯 콧방귀를 뀌었다.

"난 돌팔이랑 같은 방에서 자도 괜찮아. 아무렇지도 않은데 뭐."

"아, 그래도……."

"어차피 미성년자를 건드릴 배짱도 없잖아?"

"아니, 그런 문제가—."

반론하려 했지만 안내 여직원이 돌아오는 걸 보고 입을 다물 수밖에 없었다. 돌아온 직원은 우리에게 두 장의 카드키를 건넸다. 분명 하루카의 말처럼 이제부터 다른 곳을 찾기도 쉽진 않을 것 같다. 오늘은 그냥 이대로 자야 할 것 같다고 생각하며 나는 엘리베이터에 올라탔다.

"우와, 엄청 넓다."

객실 안은 고급 호텔답게 침대 외에도 커다란 테이블과 소파, 마치 영국 귀족 저택에서나 볼 법한 이국적인 가구가 놓여 있는 데다가 비좁은 느낌은 전혀 없었다.

나는 짐을 내려놓으면서 하루카에게 말했다.

"감기 걸리기 싫으면 빨리 씻고 옷 갈아입어."

흠뻑 젖은 하루카의 교복을 보았다. 하루카는 혼자 구시렁거리며 샤워실로 들어갔다.

나는 소파에 털썩 걸터앉았다. 몸이 나른했다. 루프에 휘말린 이후로 내 시점에선 수백 일이나 되는 시간을 계속 움직여 왔다.

하지만 그런 노력— 아니, 노동도 벽에 막혔다. 아무리 발버둥 쳐도 하루카를 살리기 힘들다는 걸 알게 된 지금, 이제 나로서는 무슨 노력을 해야 좋을지 알 수 없었다.

나는 빗소리를 들으며 천천히 눈을 감았다.

얼마나 그러고 있었을까? 누군가가 내 어깨를 흔드는 느낌에 얼굴을 들었다.

"돌팔이. 자고 있었어?"

하루카가 어이가 없다는 듯 나를 보고 있었다. 살짝 젖은 머리카락에 객실에 비치된 옷으로 갈아입은 모습이었다.

"다 씻었어. 샤워하러 들어가."

"…그래."

느릿하게 몸을 일으켰다. 갈아입을 옷을 준비하는데, 하루카가 가방에서 책과 노트를 꺼내더니 볼펜을 천천히 움직이기 시작했다.

"공부하려고?"

"응. 내년이면 수험이니까."

나는 고개를 끄덕였다. 다른 루프에서도 하루카가 열심히 공부하는 모습을 본 기억이 있었다. 가슴이 아팠다. 이 아이의 노력이 보상받을 날이 오지 않는다는 사실을 나 혼자만 알고 있다.

"저기, 돌팔이. 정수 문제를 도저히 못 풀겠는데, 혹시 쉽게 푸는 요령 같은 거 없을까?"

소파에 앉은 하루카가 참고서를 노려보며 물었다. 나는 입술을 깨물었다.

"오늘 하루 정도는 그냥 놀아도 되잖아?"

"그럴 수는 없지. 나도 수험생인데."

올곧은 대답이었다. 어떻게 대꾸해야 할지 잠시 고민하다가 하루카 옆에 앉아 문제를 쭉 훑어보았다.

"—그러니까 정수 문제를 잘 모르겠으면 약수하고 부등식을 생각하면 쉽다는 얘기야."

내가 설명하자 하루카는 의아하다는 듯이 나를 바라보았다.

"왜?"

"돌팔이, 수학 잘하는구나. 전혀 몰랐어."

"옛날에 아르바이트로 학원 강사도 했었거든?"

전에도 이와 비슷한 대화를 나눴던 걸 떠올렸다. 하루카는 그때와 변함없이 자신의 꿈을 위해 노력하고 있었다.

하지만 나는 변해버렸다. 그때 내 가슴을 가득 채우던 마음— 미나토 하루카를 어떻게 해서든 살리겠다는 의지는 이미 사라진 지 오래다.

"그럼 나 다른 과목도 물어보고 싶은 게 많은데. 돌팔이, 물리나 영어도 알려줄 수 있어?"

"…뭐, 내가 아는 범위라면 알려줄게."

하루카는 천진난만하게 기뻐하며 질문을 이어 나갔다. 나는 공부를 가르치면서 마음속으로 기도하듯 중얼거렸다.

'지금 이 시간이 계속 이어지면 좋을 텐데.'

무슨 수를 써도 하루카가 죽어버린다면, 그렇다면 적어도 마지막 추억이 행복으로 채워지길 바랐다.

"돌팔이? 왜 그래?"

하루카의 목소리에 퍼뜩 상념에서 벗어났다. 하루카가 나를 보고 있었다. 나는 고개를 살짝 흔들며 하루카의 참고서를 들여다보았다.

"아무것도 아냐. 아까 어디까지 했었지?"

조용한 밤이었다. 빗소리와 우리의 목소리만 들려오고 있었다.

얼마 뒤, 하루카의 눈이 자꾸 감기는 게 보였기에 나는 "그만 잘까?" 하고 제안했다. 이미 반쯤 잠의 세계에 빠져든 하루카는 "응." 하고 멍하니 대답했다.

침대 구석에서 몸을 웅크린 하루카는 마치 고양이 같았다. 불을 끄고 잠시 지나자 조용한 숨소리가 규칙적으로 들려왔다.

하지만 소파 위에 누운 나는 좀처럼 잠이 오지 않았다.

"…글렀네."

천천히 몸을 일으켜 조용히 방에서 빠져나왔다.

자판기에서 캔맥주를 사서 객실로 돌아왔다. 그리고 하루카가 깨지 않도록 조심하며 베란다로 나갔다.

빗줄기는 여전히 굵었지만 베란다가 넓어서 젖을 염려는 없었다. 나는 왕골 의자에 앉아 비안개 자욱한 야경을 멍하니 바라보며 맥주를 마셨다.

무의미한 시간이었다. 뭘 해야 좋을지 모르는 나는 계속 술만 들이켰다.

지금까지의 루프에서 경험한 일들이 차례차례 떠올랐다. 전부 다 하루카의 죽음으로 귀결되었다.

반사적으로 손에 힘이 들어가면서 맥주 캔이 찌그러졌다. 나는 작은 목소리로 중얼거렸다.

"…제길."

어차피 죽을 거라면 즐거운 시간을 선물해 주고 싶었다. 하지만 그걸로 충분할 리가 없다.

난 하루카가 죽지 않길 바란다. 가혹한 병마를 완전히 떨쳐내고 계속 살아가길 바란다. 날 업신여기는 그 얄미운 얼굴로 계속 웃을 수 있게 된다면 얼마나 좋을까. 하지만 이뤄질 수 없는 바람이라는 걸 나는 알았다.

"젠장…!"

비가 세차게 내리고 있었다.

다음 날 아침, 호텔을 체크아웃한 뒤에 하루카와 나란히 선 채 거리를 걸었다. 하루카는 또 새로운 가게에서 단 음식을 먹고 싶다고 한다. 어지간한 단맛 중독자였다.

비가 갠 하늘은 맑게 개어 있었다. 여기저기 물웅덩이가 생겨난 거리를 하루카와 나란히 걸었다. 번화가에서 조금 벗어나 주택가를 따라 목적지로 향했다.

"지금 가는 가게는 과일 파르페가 유명해. 두 시간 정도는 줄을 서야 한다니까 미리 각오해 둬."

"그래, 알았어."

나는 쓴웃음을 지으며 대답했다. 하지만 하루카는 내 얼굴을 걱정스럽게 올려다보았다.

"저기, 돌팔이. 몸이 어디 안 좋아?"

나는 고개를 갸웃거렸다.

"아니, 멀쩡한데. 갑자기 왜?"

"그야……. 뭔가 괴로워하는 표정이길래."

나는 아니라고 부정할 수 없었다.

하루카의 지적은 정확했다. 한 걸음 한 걸음 나아갈 때마다 슬픔과 허무함이 가슴을 가득 채웠다. 하루카의 죽음으로 이어지는 계단을 한 단씩 오르고 있다는 걸 실감하고 있었다.

그런 와중에 누군가가 길거리에서 내게 갑작스레 말을 걸었다.

"어! 선생님!"

"아……."

비쩍 마르고 나이가 많은 할머니였다. 어디선가 본 얼굴이었다. 나는 잠시 생각하다가 그녀에 대한 기억을 떠올렸다.

"덕분에 퇴원했어요. 정말 큰 신세를 졌네요."

"아닙니다. 제가 한 건 아무것도 없었는데요."

몇 달 전, 호흡기 내과에서 수련할 때 담당했던 환자였다. 병명은 폐대세포암(肺大細胞癌)이었던 걸로 기억한다.

"그러고 보니 집이 이 근처라고 하셨죠?"

"네. 통원이 힘들긴 해도 꼭 거기서 진찰받고 싶어서요. 여기서 갔다 오려면 두 시간이 걸리거든요."

할머니가 껄껄 웃었다. 나는 붙임성 있게 웃으며 그녀

의 말에 맞장구를 쳤다.

대세포암은 폐암 중에서도 매우 성가신 종류로 예후가 상당히 좋지 않다. 이 할머니도 지금은 일시적으로 퇴원해서 돌아다니는 것 같지만 남은 생명은 1년도 채 되지 않을 것이다. 이렇게 밝은 태도를 보면 본인은 아직 모르는 걸 수도 있겠지만.

"시바 선생님이 담당해 주셔서 참 다행이었어요. 매일 아침 매일 밤, 심지어 일요일까지 제 이야기를 들어줘서 얼마나 마음이 든든했는지 몰라요."

"그러셨군요……. 하하……. 다행이네요."

그건 호흡기 내과에서 날 담당했던 전문의가 '수련의는 주말에도 아침저녁으로 회진해서 환자의 상태를 보고할 것'이라는 규칙을 정했기 때문이었다. 나는 그때 '왜 주말까지 하루 종일 병원에 있어야 하는 건데!' 하고 투덜거렸던 기억이 난다.

"저는 선생님이 꼭 좋은 의사 선생님이 될 거라고 믿어요. 열심히 해주세요."

"네, 감사합니다."

그 뒤로도 한참을 떠들어대는 할머니 앞에서, 나는 실실 웃으며 대충 맞장구를 쳐주었다.

"아, 벌써 시간이 이렇게 됐네! 이제 손주가 집에 올 텐데."

마음껏 수다를 떨던 할머니가 퍼뜩 생각났다는 듯 걸어가 버렸다.

"선생님! 파이팅!"

할머니는 멀어져 가면서도 자꾸 뒤를 돌아보며 주변에 다 들릴 만큼 크게 외쳤다. 대체 뭐랑 파이팅 하라는 건지 모르겠다. 그냥 창피할 뿐이었다.

"돌팔이, 엄청 인기 많네."

하루카가 놀란 듯 말했다. 나는 어깨를 으쓱거리며 대답 대신 쓴웃음을 지었다.

"대단하다. 그래도 의사 노릇을 하긴 하는구나."

하루카는 눈을 반짝이며 나를 올려다보았다.

"역시 좋다. 의사라는 거."

그 구김살 없는 미소를 보며, 나는 심장을 쥐어짜 내는 듯한 고통을 느꼈다.

"하나도 안 좋아. 의사 같은 건……."

나도 모르게 가시 돋친 말이 나왔다. 하루카는 의아한 듯 내 얼굴을 들여다보았다.

"의사만큼 뭐 같은 직업도 없다고."

나는 이마를 감싸 쥐었다. 지금까지 아슬아슬하게 억

눌러 왔던 무언가가 내 안에서 터져 나오려 하고 있었다.

"방금 그 할머니, 폐암이야. 그것도 대세포암이라는 가장 악질적인 종류지. 내년 지금쯤이면 이미 죽어 있을걸? 그럴듯하게 '화학 요법을 해봅시다!' 하고 말하긴 했지만, 대단한 효과가 보장되지도 않는 치료로 본질을 흐려놓았을 뿐이야."

내 입에서 기묘한 웃음소리가 새어 나왔다.

"치료에 사용하는 항암제는 한 발 맞을 때마다 백만 엔 가까이 들어. 그걸 3주마다 했으니 합산하면 말도 안 되는 금액이 나오지. 그 돈은 당연히 세금으로 지원돼. 그 정도의 비용을 들여도 기껏해야 몇 달의 수명만 늘릴 수 있을 뿐이야. 비싼 돈을 들이고 항암제 부작용에 괴로워하면서도 고작 그 정도라고."

어느새 나는 길바닥 위에 무릎을 꿇고 있었다. 탄식하듯이, 저주하듯이 나는 말을 이어 나갔다.

"결국 의사가 할 수 있는 일은 아주 적어. 나는, 우리는 아무것도 할 수 없어. 나는 암에 걸린 사람을 살릴 수도 없고—."

아무 죄도 없는 여자아이가 죽는 걸 가만히 지켜볼 수밖에 없다.

하루카가 어떤 표정을 짓고 있는지 나는 알 수 없었다. 눈을 마주치는 게 두려웠다.

"저기, 돌팔이."

하루카가 말을 건넸다.

"나는 의사나 의학에 대해 잘 몰라. 돌팔이의 말처럼, 의학이라는 건 내 생각보다 훨씬 시원찮은 걸 수도 있어. 하지만……."

하루카는 아무 일도 아니라는 듯 말을 이었다.

"아까 그 할머니. 엄청 기뻐 보였어."

나는 하루카를 돌아보았다. 하루카는 따뜻하게 웃고 있었다.

"수명을 아주 조금 늘리는 것뿐이라고 해도……. 돌팔이의 치료는 분명히 의미 있어. 그게 아니라면 저렇게까지 기뻐하진 않았을 테니까."

나는 눈앞의 소녀를 멍하니 바라보았다.

"멋있어."

하루카는 마치 사랑에 빠진 소녀처럼 뺨을 붉히며 미소 지었다.

"역시 난 의사가 되고 싶어."

나는 어안이 벙벙해졌다. 하고 싶은 말은 잔뜩 있었다.

간호사나 전문의에게 하인처럼 부려 먹히고, 진상 환자들은 얼굴을 마주칠 때마다 말도 안 되는 공갈을 한다. 당직이 끝나서 이제 좀 눈 좀 붙일라 치면 금세 누군가가 깨우러 오고, 응급실에선 주정뱅이의 욕과 토사물을 받아내야 한다. 밤을 새우며 자료를 준비한 세미나에서 노예처럼 혹사당하고, 아침 해가 뜰 때부터 자정까지 쉬지 않고 일하는데도 야근 수당 한 푼 못 받는다. 대학원에 들어가면 아예 무료 봉사였다. 수련의 중 몇십 퍼센트는 우울증에 걸리고, 이따금 자살자가 나오기도 한다.

이런 직업은 절대 고르지 말라는 말이 목구멍까지 올라왔다. 하지만 그저 순진무구하게 웃는 하루카 앞에서 나는 아무 말도 할 수 없었다.

“돌팔이, 돌아가자.”

“…그래.”

하루카와 나란히 걸었다.

“저기, 하루카.”

나는 불쑥 입을 열었다.

“넌 정말 대단해. 나는—.”

거기까지 말한 순간, 옆에서 무언가가 풀썩 쓰러지는 소리가 들렸다.

"…하루카?"

나는 천천히 시선을 돌렸다. 얄궂게도 나는 돌아보기 전부터 무슨 일이 벌어진 건지 어렴풋이 알고 있었다.

사신은 내 사정 같은 건 전혀 배려하지 않고 늘 갑작스럽게 찾아온다. 미나토 하루카는 길거리 위에서 가슴을 움켜쥔 채 쓰러져 있었다.

"꺄… 꺄아앗!"

지나가던 아줌마가 비명을 질렀다. 주위 사람들이 마구 당황하며 구급차를 부르는 모습을 나는 멍하니 바라보았다. 몸이 움직이지 않았다. 팔다리에 납덩이를 매단 것처럼 미동조차 할 수 없었다.

곧 구급차가 도착했다. 구급대가 살벌한 얼굴로 심장 마사지를 시작하고 하루카를 구급차에 싣는 장면을 나는 가만히 지켜봤다. 나는 하루카의 주치의다. 지금 당장 구급대에게 상황을 설명하고 치료에 참여해야 한다. 그걸 알고 있으면서도 도저히 움직일 수가 없었다.

그제야 나는 내 마음속의 한 줄기 끈이 완전히 끊어져 버렸음을 자각했다.

의사로서의 나는 이미 죽은 거나 다름없었다.

'이게 대체 몇 번째일까?'

심장이 멈추고 두 번 다시 눈을 뜰 수 없게 된 하루카를 바라보면서 두서없는 생각에 멍하니 잠겼다.

하루카를 살릴 수는 없다. 아무리 노력해도 마찬가지다. 하지만 하루카의 죽음을 견뎌낼 수도 없었다.

그런 내가 고른 선택지는 계속 도망치는 것이었다. 똑같은 날을 계속 루프 하면서 하루카의 죽음을 외면했다. 거의 습관처럼 '뭐, 수술이라도 돕지 않으면 할 일도 없잖아.'라는 불순한 동기로 수술실에 들어가고, 눈앞에서 하루카의 죽음을 지켜본 뒤에는 '좋아, 그럼 또 루프 해서 어제로 돌아가 볼까?' 하며 한숨을 쉬었다.

어찌 보면 크게 나쁠 것도 없었다. 아무 희망도 없는 대신 마음대로 되지 않는 미래에 절망할 일도 없었으니까. 맹탕 같은 도피에 매달리면서 하루카의 죽음에서 눈을 돌렸다.

차라리 하루카의 죽음을 받아들일까 하는 생각도 했다. 루프를 통해 하루카를 살리는 것을 포기한다면……. 신기하게도 그런 마음을 굳히면 이 루프 현상에서 빠져나갈 수 있을 거란 확신이 있었다. 간호사 망령들도 모든 걸 포기해 버린 나를 억지로 잡아두진 않을 테니까.

하지만 그런 마음을 먹는 건 불가능하다. 가망 없는 노력을 하며 나락에 떨어지고 싶진 않았지만, 그렇다고 하루카가 살아날 수 있는 마지막 동아줄마저 잘라버릴 용기는 없었다.

스스로도 경멸스러운 우유부단함이었다.

수술을 끝낸 나는 장갑과 멸균 가운을 벗고 수련의실로 돌아왔다. 곧 루프의 징조인 현기증과 두통이 찾아올 것이다. 다행히 수련의실에는 아무도 없었다. 그도 그럴 것이 점심 전의 가장 바쁜 시간대에 수련의실에서 농땡이를 피우는 녀석이 있을 리 없다. 하지만 수련의실 소파에 드러누워 휴대폰을 들여다보고 있자 천천히 문이 열리는 소리가 들렸다.

"여깄었네. 찾았잖아, 시바."

"…아사히나."

이 녀석도 조금 전까지 수술실에 있었다. 수술복 위에 의사 가운을 걸치고 있었다. 눈이 살짝 충혈된 게 보였다. 설마 울었나 싶어서 나는 고개를 갸웃거렸다.

"여긴 왜 왔어? 일 안 하냐?"

"피차일반이지."

반박할 말이 없었다. 내가 소파 위에서 몸을 틀어 자리를 만들어 주자 아사히나가 거기에 털썩 걸터앉았다.

"시바."

"응."

"미나토 환자, 죽었잖아."

"응."

나는 아무 감흥 없이 대답했다. 아사히나가 비난하듯 미간을 찌푸리며 나를 쳐다보았다. 하지만 어쩌겠는가? 아사히나는 처음 겪는 일이겠지만 내게 하루카의 죽음은 흔하디흔한 일상이었다. 가슴이 찢어지는 듯한 고통도, 몇 번이나 겪다 보면 적응해서 아무것도 못 느끼게 되는 법이다.

"슬프지 않아?"

"별로."

"힘들지 않아?"

"별로."

나는 휴대폰에서 눈을 떼지도 않고 말했다. 아사히나는 가만히 나를 바라보았다.

"너, 얼굴이 변했어."

"그래?"

"응. 어제와는 다른 사람 같아. 많이 야위었어."

"야위었다고? 내가 말이야?"

아사히나가 고개를 끄덕였다. 나는 무심결에 내 뺨을 만지작거렸지만, 특별히 살이 빠진 것 같진 않았다. 깊이 생각해 본 적은 없지만, 수염이나 머리카락이 자라지 않는 걸 생각하면 루프 때마다 내 몸도 원래 상태로 돌아간다고 봐야 한다. 따라서 야위었다는 건 말도 안 되는 소리일 테지만, 아사히나는 마치 사형수라도 보듯이 침울한 표정을 짓고 있었다.

"제일 힘든 사람은 시바잖아."

나는 몇 번 눈을 깜빡이다가 뱃속에서 화가 끓어오르는 걸 느꼈다.

"내가 울어서 하루카가 살아 돌아올 수 있다면 얼마든지 슬퍼할 수 있어."

내가 아무리 비탄에 잠겨도, 분노를 터뜨려도 사실은 바뀌지 않는다. 미나토 하루카는 죽었다.

나는 몇 번, 몇십 번, 몇백 번 동안 같은 시간을 반복하는 동안 단 한 번도 하루카를 살려내지 못했다.

정말이지 무능하고 한심한 인간이다.

"이제 곧 출관이래. 먼저 가 있을게."

"난 안 가."

"안 돼. 꼭 와."

"내가 왜 네 명령을 들어야—."

아사히나는 내 말을 다 듣지도 않고 수련의실에서 나가버렸다. 나는 깊게 한숨을 내쉰 다음 천천히 일어섰다. 그러다 문득 거울에 비친 내 얼굴을 보았다.

순간적으로 낯설게 느껴졌다. 거울 너머에서 나를 노려보는 건 밀랍처럼 창백한 얼굴에 움푹 들어간 눈구멍 안에서 흐린 눈동자를 번득이는 남자였다. 그게 내 모습이라는 걸 확신하기까지 약간의 시간이 필요했다.

마치 죽은 사람 같았다.

나는 몇 번이고 세수를 했다. 그리고 무거운 다리를 질질 끌며 계단으로 향했다.

하루카의 출관 장소에는 많은 의료 종사자가 모여 있었다. 나는 오랜만에 보는 광경을 조용히 바라보았다.

'그러고 보니 오랫동안 안 왔었네…….'

첫 번째와 두 번째 루프에선 나도 하루카의 출관에 참석했다. 하지만 그 이후, 내가 루프에 갇혔다는 사실을 자각한 뒤부터는 이 자리에 한 번도 오지 않았다.

여기에 오면 어쩔 수 없이 하루카의 죽음을 실감하게 된다. 말 없는 시신이 된 하루카를 다시는 보고 싶지 않았다.

칸자키도, 타카미네 간호사도, 아사히나도 다들 비통한 표정으로 고개를 숙이고 있었다. 당연한 일이다. 하루카의 관 옆에 서서 연신 눈가를 닦아내며 흐느끼는 부모님의 모습은 너무나 가슴이 아팠다.

의료 종사자들은 줄을 서서 순서대로 하루카에게 꽃을 올렸다. 내가 맨 뒤에 서자, 내 앞에 있던 사람이 "어라?" 하고 고개를 갸웃거렸다.

"시바. 늦었네."

준 선배였다. 수술실에서 바로 왔는지 수술복을 입고 있었다.

"왜 그래? 안색이 안 좋아."

"…그런가요?"

아사히나에 이어 준 선배도 그렇게 말할 정도면 내 얼굴이 어지간히 엉망인 걸까? 얼버무리듯 웃었더니 준 선배의 표정이 딱딱하게 굳었다.

"그렇게 웃지 마. 무서워."

"죄송합니다."

그러고 보니……. 나는 고개를 갸웃거렸다. 전에도 내 억지 미소가 징그럽다는 말을 한 사람이 있었다. 그게 누구였더라?

—예전엔 항상 히죽히죽 웃고 있어서 징그러웠거든.

—요새 정말 많이 변했어.

—…뭐, 나도 그래주는 게 더 좋지만.

'아아, 그랬지.'

하루카였다. 날짜로 따지면 불과 어제 들었던 말이지만, 나에겐 무척 먼 옛날 일처럼 느껴졌다.

'미안해.'

난 널 살리지 못했어. 약속을 지키지 못했어.

난 너의 '선생님'이 될 수 없었어.

돌팔이라는 말이 딱 맞아.

헌화 차례가 돌아왔다. 나는 꽃을 올리기 위해 하루카의 시신으로 다가갔다.

'하루카…….'

최소한 하루카의 얼굴만큼은 똑똑히 봐두자. 눈을 피하지 말고, 똑똑히. 그런 생각으로 나는 고개를 들었다.

하루카는 꽃이 가득 담긴 관 안에서 잠들어 있었다. 하루카의 얼굴에는 옅은 화장이 되어 있었다. 이렇게 보니 무척 정교하고 아름다운 인형 같았다. 나는 그 얼굴을 들여다보며…….

'…응?'

한 가지, 위화감을 느꼈다.

내 손에서 꽃다발이 떨어졌다. 하지만 그걸 다시 주워 들 생각도 하지 못한 채, 나는 앞으로 몸을 숙이며 하루카의 얼굴을 뚫어져라 보았다. 누군가가 "저기요." 하고 내게 다가왔지만 대꾸할 여유는 없었다.

'이게 대체… 어떻게 된 거야…?!'

잘못 본 게 아니었다. 내 심장이 시끄러울 만큼 거세게 고동쳤다. 식은땀이 흘렀다.

하루카의 시신에는 한 가지, **치명적으로 이상한 부분이 있었다.**

그야말로 모든 게 거꾸로 뒤집힐 정도로.

'말도 안 돼……. 이럴 수가 있는 건가? 대체 어떻게 된 거야, 이게…?!'

이게 대체 뭐냐고 소리치고 싶었다. 도저히 이해되지 않았다.

이런 일이— 용서받을 수 있는 걸까.

그 순간, 현기증이 밀려오면서 눈앞이 한쪽으로 확 기울어졌다. 나는 당혹감에 휩싸인 채로 다시 과거로 되돌아왔다.

"돌팔이? 왜 그래?"

나는 신사 한구석에서 눈을 떴다. 익숙한 천장이 나를 맞이했다. 하지만 내 머릿속이 이 정도로 혼란스러운 건 처음이었다.

"푹 잠들었나 했더니 갑자기 웬 비명이야. 괜찮아?"

하루카의 말에 대꾸할 여유도 없었다. 나는 생각의 바다에 하염없이 가라앉았다.

'만약… 만약 내 생각이 옳다면…….'

내가 처한 상황의 의미가 전혀 달라진다. 지금까진 보이지 않았던 측면이 선명히 드러났다. 나도 믿기지 않지만 달리 설명할 방법이 없었다.

'하루카를 살릴 수 있을… 지도 몰라.'

어둠 속에 드리운 한 줄기의 동아줄이었다. 하지만 그건 결코 모든 것을 마법처럼 해결해 주는 타개책은 아니었다. 튼튼한 줄이 아니라, 거미줄에 가까웠으니까. 어쩌면 돌이킬 수 없는 희생을 치러야 할 수도 있다.

'어떻게 하지? 어떻게 해야…….'

나는 겁먹고 있었다. 루프라는 기묘한 일을 겪고 있긴 하지만, 난 근본적으로 평범하고 의지가 약한 인간이다.

내가 지금까지 쌓아왔던 것을 전부 걸고서 인생 최대의 도박에 나설 수 있냐고 묻는다면 주저할 수밖에 없다.

"저기, 돌팔이! 무슨 일 있어?"

하루카가 내 얼굴을 들여다보았다. 숨이 맞닿을 만큼 가까운 거리였다. 나는 하루카의 팔을 바라보았다. 거듭된 채혈과 링거 주사로 멍투성이가 된 팔이었다. 내 시선을 느꼈는지, 하루카는 살짝 얼굴을 붉히더니 소매를 내려 팔을 가렸다.

"뭔데? 그렇게 물끄러미 쳐다보지 마."

나는 마른침을 꿀꺽 삼켰다. 내 몸속에서 뭔가 커다란 덩어리 같은 것이 무겁게 내려앉는 느낌이 들었다.

'그래. 내가 할 일은, 꼭 해야 할 일은 처음부터 정해져 있었어.'

거칠어진 호흡을 진정시키듯 심호흡했다. 나도 모르게 떨리던 손을 강하게 주먹 쥐었다.

'나는— 이 아이를 살릴 거야.'

나는 천천히 자리에서 일어섰다. 어둠 속에서 희미하게 드러난 하바토 대학 의료센터 건물이 저 멀리 보였다.

수술실은 적막에 휩싸여 있었다.

이미 이 수술에 참여하는 이들— 집도의인 칸자키, 그 조수인 나와 아사히나, 마취과 의사인 준 선배와 소독 간호사 등, 몇 사람이 대기 중이었다.

"돌팔이, 나……."

하루카가 불안한 표정으로 나를 바라보았다. 나는 입술을 굳게 다물며 힘 있게 고개를 끄덕였다.

"괜찮아. 꼭 살릴게."

'이번만큼은.'

나는 마음속으로 덧붙였다.

"…응."

하루카가 여전히 불안한 얼굴로 눈을 내리깔았다. 그 모습을 보던 준 선배가 입을 열었다.

"그럼, 미나토 환자. 시작할게요."

하루카는 긴장된 얼굴로 천천히 수술대에 누웠다.

"링거에 잠이 오는 약을 넣을 거예요. 바늘이 들어간 부위가 조금 아플 수도 있으니까 미리 각오해 둬요. 나머진 칸자키 선생님에게 맡겨두면 돼요. 마취에서 깨어나면 수술은 끝나 있을 테니까."

준 선배가 정맥에 천천히 프로포폴을 주사했다. 크림색 액체가 링거 튜브를 통해 하루카의 혈관으로 빨려 들어갔다.

"미나토 환자."

"…네."

"점점 잠이 올 거예요. 천천히 심호흡하세요."

준 선배가 하루카의 어깨를 툭툭 쳤다.

"미나토 환자."

"……."

"미나토 환자. 내 말 들려요?"

"……."

하루카의 반응은 없다. 마취에 들면서 이미 의식을 잃은 것이다. 이제부터 환자의 호흡과 혈압 관리는 전부 마취과 의사가 담당하게 된다. 준 선배는 솜씨 좋게 기관 튜브를 삽입했다.

"삽관 완료. …그럼 집도의 선생님. 잘 부탁드립니다."

칸자키가 고개를 끄덕이고 손을 씻기 위해 수술실 밖으로 나가려 했다.

'…지금이야.'

나는 흐읍, 하고 숨을 들이마셨다.

머릿속에서 다양한 장면이 스쳐 지나갔다. 수없이 많은 루프를 거듭하면서 하루카를 계속 죽게 했던 경험을 괴로움과 함께 곱씹었다.

과연 이번에도 같은 결말로 끝날까? 아니면— 아직 한 번도 보지 못한 미래에 도달할 수 있을까?

나는 발목을 움켜쥐는 공포심을 떨쳐내며 앞으로 한 걸음 나아갔다.

"비켜, 시바."

칸자키가 수술실 문 앞에 선 나를 노려보았다. 나는 고개를 가로저었다.

"비킬 수 없습니다."

침을 꿀꺽 삼키며 한마디를 덧붙였다.

"이대로 수술을 해봐야 환자는 죽을 테니까요."

수술실 안에 있던 모든 사람의 시선이 일제히 나를 향했다. 칸자키가 "호오……." 하고 낮게 중얼거렸다.

"내 수술로 사람이 죽는다고 말하고 싶은 거냐?"

"칸자키 선생님 때문이 아닙니다. 누가 집도하든, 오늘 여기서 수술을 한 하루카는 죽게 될 테니까요."

"다 알고 있다는 듯이 말하는군. 예언자라도 된 거냐?"

"예언인지 아닌지는 모르겠지만, 이것만큼은 자신 있게 말씀드릴 수 있습니다. 왜냐하면……."

나는 단어 하나하나를 마음에 새기듯 천천히 말했다.

"이 환자는 살해 위협을 받고 있으니까요."

섬뜩한 침묵이 수술실을 가득 채웠다.

"무슨 말인지 모르겠군."

칸자키가 목소리가 울렸다. 나는 바싹 마른 목구멍으로 침을 꿀꺽 삼켰다.

나는 지금까지 하루카가 죽는 원인이 병 때문이라고만 생각했다. 하루카의 지병인 타카야스 동맥염에 의한 관상동맥 협착과 그 경색 때문이라고.

수술을 하지 않고 놔두면 발작이 일어나는 건 이해할 수 있다. 하루카를 대학병원에 데려가려고 했을 때나 같이 호텔에 묵었던 루프에서 하루카가 죽은 이유는 틀림없이 타카야스 동맥염이 원인이 된 심근경색일 것이다. 하루카의 혈관이 고도로 협착되어 언제 심근경색을 일으켜도 이상할 게 없다는 칸자키의 말이 이 추측을 뒷받침한다.

하지만 그것만으로는 수술을 받았는데도 사망하는 패턴을 설명할 수 없다. 수술이 늦어져 불행하게도 수술실에서 심근경색이 발생해 살리지 못하는 경우라면 그나마 납득할 수 있다. 하지만 수술실에서 전신을 관리하며 심장 혈관에 새로운 우회로를 만들어 혈류가 확보되었는데도 심정지가 발생하는 건 이치에 맞지 않는다.

지금 생각해 보면 왜 이런 간단한 문제를 알아채지 못했나 싶기까지 하다. 하루카의 죽음이라는 결과가 늘 한 가지 원인에서 발생한다는 보장은 없다. 관상동맥 협착에 의한 심근경색뿐만 아니라 또 하나의 사망 원인이 있다면 어떨까?

또 하나의 원인— 즉, **타살.**

누군가의 악의가 하루카의 죽음의 늪에 빠뜨리고 있는 거라면, 지금까지 루프를 반복하면서도 하루카를 살리지 못하는 이유를 설명할 수 있다.

관상동맥 협착에 따른 심근경색과 누군가에 의한 살해.

하루카의 사망 원인은 두 가지였다.

수술실 안의 사람들이 다들 믿기지 않는다는 눈빛으로 나를 보고 있었다. 그들 입장에선 평소처럼 수술을 시작하려는데 갑자기 일개 수련의가 '이대로 가면 환자가 살해당한다.'라는 말을 꺼낸 상황이었다. 내 정신 상태부터 의심스러울 게 뻔하다.

칸자키가 미간을 잔뜩 찌푸렸다.

"…웃기는 소리지만 일단 들어주마. 누가, 어떤 식으로 이 환자를 죽인다는 거냐."

"수술 중 사망으로 위장해서 누군가를 죽인다는 게 결

코 쉬운 일은 아닙니다."

"당연하지."

"수술실에는 사람도 많고 바이털도 계속 체크되고 있죠. 예를 들어 제가 고의로 환자의 상행 대동맥을 절단해서 출혈사를 일으키려 한다고 해도, 즉시 다른 의사가 알아채고 지혈 작업을 시작할 겁니다."

나는 잠시 말을 끊었다가 다시 입을 열었다.

"수술실에는 보는 눈도 많고 경보음도 울립니다. 환자의 목을 조른다거나 혈관을 자르는 식의 **알기 쉬운** 살해 방법은 금세 들키죠. 누군가를 죽이려 한다면 자연스레 한정된 방법을 쓸 수밖에 없습니다."

"호오. 그 방법이 뭐지?"

"독살입니다."

칸자키가 콧방귀를 뀌었다.

"말도 안 되는 소리. 수술 중에 누군가가 당당히 나타나서 술야나 링거에 독을 탈 거라는 말을 하고 싶은 거냐? 내 눈에 그런 수상한 녀석은 어디에도 안 보이는데 말이지."

칸자키의 말에 수술실 안에 있던 사람들이 고개를 끄덕거렸다. 그의 말도 일리는 있다. 수술 중에 외부자가 들어와 환자 주위에서 수상한 짓을 한다면 눈에 안 띌 수는 없을 테니까.

"저도 칸자키 선생님의 말씀이 옳다고 생각합니다."

"그렇다면—."

"하지만 그것만으로는 충분하지 않습니다. 수술실 밖에서 침입하는 건 눈에 띌 테지만, 처음부터 수술에 참여하는 자라면 환자 근처에 있어도 의심받지 않으니까요."

칸자키가 눈을 동그랗게 떴다.

"…지금 네가 무슨 말을 하는 건지 알고 있는 거냐?"

"네, 물론입니다."

나는 다시 숨을 들이마셨다.

"미나토 하루카를 죽이려는 인물이 지금 이 수술실 안에 있습니다."

엄청난 말을 하고 있다는 걸 자각하고 있다. 매일 얼굴을 마주했던 동료와 상사 중 한 명이 살인자라는 이야기였으니까.

하지만 아무리 생각해도, 숙고에 숙고를 거듭해도 역시 이 결론뿐이었다.

"이 수술실에 살인자가 있다고?"

"그렇습니다."

"헛소리 마라. 아무리 수술 스태프라 해도 수상한 짓을 하면 금세 들킬 수밖에 없어. 황당무계한 주장이군."

난 수술실에 있는 이들을 한 명씩 돌아보았다.

"그래도 이 중에 딱 한 명 있습니다. 수술 중에 누구의 눈에도 띄지 않으면서 환자의 링거나 위관에 독극물을 주입할 수 있는 사람이."

"—설마."

칸자키가 눈을 동그랗게 떴다. 아사히나 역시 알아챈 눈치였다. 두 사람의 시선이 같은 곳을 향했다.

수술실에서 마취과 의사는 독특한 존재다. 멸균포 바깥쪽에서 환자의 수액이나 호흡 상태를 관리하는, 쉽게 말해 목숨줄 역할을 한다. 승압제나 근이완제 등, 수많은 약물을 활용해서 환자의 생명을 유지하는 것이다.

하지만 그건 다시 말해 악의적으로 독극물을 주입하더라도 누구에게도 들키지 않는다는 뜻이기도 하다.

"다 들으셨죠? 그만 나오시죠."

내가 그렇게 말하자 누군가가 멸균포 바깥쪽에서 천천히 모습을 드러냈다. 인공호흡기 옆에 서서, 그녀는 가만히 나를 바라보았다. 무시무시한 눈빛이었다.

"마취과 의사, 나루베 준. —살인자는 당신입니다."

Chapter 5

혹은 최후의 유일한 해답

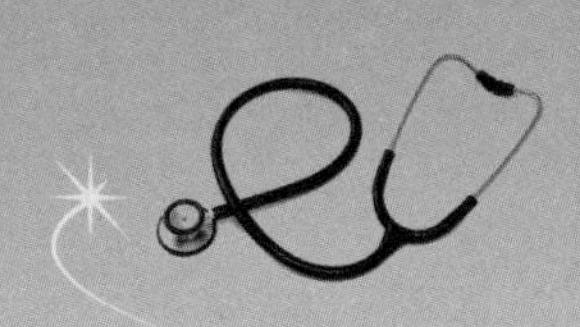

준 선배는 가만히 입을 다물고 있었다. 수술실 모니터에서 하루카의 심박을 나타내는 소리가 규칙적으로 들려왔다.

"무슨 소린지 잘 모르겠는데."

준 선배가 어이없다는 듯이 고개를 저으며 말했다.

"내가 환자를 죽이려 한다고? 농담이라고 해도 너무 재미없는데."

준 선배는 눈을 가늘게 뜨며 나를 바라보았다.

"불쾌해."

나는 마른침을 꿀꺽 삼켰다. 대학 시절부터 친했던 선

배니까 벌써 몇 년이나 알고 지냈지만, 지금처럼 이 사람이 무섭게 느껴진 적은 없었다.

"…만약 준 선배가 하루카를 독살하려 한다면, 한 가지 필요한 게 있죠. 살인에 사용할 독입니다."

나는 수술실에 있는 사람들을 한 명씩 돌아보았다. 다들 준 선배와 나를 불안한 시선으로 번갈아 보고 있었다. 준 선배는 콧방귀를 뀌었다.

"하, 누군가를 독살하려면 확실히 독이 필요하겠지. 그런 당연한 소리는 왜 하는 거야?"

준 선배는 마취기 위에 놓인 주사기 하나를 손에 들었다. 아까 프로포폴을 주입할 때 사용한 주사기였고 하얀 액체가 약간 남아 있었다.

"이것도 어엿한 독이지. 사용하면 환자는 의식을 잃고 호흡도 멈춰. 그런 의미에선 마취과 의사는 독의 전문가라고도 할 수 있어."

나는 천천히 고개를 가로저었다.

"전신 마취에서 사용하는 약물은 용량을 잘못 사용하면 독이 됩니다. 하지만 그런 위험 약물은 수술실에서 사용량을 관리하기 때문에 과다 사용 시 금세 들킵니다. 그리고 인공호흡기가 연결된 환자에게 호흡을 멈추는 독을 사용해 봐야 의미가 없죠. 자발 호흡이 정지해도 인공호흡기가 억지로 폐를 부풀릴 테니까요. 그러니까…….”

나는 말을 이어 나갔다.

“수술 중 사망으로 꾸며서 사람을 죽이려 한다면 좀 더 강력한 독을 준비해야 합니다. 정맥에 주사하면 폐수종(肺水腫)이 생긴다든가, 치명적인 부정맥을 유도한다든가 하는 독을요.”

누구에게도 말할 수는 없지만, 내가 그동안의 루프에서 목격한 광경이 그런 추측을 뒷받침한다. 코드 블루가 발동해 수많은 마취과 의사가 달려왔는데도 하루카의 호흡을 되살리지는 못했다. 일반적인 수술용 약물의 과다 사용이라면 자주는 아니어도 한 번씩 발생하는 사고였고, 경험이 풍부한 마취과 의사라면 몇 번 목격한 적도 있을 것이다.

그런 베테랑들도 하루카의 급변한 몸 상태에는 전혀 대응하지 못한 걸 보면, 하루카의 사망 원인이 단순한 약물 과다 사용일 가능성은 낮았다.

준 선배는 낮은 목소리로 말을 꺼냈다.

“그래서? 구체적으로 뭘 사용해야 하지? 설마 그렇게까지 말해놓고 무슨 독인지 모른다는 말은 안 할 거 아냐?”

기분 나쁜 침묵이 내려앉았다. 나는 잠시 각오를 굳힌 뒤에 입을 열었다.

"—네. 당신이 무슨 독을 사용할지 알고 있습니다."

그 말을 들은 준 선배의 표정이 순간적으로 동요하는 게 분명히 보였다. 내 뇌리에서는 하나의 광경이 펼쳐져 있었다. 지난번 루프— 내가 모든 진상을 알게 된 계기인 하루카의 출관 광경이었다.

이미 시신이 된 하루카의 얼굴을 들여다본 순간, 나는 어떤 사실을 깨달았다. 그것은…….

"…동공이죠."

"뭐?"

"동공이 작았어요."

그것이 미나토 하루카의 시신이 내게 말해준, 유일하고도 결정적인 증거였다.

출관 때 하루카의 시신은 잠든 듯 눈을 감고 있었다. 하지만 눈꺼풀 틈새로 희미하게 안구가 보였다. 나는 그 동공을 보고 진상을 알아챈 것이다.

"너 지금 그게 무슨 소리야? 자세히 말해봐!"

칸자키가 살벌한 목소리로 물었다. 다른 이들도 대개 비슷한 반응이었다. 하지만…….

"…시, 시바……!"

오직 한 사람. 준 선배만은 심각한 표정으로 미간을 잔뜩 찡그리고 있었다.

일반적으로 사람의 시신은 사후에 괄약근이 이완되고 동공이 확대된다. 하지만 하루카의 시신은 동공이 점처럼 작아져 있었다. 사소하지만 결코 놓쳐선 안 되는 소견이다.

그렇다면 사망 시에 동공이 극단적으로 작아질 수 있는 질병은 뭐가 있을까?

"내가 아는 것 중에서 딱 한 가지, 경구 접종을 통해 치명적인 부정맥과 폐수종, 그리고 극단적인 동공 수축을 유발할 수 있는 독이 있습니다."

"호오. 시바한테 그 정도의 법의학 지식이 있는 줄은 몰랐네. 그래서 어떤 독이야?"

준 선배는 날 무시하듯 어깨를 으쓱거렸다. 나는 날카롭게 말했다.

"유기인(有機燐) 중독이죠."

"…유기인… 중독…?"

아사히나가 생각에 잠기듯 중얼거렸다.

"들어본 적은 있을 겁니다. 일단 유기인이란 건 근처 대형 마트에서도 팔 만큼 구하기 쉬우니까요."

나는 준 선배를 돌아보았다.

"유기인 중독. 다시 말해 **농약에 의한 독살**입니다."

"—!"

준 선배가 눈을 크게 떴다.

사실 이런 분야는 의사보다 의학생이 더 자세히 알 수도 있다. 왜냐하면 의사 국가시험에서 빈번히 출제되는 문제인데도 현장에 나가면 유기인 중독 같은 병례는 좀처럼 보기 힘들기 때문이다. 그러니 자연스레 잊어버리는 사람이 대다수였다. 지금까지의 루프에서 하루카의 사망 현장에 있던 베테랑 의사들도 정확한 원인을 알아차리지 못한 것은 그 때문이다.

"수술실에 몰래 반입해서 위관을 통해 천천히 환자에게 투여하면 누구에게도 들키지 않고 환자를 죽일 수 있죠. 게다가……."

나는 말을 이어 나갔다.

"이 유기인 중독은 특징적인 검사 소견이 없고, 미리 단정 짓고 보지 않는 한 진단하기 어려워요. '감별 대상에서 제외된 질환은 진단할 수 없다.'라고 할 정도니까요."

"웃기지 마. 그냥 네 상상일 뿐이잖아."

준 선배는 눈에 띄게 여유를 잃은 모습으로 팔을 저으

며 반론했다. 존경하던 선배가 흥분한 모습을 보자 가슴 안쪽이 쑤시듯 아팠다. 하지만 나는 그런 망설임을 밟아 버리며 앞으로 나아갔다.

"당신이 환자를 죽이려는 게 아니라면, 결백을 증명할 방법이 한 가지 있습니다."

"…호오."

"지금 당장 당신의 수술복에서 모든 도구를 꺼내 보세요."

나는 준 선배가 입은 수술복을 바라보았다. 주머니는 매뉴얼과 겸자, 주사기 등으로 빵빵하게 부풀어 있었다.

"만약 하루카를 죽이려는 거라면 갖고 있을 겁니다. 농약이 든 주사기를."

내가 준 선배의 정체를 알아챘으면서도 하루카의 마취가 끝난 직후까지 기다렸던 건, 바로 이런 이유에서였다. 수술 전의 수술실에는 많은 사람이 드나들지만 막상 수술이 시작되면 마취과 의사는 수술실에서 나갈 수 없다.

그 말인즉슨, 만약 준 선배가 수술 중에 하루카를 죽일 마음을 갖고 있다면 그에 필요한 독극물을 이미 수술실 안으로 갖고 들어왔다는 얘기가 된다. 그리고 그걸 숨길 만한 장소는 준 선배가 평소에도 수술을 위해 약제를 세팅해 두는 수술복 주머니뿐이었다.

"수술용 약만 갖고 있고 독이 없다면 내가 지금까지 한 말은 전부 헛소리가 되는 거죠. 결백을 완벽히 입증할 수 있습니다. …그러니까 준 선배. 주머니에 뭐가 들었는지 보여주시죠."

내가 그렇게 말하는데도 준 선배는 한동안 미동조차 하지 않고 있었다. 선배의 두 눈은 깨끗한 수술실 바닥으로 향해 있었다. 공허하게.

그러다 갑자기 준 선배가 수술실 천장을 올려다보며 깊은 한숨을 쉬었다.

"너. 전에 같이 당직을 설 때 기억나?"

"네?"

갑작스러운 화제 전환이었기에 나는 어안이 벙벙했지만 준 선배는 개의치 않고 말을 이었다.

"초긴급 병례로 왔던 93세 여성의 심폐 정지 병례 말이야."

"…기억납니다. 하지만 그건 왜요?"

나는 긴장하며 되물었다. 준 선배는 눈을 가늘게 떴다.

"아직 지도가 끝나지 않았다는 게 생각나서 말이야."

준 선배가 천천히 한 걸음을 내디뎠고, 나는 반사적으로 뒷걸음질 쳤다.

"그 할머니를 구하는 게 옳은 일인지 아닌지— 아직 네 대답을 못 들었어."

나는 눈을 동그랗게 떴다.

그때의 상황은 자세히 기억한다. 오연성 폐렴에 치매, 뇌경색 등의 다양한 질환을 앓고 있어서 이미 의식 없이 숨만 쉬고 있던 할머니였다. 그녀의 흙빛이 된 얼굴이나 필사적으로 심장 마사지를 계속할 때 느꼈던 감촉은 잊을 수 있을 리가 없다.

"말해줘. 이제 팔다리도 움직이지 못하고, 의식도 없고, 자기 의사를 전달할 수도 없게 된 고령자에게 막대한 돈과 노동력을 들여 기껏 며칠의 생명을 연장하는 건 정말로 옳은 일일까?"

"왜 갑자기 그런 말을 하세요?"

"후배를 가르치는 건 지도 전문의의 역할이니까."

준 선배가 다시 한숨 쉬었다. 나는 아무 말도 할 수 없었다. 입을 다물어 버린 나를 보고, 준 선배는 초조한 듯이 발끝으로 수술실 바닥을 찼다.

"대답할 수 없다는 거야?"

준 선배는 내뱉듯 말했다.

"그런 식으로 결론을 내리지 않고 계속 도망치려는 거

구나."

준 선배는 콧방귀를 뀌며 수술대 쪽으로 눈을 돌렸다. 등줄기가 오싹해졌다. 준 선배는 증오마저 느껴질 정도의 강한 시선을 하루카에게 보내고 있었다. 이건 절대 의사가 환자를 보는 눈이라고 할 수 없었다.

준 선배가 천천히 나를 돌아보았다.

"몇 년 전부터 너한테 해주고 싶었던 말이 있었거든."

"…네."

"난 네가 무슨 일이든 열심히 노력하지 않고 도망치는 게 싫었어."

준 선배는 슬프게 미소 지으며 나를 바라보았다.

"넌 네가 생각하는 것보다 훨씬 우수해. 그걸 자각하지 못하는 걸 보면 화가 나."

준 선배는 수술복 주머니를 잠시 뒤지더니 안에서 주사기 하나를 꺼내 내 쪽으로 던졌다. 안에는 옅은 노란색 액체가 담겨 있었다.

"받아, 시바. 네가 원하는 게 그거잖아."

"…이게 뭔데요?"

"피리미포스메틸. 다시 말해 유기인 살충제야. 위관으로 주입하면 색이 위액과 비슷해서 섞여도 들키지 않지."

그 말을 듣자 내 다리가 부들부들 떨리는 게 느껴졌다.

"주… 준 선배. 당신… 진짜로……."

"뭘 겁먹고 그래. 네가 밝혀냈으면서."

준 선배는 수술실용 모자와 마스크를 천천히 벗었다. 세미 롱 길이의 머리카락을 한차례 쓸어 넘기더니 입가를 과감하게 일그러뜨렸다. 수술실에 모인 스태프들을 둘러본 준 선배는 거만하게 목소리를 높였다.

"시바 선생님의 말이 맞아요. 난 오늘, 이번 수술에서 미나토 하루카를 살해할 생각이었어요."

칸자키가 믿기지 않는다는 듯 신음했다.

"…말도 안 돼. 어째서……."

"이유… 말인가요?"

준 선배는 희미한 미소를 지었다.

"제가 의사이기 때문이죠."

나는 그게 무슨 뜻인지 알 수 없어서 미간을 찡그렸다. 의사니까 환자를 죽인다니, 그게 말이 되는가.

준 선배는 전신 마취 상태로 잠든 하루카를 슬쩍 쳐다보더니 다시 내 쪽으로 고개를 돌렸다. 모든 것을 체념한 듯 공허한 눈빛이었다. 준 선배가 그런 표정을 지을 수 있다는 걸 나는 오늘 처음 알았다.

***

나루베 준은 아빠와 대화한 기억이 거의 없다. 기억 속 아빠는 늘 전화로 누군가와 이야기하고 있었다.

—그러면 헤파린의 유속은 조금 올려주세요. RS가 나타난 아이는 격리해야 합니다.

—…네, 알겠습니다. 지금 가죠.

아빠는 소아과 의사였다. 카나가와 모처에 위치한 나름 큰 병원이었는데도 소아과의 상근의사는 아빠를 포함해 고작 네 명이라고 했다. 한밤중에 집에 돌아왔다가도 날이 밝기 전에 출근했고, 주말에도 집에서 쉬지 못했다. 밤에 너무 자주 전화가 오다 보니 집에서는 아빠만 따로 침실을 썼고, 전화도 그 방에만 놓아두었다.

—아빠는 왜 쉬는 날이 없어?

엄마에게 물을 때마다 돌아오는 대답은 늘 똑같았다.

—의사 선생님이니까 그렇지.

어린 마음에 참 힘든 직업이라고 생각했던 기억이 있었다. 초등학교 친구들은 주말이 되면 가족끼리 놀러 가고 평일에도 저녁은 같이 먹는다고 했지만, 준은 상상도 못 할 일이었다.

초등학교 수업에서 장래 희망을 발표했던 적이 있었다. 마침 학부모 참관일이라 준의 엄마도 와 있었다.

—저는 커서 아빠 같은 의사 선생님이 되고 싶습니다.

막연한 동경심이었다. 마침 그때 TV에서 젊은 인기 배우가 주연으로 출연한 의학 드라마가 인기를 끌고 있어서 그런 생각을 품게 된 건지도 모른다.

집에 돌아온 준은 침대에서 잠이 들었다. 한밤중에 문득 눈을 뜨자 거실에서 대화를 나누는 부모님의 모습이 언뜻 보였다. 준은 슬며시 문틈에 눈을 가까이 대며 귀를 기울였다.

—우리 딸이 의사 선생님이 되고 싶대.

—그래?

잔뜩 구겨진 와이셔츠를 입은 아빠는 깊은 한숨을 쉬었다. 그때 아빠는 왜 그렇게 쓸쓸한 표정을 지었던 건지, 지금도 가끔 생각할 때가 있다. 하지만 답은 여전히 알 수가 없다.

—네. 죄송합니다. 앞으로는 어떻게든…….

어느 주말이었다. 눈을 뜬 준은 아빠의 목소리를 들었다. 오늘은 아빠가 집에 있다는 게 기뻐서 곧장 아빠 방으로 향했다.

문틈으로 안을 들여다보았다. 조용히 들어가서 놀라게 해줄 생각이었다. 하지만 아빠는 전화로 누군가와 통화하고 있었다. 밖에 있는 준에게도 들릴 만큼 큰 목소리가 수화기에서 흘러나왔다.

—우리 병원도 적자를 면치 못하는 과를 계속 유지할 순 없다고. 소아과는 가뜩이나 점수 따기 힘든데, 설비엔 쓸데없이 돈만 많이 들고.

—죄송합니다.

—나루베 선생. 당신, 계속 이런 식이면 우리 소아과는 문을 닫을 수밖에 없어.

—한 번만 봐주십시오. 입원 환자의 회전율도 빨라졌고, 앞으로도 더 개선할 테니까요…….

—그 정도론 부족하다고. 약을 잔뜩 처방하고 외래 진료에서 검사를 많이 받게 하는 식으로 돈이 되는 치료를 해야 할 것 아냐. 그리고 우리 병원에 계속 죽치고 앉은 애들은 빨리 다른 병원으로 떠넘겨야지.

—죄송합니다. 하지만 소아과는 어느 곳이나 축소되는 추세라, 이원이 힘든 경우도 많아서요.

—내가 그런 것까지 신경 써야 하나? 그걸 어떻게든 해

결하는 게 자네 역할 아냐?

수화기 너머에서 남자가 내뱉듯 말했다.

—뭐 이렇게 적자만 내냐고, 소아과는.

그 뒤로도 통화는 길게 이어졌다. 망가진 인형처럼 전화기에 대고 고개를 계속 숙이는 아빠의 모습은, 어린 준의 눈에도 한심하고 불쌍해 보였다.

나루베 준에게 열 살 생일은 잊을 수 없는 날이었다. 아주 약간의 그리움과 지워지지 않는 씁쓸함을 그녀는 수도 없이 곱씹어 왔다.

그날은 준의 생일 파티가 예정되어 있었다. 커다란 케이크와 양초를 샀고 거실은 풍선과 인형으로 꾸몄다.

—아빠는 올 수 있대?

엄마에게 그렇게 묻자 곤란해하며 고개를 갸웃거렸다.

—일이 일찍 끝나면.

그게 '별로 기대는 하지 마.'라는 뜻이라는 걸 어린 준도 잘 알고 있었다.

저녁 여덟 시가 지났을 무렵 현관문이 열리는 소리가 들렸다. 준은 거의 반사적으로 현관을 향해 뛰어갔다.

땀범벅이 된 아빠가 지친 얼굴로 웃고 있었다. 어지간

히 급하게 달려왔는지 숨을 헐떡이는 게 보였다.

—오늘은 빨리 왔네.

—응. 억지로 일찍 끝내고 왔어.

그날 저녁은 호화로웠다. 준의 아빠는 평소 집에 있어주지 못한 것을 사과하듯 케이크를 잘라주며 준의 이야기를 들어주었다. 준은 아빠가 이렇게 잘 웃는 사람이라는 걸 처음 알았다.

—아빠는 왜 의사가 됐어?

그건 예전부터 묻고 싶었던 질문이었다. 어린아이의 눈에도 아빠가 말도 안 되게 많이 일하는 게 보였다. 그만두고 싶은 마음이 들지 않는지 궁금했다.

—준처럼 귀여운 애들이 병 때문에 아파하면 불쌍하잖니?

아빠는 그렇게 말하며 준의 머리에 손을 얹었다.

—의사 선생님은 힘들지 않아?

—그야 힘들지. 그래도 아빠가 힘내지 않으면 환자인 아이들은 더 힘들어지니까.

아빠는 흐뭇하게 웃었다.

—준은 착하구나. 아빠가 걱정되는 거지? 그래도 괜찮아. 아빠는 계속 힘낼 수 있어.

준은 아빠의 얼굴을 올려다보았다. "멋있다." 하고 들리지 않을 만큼 작은 목소리로 중얼거렸다.

의사가 되고 싶다는 생각이 들었다.

이것이 나루베 준의 원점이자…….

지금에 이르기까지 그녀를 계속 괴롭히는 저주의 시작이기도 했다.

생일 파티로부터 며칠 뒤. 학교에서 돌아오자 집 주변에 낯선 사람 몇 명이 서 있는 게 보였다. 이상한 일이었다. 그들의 옆을 지나 집에 들어가려는데, 양복 차림의 남녀가 말을 걸어왔다.

—꼬마야, 이 집에 사니?

—네. 그런데요.

—너희 아빠에 대해 잠깐 인터뷰해 줄래?

아빠에 대해 인터뷰? 준은 영문을 알 수 없었다. 하지만 그때 현관문이 벌컥 열리더니 무서운 표정을 지은 엄마가 뛰어나왔다. 엄마는 준의 손을 확 끌어당겼다.

—우리 애 건드리지 마세요.

—잠시만요, 부인. 남편분에 대해 묻고 싶은 게…….

—저희는 할 말 없어요.

준과 엄마는 도망치듯 집으로 뛰어 들어갔다. 집에 들

어가자마자 엄마는 현관문을 잠그고 신중하게 체인까지 걸었다. 그리고 무너지듯 그 자리에 주저앉았다.

—엄마. 아빠한테 무슨 일 있었어?

엄마는 대답하지 않았다.

그때 거실에 켜진 TV가 문득 준의 눈에 들어왔다. TV에서는 뉴스가 흘러나오고 있었다.

—카나가와의 현립 야마토무라야마 병원 소아과에서 입원 환자가 사망하는 사건이 발생했습니다. 사망한 환자는 아직 여섯 살인 어린아이였습니다.

TV 화면이 전환되며 어딘가의 풍경을 비추었다. 준에게는 낯익은 광경이었다. 아빠가 일하는 병원이었으니까.

—경찰은 의료 과실 가능성을 두고 수사 중입니다. 현재 소아과의 나루베 부장을 비롯해 여러 명의 관계자가 조사를 받고 있습니다.

TV 화면이 바뀌기 직전, 화면 가장자리에 나타난 의사 가운을 입은 남자를 보고 준은 숨을 삼켰다.

수많은 경찰관에게 둘러싸인 아빠의 얼굴은 창백하게 질려 있었다.

준의 생일이던 그날, 아빠가 일하는 소아과에서는 한

명의 환자가 긴급 입원해 있었다.

상태가 안정되었다고 판단한 아빠는 평소보다 이른 시간이긴 했지만 퇴근하고 집에 돌아왔다.

하지만 그 환자의 상태가 한밤중에 급변하면서 심폐정지에 빠졌다. 당직의는 평소 내과에서 근무하던 의사라 소아 환자를 진찰한 경험이 거의 없었다. 환자는 그대로 사망하고 말았다.

애초에 기초 질환이 있던 환자라 상태가 급변할 가능성이 컸다. 환자의 유족은 병원 측의 당직 체계에 문제가 있었다면서 소송도 불사하겠다는 입장이었다.

처음엔 아빠를 감싸며 재판에서 싸우려 했던 병원 측은 어느 순간 갑자기 태도를 바꾸어 체계의 문제점을 인정해 버렸다. 앞으로는 이런 일이 두 번 다시 발생하지 않도록 소아과 부문은 해체하고 해당 부서 담당의들의 책임을 엄히 추궁하겠다고 말이다.

그것이 도마뱀의 꼬리 자르기 수법이라는 건 누가 봐도 명백했다.

—아빠.

—…응? 어, 왜 그러니.

—괜찮아?

—…응. 아빠는 괜찮단다.

아빠는 날이 갈수록 야위어 갔다. 말수도 눈에 띄게 줄어들고 집에 돌아와도 방에만 틀어박혀 있었다. TV 보도를 통해 아빠가 환자의 유족과 재판장에 섰다는 사실을 알았다.

—그 아이는 몸이 약해서 누군가가 계속 옆에서 지켜봐야 하는 상황이었습니다. 의사는 그걸 알면서도 그냥 방치했고요. 용서할 수 없습니다.

기자 회견에서 사망한 아이의 어머니는 그렇게 말하며 눈물을 닦았다. 잡지와 시사 프로그램에서는 그 모습을 선정적으로 보도하며 병원 측과 아빠를 비난했다. 주간지에는 마치 다른 사람처럼 험상궂게 찍힌 아빠 사진이 실렸다.

준의 집 주변에는 늘 기자들이 진을 치고 있었다. 마중 나온 엄마가 준을 데리고 밀려드는 기자들을 뚫고 집안으로 뛰어 들어가는 일상이 계속되었다.

—나루베 씨, 잠시만요. 질문에 대답해 주세요.

—남편분의 직무 유기에 대해 어떻게 생각하십니까?

—의사 선생님이니까 벌이가 꽤 좋으셨겠죠?

—아픈 아이들 부모한테서 뜯어낸 돈으로 높은 연봉을

받고. 역시 의사라는 직업은 참 좋네요, 그렇죠?

거의 막말이나 다름없는 질문이 날아들었다.

—나루베 씨. 당신은 부끄럽지도 않습니까?

현관문 손잡이를 잡았을 때, 한 잡지 기자가 외쳤다.

—당신 남편은 아이를 죽였다고요.

그 순간, 엄마가 악귀 같은 얼굴로 뒤를 돌아보았다. 하지만 결국 아무 말도 못 한 채 문을 닫고 말았다.

—엄마.

—왜?

—아빠가 나쁜 짓 했어?

—모르겠어. 이젠 엄마도 모르겠어.

준은 이해할 수 없었기에 또다시 질문했다.

—아빠는 맨날 일만 했잖아. 그렇게 열심히 병원에서 일했는데, 왜 직무 유기라고 해?

엄마는 대답하지 않았다. 준은 계속 물었다.

—내 생일 때문에 일찍 집에 돌아와서……. 그래서 아빠가 돌보던 환자가 죽어버린 거야?

엄마는 퍼뜩 놀라며 준을 돌아보았다.

—아니야. 그런 거 아니야, 준…….

엄마는 울면서 아니라는 말만 반복했다. 준은 오열하

는 엄마를 그저 바라볼 수밖에 없었다.

아빠는 병원에서 휴가를 받은 것 같았다. 가끔 어딘가로 외출하는 것 외에는 자기 방에 틀어박혀 준과도 대화를 나누지 않는 나날이 이어졌다.

—아빠. 밥 놓고 갈게.

준은 쟁반에 담긴 식사를 아빠 방 앞에 내려놓았다. 처음엔 최소한의 음식은 먹었지만 최근 들어 아예 손도 대지 않을 때가 많아졌다.

—아빠.

대답은 없었지만 준은 계속 말을 걸었다.

—난 아빠는 잘못한 게 없다고 생각해. 환자가 죽어버린 건 불쌍하지만…….

역시 대답은 없었다. 준은 아빠 방문에 귀를 가까이 댔다. 이상했다. 투둑, 투둑, 하고 물 같은 것이 떨어지는 소리가 들려왔다.

—아빠, 안에서 뭐 해?

침묵이 이어졌다. 준은 살짝 목소리를 높이며 말했다.

—들어갈게.

얼굴이라도 보고 싶었다. 조금 실없어 보이지만 늘 따뜻하게 웃던 아빠의 얼굴을 다시 한번 보고 싶었다.

준은 문을 열고 한 걸음 내디뎠다.

방 안은 깜깜해서 잘 보이지 않았다. 준은 입을 열었다.

—아빠?

천장에 무언가가 매달려 있었다. 그 밑에는 물웅덩이 같은 것이 고여 있고, 견디기 힘든 악취가 났다.

준은 시선을 들었다. 눈이 점차 어둠에 익숙해졌다. 매달린 것이 무엇인지 알 수 있었다.

양팔이 힘없이 축 처져 있고 얼굴은 울혈 때문에 보라색으로 부은 모습이었다. 천장에 걸린 로프가 아빠의 목을 뱀처럼 단단히 휘감고 있어서 마치 불길한 테루테루보즈* 같았다. 크게 부릅뜬 두 눈은 검붉게 충혈된 채 허공을 노려보고 있었다. 마치 이 세상에 대한 증오를 외치듯이.

아빠— 소아과 의사, 나루베 타카히토는 목을 맨 채 사망했다.

아빠는 왜 죽어야만 했을까? 나루베 준의 인생에는 늘 이 의문이 따라붙었다.

아빠는 결코 일을 내팽개친 적이 없다. 낮 동안 해야

* 비 오는 날에 빨리 날씨가 맑아지길 기원하며 창가에 매달아 놓는 인형.

할 일을 훌륭히 끝냈지만, 한밤중에 운 나쁘게 환자의 상태가 급변한 것뿐이다. 그것이 잘못이라면 의사에게는 단 한 순간의 휴식도 허락되지 않는 셈이다.

'아, 그렇구나.'

의사 면허를 취득한 순간부터 그 사람은 더 이상 사람이 아니다. 의료 시스템의 노예가 된 것이다.

결국 그런 것이리라.

의학부에 들어가겠다고 말했을 때, 준의 엄마는 당연히 심하게 반대했다. 아빠 같은 인생을 살지 말아라, 그 사람은 의사가 되지 말아야 했다, 넌 다른 길을 찾아라. 눈물로 그렇게 호소했다.

하지만 준은 의사의 길을 선택했다.

'지금 내가 의사라는 직업을 부정한다면… 아빠를 인정하는 사람은 아무도 없게 돼.'

유족의 미움을 받고, 병원에 버림받고, 세상에 비웃음 당하고, 아내조차 의사가 되지 말았어야 했다고 말하는 가엾은 아빠. 적어도 준만큼은 그의 인생을 인정해야 했다. 그러지 않으면 그의 갈등은 아무 의미 없는 것이 되어버릴 테니까.

대학에는 쉽게 합격했다. 준은 공부에만 몰두했다.

의사란 무엇일까?

그에 대한 답을 반드시 찾아내야만 했다.

하지만 의사가 된 나루베 준을 기다린 것은 상상을 초월하는, 아니, 상상했던 것보다 훨씬 더 기괴한 현실이었다.

그녀가 처음 담당한 환자는 고목처럼 빼빼 마른 노파였다. 몇 년 전에 패혈증으로 심폐 기능이 정지된 탓에 이미 식물인간 상태였고, 병동 한구석에서 그냥 숨만 쉬고 있을 뿐이었다. 가족들은 가끔 환자를 보러 와서 '이제 그만 편히 보내드리고 싶다.'라고 애원했지만, 의사는 기계적으로 '안락사는 법률로 금지되어 있습니다.'라고 대답할 뿐이었다.

다음으로 담당한 환자는 말기 류머티즘 관절염으로 온몸의 관절이 망가진 남자였다. 국가에서 받은 지원금으로 생활하는 사람이었고, 틈만 나면 의사들과 간호사들을 고압적으로 다그쳤다. 준도 회진 때 얼굴을 강하게 얻어맞은 적이 있었다.

어떤 병동에선 전혀 약효가 없는 데도 환자에게 항암제를 계속 투여했다. 전문의는 '그래야 돈이 되니까.' 하고 불쑥 중얼거렸다.

다른 병원에선 온몸의 상태가 좋지 않아 아무리 생각해도 수술을 견디기 어려운 노인에게 수술을 받게 했다. 보험 점수를 따내기 위해서였다. 노인은 수술 후에 오연성 폐렴에 걸려 퇴원하지 못하고 사망했다.

'이게 뭐야…….'

환자는 의료 종사자를 도구 정도로만 여겼다. 약을 내놓으라고 소리치고, 간호사가 마음에 들지 않으면 내쫓고, 외래 진료에선 의사에게 침을 뱉었다. 그들은 주치의인 중년 의사 앞에서만 공손해질 뿐, 젊은 의사나 간호사에겐 무례하기 짝이 없었다.

의사는 의사대로, 진심으로 환자의 병을 낫게 해주려는 사람은 극히 일부였다. 소송에 걸리지 않도록 실실거리며 환자에게 아양을 떨고, 괴롭고 힘든 진료과는 기피하면서 편하게 돈을 벌 방법에만 혈안이 되어 있었다. 요양 시설에선 갈 곳 없는 노인들을 서로에게 떠밀었다.

행정 시스템은 의료 파탄에 더욱 박차를 가했다. 보험이 적용되는 고액 의약품을 늘려 노인의 수명을 1초라도 늘리기 위해 막대한 세금이 투입되었다. 지방 병원에선 의사들이 계속 이탈해서 의사가 전혀 없는 지역이 늘어나는데 다들 외면하기만 했다. 무급 의사가 빚까지 져가며 일하는 현실을 고려하기는커녕, 의사 숫자를 더 줄이라고 요구했다.

이것이, 고작 이런 게 의료계의 현실이란 말인가? 경악스러웠다. 준의 가슴속에 답답한 마음이 자꾸 쌓여갔다.

아무도 환자를 진료하고 싶어 하지 않는다. 흰 가운을 입고 세상과 인간을 위해 헌신하는 의사 같은 건 어디에도 없다. 다들 돈과 허영심을 위해 일하고 있을 뿐이다.

하지만 그렇다면…….

"어째서 아빠는 돌아가셔야만 했던 걸까?"

***

준 선배의 질문에 대답할 수 있는 사람은 없었다.

그녀의 아버지가 일찍 돌아가셨다는 이야기는 대학 시절에도 몇 번 듣긴 했지만, 정확한 사연을 아는 사람은 없었다. 물론 알고 있어도 쉽게 떠벌릴 수는 없었을 테지만.

의료 소송은 우리가 몹시 두려워하는 단어 중 하나였다. 그런데 준 선배의 아버지가 그 당사자였고, 게다가 자살까지 했다니…….

—어째서 아빠는 돌아가셔야만 했던 걸까?

준 선배의 말이 귀 안쪽에서 몇 번이나 메아리쳤다.

"의사가 사람들의 생명을 다루는 숭고한 직업이라는 말을 들을 때마다 토할 것 같아. 돈을 벌기 위해 잘난 척하는 얼굴로 사람의 몸을 헤집어 놓는 정신병자들이야, 의사 같은 건."

준 선배가 내뱉듯 말했다.

"정말 싫어. 의사 면허를 가졌다고 자기가 남들보다 우월하다고 믿는 녀석도. 선생님이라는 말을 듣고 우쭐거리는 바보도. 의료 종사자들이 잠도 제대로 못 자면서 일한다는 걸 알면서 약을 내놓으라느니, 빨리 진찰하라느니 벌레보다 못한 취급을 하는 환자도. 의료 현실이 이렇게 비참한데도 외면하고만 있는 일본이란 나라도. 전부 구역질이 나."

준 선배는 우리를 날카롭게 노려보았다. 나는 뒷걸음질을 치고 말았다.

"이 나라의 의료 시스템은 망가지고 있어. 다들 그걸 어렴풋이 깨닫고 있으면서도 아무도 고치려 하지 않아. 약자를 외면할 수는 없다고 그럴듯한 말을 지껄이면서, 결과적으로 모두 함께 죽는 길로 가고 있어."

준 선배의 말은 칼날처럼 날카로웠다. 수술실 안에 있는 모두가 그녀의 박력 앞에서 한 걸음도 움직이지 못했다.

"사람을 살리기 위해 사람을 죽여야만 하는 시대— 의료 붕괴의 날이 올 거야."

나는 마른침을 꿀꺽 삼켰다.

의료 붕괴. 그건 이미 몇 년 전부터 언급되기 시작한 단어였다. 고령화 사회와 의료비 고액화로 인해 기하급수적으로 증가하는 의료 비용. 도시에만 편중되어 부족한 의사 숫자.

"이제 한계야. 의사는 숭고한 직업이라는 말로 멍청한 젊은이들의 자존심을 자극해서 밤낮으로 일하게 하는 방식으론 더 이상 버티지 못해."

준 선배는 천천히 고개를 가로저었다.

"의사는 영웅도, 신도 아니야."

준 선배가 한 걸음 앞으로 내디뎠다.

"난 달라. 진짜 의사가 되겠어. 의료 붕괴를 외면하면서 자기 돈벌이만 고민하는 녀석들과는 다른 길을 갈 거야. 버려야만 할 것들은 주저 없이 버리겠어. 그러지 않으면, 아빠의 죽음은 아무 의미도 없게 돼."

"…그건 결국……."

나는 바싹 마른 입으로 겨우 질문을 꺼냈다. 준 선배는 고개를 끄덕였다.

"맞아, 시바. 누군가는 시작해야 하는 일이야. 우리는 이제부터 **환자를 선별해야만 해.**"

아사히나가 떨리는 목소리로 입을 열었다.

"설마 최근 들어 주술기의 환자 사망이 많아진 게……. 나루베 선배, 당신 때문에……."

준 선배는 입꼬리를 스윽 올렸다. 등줄기가 얼어붙는 느낌이었다. 내가 의지하던 대학 선배는 틀림없는 연쇄 살인마였다.

칸자키의 노성이 울려 퍼졌다.

"국민개보험(國民皆保險)은 일본이 자랑하는 사회 보장 제도다. 모두가 평등하게 치료를 받을 수 있게 한, 일본 의료의 근간이라고."

"하찮네요. 그 제도를 유지할 돈도 인력도 없는데, 꼭 당신 같은 인간이 근성만 앞세우면서 모든 걸 덮어버리려고만 해요. 다음 세대에 빚을 떠넘기면서 자기만 고고하게 현역에서 은퇴하는 거죠. 지금의 참혹한 현실은 당신처럼 제멋대로인 의사들이 쌓아 올린 업보인 데도요."

준 선배가 나를 돌아보았다.

"시바. 너도 생각해 봤을 거 아냐. '이런 녀석을 꼭 치료해야 하는 의미가 있는 건가?' 하고."

심장이 마구 두근거렸다.

전에 응급실에서 나를 때렸던 남자가 떠올랐다. 자기 아버지를 입원시키라고 아사히나를 다그치다가, 마음대로 되지 않자 흥분하며 폭력을 휘둘렀던 중년 남자였다.

우리에겐 진료의 의무가 있지만, 만약 그럴 때 '그만 소리만 지껄이면 나도 진료 못 합니다. 빨리 나가세요.' 하고 진료실 문을 닫아버릴 수 있다면 얼마나 통쾌할까?

나는 이번엔 나와 준 선배가 함께 구명 활동을 했던 고령의 노파를 떠올렸다. 치매가 심해지면서 자아도 사라지고 팔다리는 고목처럼 앙상했는데도 가족들이 완고하게 죽음을 받아들이지 못했던 할머니를.

이제 그만 편하게 해드리자고, 우리 마음대로 처치를 중단할 수 있었다면……. 갈비뼈가 부러지는 심장 마사지와 목에 억지로 꽂는 튜브 없이 생을 마감할 수 있었다면, 그것이야말로 그분을 위한 최선이 아니었을까?

게다가 그 노파의 얼마 남지 않은 생명을 조금 더 유지시키기 위해, 우리는 40세 심근경색 환자의 응급 요청을 거절해야만 했다. 그 환자는 결국 사망하고 말았다. 만약 우리가 그 노파의 처치를 빨리 중단했다면 살릴 수 있었을지도 모른다.

'하지만 그건…….'

생명의 우열을 판단하는 행위였다. 40세의 생명이 93세보다 가치가 있다고 단정 짓는 행위였다. 과연 그런 오만이 용납될 수 있는 걸까?

그러나 의료 자원에 한계가 있다는 건 사실이다. 현실적으로 우리는 어느 한쪽을 선택해야만 한다. 지켜야만 하는 쪽을 지켜야 한다. 그 과정에서 누군가의 생명을 외면하게 된다고 해도. 모든 생명을 구할 수 없는 이상 우선순위는 필요하다. 그건 선악의 문제가 아닌 사실일 뿐이었다.

준 선배가 가느다란 손가락으로 하루카를 스윽 가리켰다.

"타카야스 동맥염은 일단 완치되어도 재발할 가능성이 높아. 게다가 치료에 사용하는 약은 값비싼 바이오 의약품이지. 이 아이가 살아 있는 한, 비싼 치료가 계속되면서 우리나라 재정에 계속 부담을 줄 거야. 이 아이에게 들어갈 인력과 돈으로 훨씬 많은 사람을 살릴 수 있어."

"…그래서 하루카가 죽어야 한다는 말입니까?"

"정확해."

준 선배는 주눅 들지 않고 고개를 끄덕였다. 조금도 흔들리지 않는 눈빛은 확신으로 가득했다. 그 순간, 주변 소리가 아무것도 들리지 않게 되었다. 나는 생각의 바다에 잠겼다.

'…준 선배가 옳은 걸까?'

의학은 사람의 생명을 구하기 위해 발전해 왔다. 하지만 동시에 다른 문제점들을 너무 많이 방치했다.

약은 돈이 있어야 살 수 있다. 의사는 모든 사람을 치료할 수 없다. 당연한 사실이지만, 그 당연한 사실을 제대로 지적한 사람은 아무도 없었다.

하지만 이젠 직시해야만 한다. 사람을 살리기 위해 사람을 죽일 각오를 해야 한다. 그러지 않으면 쉽게 살릴 수 있는 사람도 죽게 된다. 준 선배의 말을 결국 그런 의미였다. 아무리 이상을 앞세운다 해도 현실을 이길 수는 없는 거니까.

내 뇌리에서 하루카의 얼굴이 떠올랐다. 회진 때마다 청진기를 들이밀면 인상을 찌푸리고, 채혈은 아프고 수술은 무섭다며 늘 투덜대던 소녀. 어린 나이인데도 병마에 많은 것을 빼앗긴 가엾은 소녀.

어지럽게 스쳐 지나가는 광경들 가운데서, 내가 그 아이에게 했던 말이 선명하게 들려왔다.

약속할게. 난 널 살릴 거야.

출관하던 장면을 떠올렸다. 하루카의 관 옆에서 오열하며 무너지던 부모님의 모습을.

준 선배의 말은 결국 그 광경을 받아들이라는 의미였다. 어쩔 수 없는 일이라고 포기하라는 의미였다.

'난 못해.'

그때의 한탄을, 그 통곡을 못 본 체할 수는 없다. 그건 옳고 그름이나 선악 같은 차원의 문제가 아니다. 난 도저히 할 수 없었다.

타카야스 동맥염은 원인 불명의 난치병이다. 아무리 바른 생활을 하고 착하게 살아왔어도 병에 걸리는 데엔 이유가 없다.

얼마나 불안했을까? 얼마나 힘들었을까? 자기 운명을 저주하면서 분노했을지도 모른다.

나는 의사다. 내가 옆에 서서 '넌 잘못한 게 없어.'라고 말해주지 않는다면, 대체 누가 하루카를 위로할 수 있단 말인가.

"…나는."

떨리는 목소리로 말했다.

"이 아이가 죽게 할 순 없어요."

아사히나와 칸자키가 숨을 삼키는 소리가 들렸다.

'…하루카.'

반복되는 루프 속에서 나는 하루카에게 이것저것 무리한 요구를 했다. 열이 난다는 거짓말을 시켜 수술을 연기하기도 했고, 제대로 된 설명도 없이 대학병원에 데려가려고도 했다.

하지만 하루카는 그런 내 말을 언제나 들어주었다.

미나토 하루카는 그 정도로 나를 신뢰해 주고 있었다.

나는 하루카를 지키듯 준 선배 앞을 가로막았다. 미나토 하루카를 죽게 할 순 없다는 의지와 함께 명확한 거절을 표현한 것이다.

"…고작 그 정도였다니. 실망이네."

준 선배가 눈을 가늘게 떴다. 벌레라도 보는 듯한 눈빛이었다.

"자, 경찰이든 뭐든 불러. 난 도망치지 않으니까."

준 선배는 연극 무대에 선 것처럼 양손을 들어 올렸다.

"이제부터 너희는 이 환자를 수술하겠지. 수술은 성공할 거야. 너희는 생명을 구했다고 기뻐하겠지만, 절대 잊지 마. 너희의 그런 자기만족이 미래에 부담을 떠넘기고, 결국 사회를 망하게 한다는 걸."

준 선배는 크게 웃었다.

"그 대가를 치르는 건 너희 자손들이야."

나루베 준은 소리 높여 말했다. 소란을 알아챈 다른 직원들이 수술실에 몰려들고 경찰이 도착할 때까지도 준 선배는 계속 웃고 있었다.

준 선배가 수술실을 떠난 뒤에 하루카의 수술은 곧 재개되었다. 하루카는 삽관 상태로 인공호흡기와 연결되어 있었고 안정적인 상태였다. 준 선배 대신 다른 마취과 의사를 급히 섭외해서 수술을 속행하기로 했다.

준 선배가 신경 쓰이지 않는다면 거짓말이다. 그런 일을 벌였다지만 그동안 많은 신세를 졌던 선배였다. 신입생 환영회 때 만취 상태인 나를 돌봐줬던 일이나 졸업하는 준 선배를 위해 동아리 멤버들이 다 함께 롤링 페이퍼를 써서 건넸던 추억이 떠올랐다. 좀 더 다른 방법도 있지 않았을까 하는 생각을 지울 수 없었다.

하지만 곧 떨쳐냈다. 지금 나에게 그런 상상은 잡념일 뿐이었다.

'…지금부터야…!'

이번 수술은 지금까지의 루프와는 결정적으로 다르다.

나루베 준에 의한 미나토 하루카 살해가 저지된 지금, 하루카가 죽느냐 사느냐는 오로지 수술 결과에 달려 있다.

술야 앞에는 세 명의 의사가 모여 있었다. 집도의인 칸자키, 그리고 조수인 나와 아사히나다. 수련의 두 명이 조수로 들어온다는 걸 알자 소독 간호사와 대타 마취과 의사의 표정이 어두워지는 게 보였다. 그도 그럴 것이 의사면허를 취득한 지 반년밖에 안 된 수련의라면 일반인보다 조금 나은 수준밖에 안 되는 게 사실이다.

하지만 수술이 시작되고 불과 몇 분 만에 그들의 얼굴은 경악으로 바뀌었다.

이 관상동맥 우회술이라는 수술에서는 이식체— 병변 말초 쪽으로 혈류를 담당해 줄 대체 혈관의 선택과 채취가 초반의 관건이라 할 수 있다. 이식체가 될 동맥을 최대한 손상시키지 않으면서 불필요한 부분은 제외하느냐가 수술 뒤의 혈류 재개, 나아가 환자의 예후와 직결된다.

처음 수술을 볼 때는 애초에 이식체가 될 혈관이 어느 것인지조차 알 수 없었다. 두 번째에는 핀셋으로 너무 잡아당긴 탓에 출혈이 났다. 세 번째와 네 번째도, 그리고 그 뒤로도 실패했다.

하지만 그런 실패는 내게 귀중한 경험이 되었다. 지금

의 나는 미나토 하루카의 심장 표면을 둘러싼 혈관과 그곳에서 온몸으로 퍼진 동정맥의 위치를 선명히 떠올릴 수 있다. 장기의 감촉을 손끝으로 느끼면서 어떤 식으로 결합 조직을 구분하고, 어떻게 대상 혈관을 박리해서 최고의 이식체로 완성할지 몸으로 기억하는 것이다.

"시바."

"네, 칸자키 선생님."

"…너, 수술을 어디서 배운 거냐?"

칸자키의 질문에 대답할 수 없었다. 그저 말없이 견인기와 핀셋을 움직여 칸자키의 수술을 계속 보조했다.

나보다 수술을 잘하는 외과 의사는 얼마든지 있을 것이다. 하지만 이 수술, 그리고 여기서 칸자키 타케오미의 조수를 맡는 일에 있어서는 누구에게도 지지 않을 자신이 있었다.

어쨌든 난 이 수술을 수백 번이나 경험한 사람이니까.

곧 이식체 채취에 성공했다. 이어서 이식체의 접속 장소인 좌관상동맥의 박리로 넘어갔다. 스타빌라이저로 심장을 고정시키고 혈관을 신중하게 노출시켰다. 내 옆에서 손을 움직이던 아사히나가 불쑥 말했다.

"저기……. 칸자키 선생님."

“뭐지?”

“나루베 선생님의 말이 옳은 걸까요?”

슬쩍 곁눈질로 아사히나를 바라보았다. 아사히나는 마스크 너머로도 알 수 있을 만큼 심각한 표정으로 얼굴을 일그러뜨리고 있었다.

“전 의사가 되면 사람들을 위해 일할 수 있다고 믿었어요. 하지만 우리가 하는 일이 자기만족일 뿐이고, 미래의 의료 붕괴를 초래한다면…….”

“쓸데없는 소리 말고 수술에 집중해.”

칸자키가 단호하게 말하자 아사히나가 어깨를 떨었다. 아사히나는 동요하고 있었다. 준 선배와 아사히나는 특히 친했으니까 무리도 아니었다. 하지만 손끝이 이렇게 떨린다면 소중한 혈관이 손상될 위험이 컸다. 이대로 괜찮나 싶어 나 혼자 조마조마했을 때였다.

“―앗!”

아사히나가 소리 질렀다. 근처에 놓아둔 전기 메스를 치우려다가 실수로 그 끝에 연결된 전기선에 손끝이 걸린 것 같다. 메스가 채찍처럼 휘어지며 공중에서 춤을 추었다. 파직, 하는 파열음이 울려 퍼졌다. 나는 반사적으로 외쳤다.

"칸자키 선생님!"

칸자키는 오른손을 감싸 쥐며 한 걸음 뒤로 물러났다. 전기 메스의 끝부분이 칸자키의 장갑에 닿으면서 오른손 검지의 뿌리 부분을 태웠다. 스위치가 켜진 상태로 칸자키의 손에 닿아버린 것이다.

피가 떨어지는 걸 보면 장갑 안의 살까지 지진 모양이었다. 칸자키의 얼굴이 고통으로 일그러졌다.

"아, 아아……. 죄, 죄송합니다!"

아사히나가 창백해진 얼굴로 칸자키를 바라보았다.

"술야에서 누가 눈을 떼라고 했어!"

아사히나가 눈을 동그랗게 떴다. 칸자키는 숨을 헐떡이며 말을 이었다.

"가벼운 화상이야. 별것 아니다."

"하지만 선생님, 그 손으로는……."

간호사가 끼어들었다. 나는 입술을 깨물었다.

화상 자체는 지금 당장 치료한다면 괜찮을 것이다. 그러나 집도의인 칸자키가 이 시점에서 빠진다면 대체 누가 그 역할을 이어받아야 한단 말인가.

소독 간호사가 다급하게 말했다.

"칸자키 선생님, 빨리 가서 손을 차가운 물에 담그세

요! 지금 수술이 가능한 심혈관 외과 선생님은…….”

“…없다. 부부장은 다른 수술에 들어가 있어. 끝나려면 세 시간은 걸릴 거다.”

“그럼 선생님의 상처부터 치료한 다음 돌아오셔서 마무리할 수밖에요.”

“그것도 힘들어. 이식체 혈관은 몸 밖에서 방치된 시간이 길어질수록 상태가 안 좋아지고, 출혈량을 보면 헤파린 투여를 계속할 수도 없다. 시간이 길어질수록 환자의 예후는 악화될 거야.”

“그럼 어떻게 하죠?! 다른 의사가 없잖아요!”

간호사가 반쯤 이성을 잃으며 소리쳤다. 칸자키는 잠시 생각하듯 눈을 감고 고개를 숙였다가 천천히 얼굴을 들었다.

“의사라면 여기 있다.”

칸자키의 시선이 내 쪽을 향했다. 크게 번득이는 눈이 나를 주시했다.

“시바.”

“…어, 아, 네.”

나는 마른침을 꿀꺽 삼켰다. 칸자키가 생각지도 못한 말을 꺼낼 거라는 예감이 들어서였다.

"이다음 순서를 말해봐라."

"…좌관상동맥의 전하행지의 접합부를 박리합니다. 일시적으로 완상동맥을 차단, 접합구를 만든 뒤에 방금 준비한 이식체를 접속합니다. 차단을 해제하고 혈류가 확인되면 봉합합니다."

"좋다."

나와 칸자키의 대화에서 불온한 분위기를 감지한 것이리라. 간호사와 마취과 의사가 다급한 말투로 끼어들었다.

"잠시만요, 칸자키 선생님. 설마……."

"큰 문제가 될 겁니다. 무슨 생각이세요?!"

칸자키는 전혀 신경 쓰지 않는다는 듯 나를 바라볼 뿐이었다.

"시바."

"…네, 네."

"네가 어디서 그 정도의 기술을 익혔는지는 모르겠다. 네가 어제와는 아예 다른 사람 같은 얼굴인 것도, 나루베의 범행을 어떻게 알아챘는지도, 지금은 아무래도 좋아."

칸자키는 술야 쪽으로 눈을 돌렸다. 아직도 박동을 계속하는 미나토 하루카의 심장이 그곳에 있었다.

"살리고 싶나?"

그건 내가 나 자신에게 수도 없이 물어봤던 질문이었다. 나는 정말로 미나토 하루카를 살리고 싶은 걸까? 이런 영문 모를 루프에 갇히면서도.

대답은 이미 나와 있었다.

"네."

나는 고개를 끄덕였다. 칸자키도 똑같이 고개를 끄덕거렸다.

"집도의는 너다."

칸자키는 수술복을 나부끼며 수술실 출입구로 걸어갔다.

"금방 돌아오겠다. 이제부터 집도의는 시바 이츠키 선생과 교대한다. 항의는 나중에 듣겠다."

칸자키는 수술실을 떠났다. 다음 순간, 수술실 안의 모든 시선이 나에게 집중되는 것을 느꼈다. 몸이 불타오르듯 뜨거워졌다. 가슴이 점점 빠르게 뛰었다.

'…내가 집도한다고?'

말도 안 된다며 웃어넘기고 싶은 상황이었다. 수련의가 관상동맥 우회술의 집도의라니, 들어본 적도 없다. 그러니 얌전히 칸자키가 돌아오는 걸 기다리자.

여기서 실패한다고 한 번 더 기회가 주어진다는 보장은 없다. 나는 분명 정신이 아득해질 만큼 루프를 거듭했지만 이번이 **마지막**일 수도 있다. 만약 그럴 경우, 칸자키 대신 수술을 해서 하루카를 죽게 만든다면 내 손으로 죽인 거나 마찬가지인 셈이다. 그런 결말만큼은 맞이하고 싶지 않았다.

'무리야. 당연히 불가능하지.'

나는 평범하고 겁 많은 인간이다. 의지도 약해서 늘 편한 쪽으로만 흘러가 버린다. 그런 내가 과연 누군가의 생명을 맡아도 되는 걸까? 다른 사람의 운명을 내 어깨에 짊어져도 되는 걸까?

손이 마구 떨렸다. 손끝이 차갑게 식으며 감각이 희미해졌다. 하지만 그때 문득 전에 들었던 어떤 말을 떠올렸다.

—약속, 지킬 거라고 믿으니까.

비 내리는 거리에서, 하루카는 나를 올려다보며 그렇게 말했다.

그 순간.

손의 떨림이 멈췄다.

내 몸이 천천히 움직이기 시작했다. 칸자키가 서 있던 장소— 집도의 자리에 섰다. 칸자키가 남기고 간 지침기와 핀셋을 손에 들었다.

"아사히나."

아사히나는 대답하지 않았다. 창백해진 얼굴로 떨고 있을 뿐이다. 나는 큰소리로 다그쳤다.

"아사히나!"

나는 천천히 말을 건넸다.

"아직 수술은 안 끝났어. 반성은 나중에 해도 되잖아."

"그, 그래도……. 칸자키 선생님이 안 계시는데 수술이라니……."

"너하고 내가 있잖아."

나는 앞의 술야를 내려다보았다. 절개된 흉골과 강하게 박동하는 심장을 내 눈에 새겨두었다.

"—시바. 너, 정말로……."

"위치로 돌아가. …수술을 재개한다."

아사히나가 숨을 삼켰다. 그녀는 살짝 고개를 끄덕이며 술야로 손을 뻗었다.

마지막 싸움이 지금 시작되었다.

외과 의사의 기술이란 건 책으로 배울 수 있는 게 아니다. 어느 조직을 어떤 식으로 잘라내면 되는지, 결찰(結紮)은 어느 정도의 강도로 연결하면 되는지 등은 수술 현장에서 몸으로 익힐 수밖에 없다.

따라서 외과 의사의 기량은 필연적으로 경험에 비례한다. 야전 병원에서 단련된 삼류 의대 출신의 젊은 의사가 명문대를 졸업한 베테랑을 능가할 수도 있는 것이다.

하루카의 죽음과 그에 따른 루프는 내 안에 막대한 수술 경험을 남겨주었다.

258회.

그것이 내가 하루카의 죽음을 목격하며 반복한 루프의 횟수였다. 나는 그 숫자만큼 수술에 임했고, 실패해 왔다.

내가 할 수 있는 건 어디까지나 관상동맥 우회술뿐이다. 다른 수술은 본 적도 없고 순서도 제대로 기억하지 못한다. 수련의 중에선 평균적인, 아니, 평균 이하의 수준일 것이다.

하지만 이 수술, 미나토 하루카에 대한 관상동맥 우회술만큼은 난 누구보다 잘 숙지하고 있다. 그동안 하루카의 심장을 수도 없이 만지며 그 감촉을 확인했기 때문이다. 손안에서 뛰는 심장의 탄력을, 이식체 혈관을 접합하는 8/0 모노필라멘트 접합실의 매끈함을 이 손으로 기억하고 있다.

—의사는 영웅도, 신도 아니야.

문득 준 선배의 말이 뇌리를 스쳤다. 정말 맞는 말이었다. 의사는 평범한 인간일 뿐이다. 그런 존재가 살아 있는 존재의 생명을 다룬다는 건 애초에 오만한 행동인지도 모른다.

또 하루카를 죽게 만들 수도 있다. 그런 생각만으로도 위산이 목구멍까지 역류하는 듯했다.

'그래도…….'

이를 악물었다. 공포로 비명을 지르는 몸을 억지로 계속 움직였다.

나는 영웅도 신도 아니다.

보잘것없는 수련의일 뿐이다. 거창한 꿈도 없이 의학부에 입학해서 재미도 없는 의학 공부를 억지로 하다가 의사 면허를 취득했다. 초기 연수가 끝나면 현장에서 즉시 도망칠 계획이다. 그런 어디에나 있는 한심한 의사 중 한 명일 뿐이다.

그래도 미나토 하루카를 살릴 것이다.

오직 그 생각만이 내 머릿속을 가득 채우고 있었다.

***

그건 불가능한 광경이었다.

외과 의사의 기술은 수십 년의 시간을 걸쳐 함양된다. 지도 전문의한테 잔뜩 혼이 나며 가르침을 받고, 수많은 실패를 통해 문제점을 계속 고쳐가고, 먹고 자는 것도 잊고 밤낮으로 수술에 참여한 뒤에야 외과 의사로 한 사람의 몫을 할 수 있게 된다.

시바 이츠키라는 수련의에 대한 시선이 냉담함을 넘어 경멸에 가까웠던 것도 당연한 일이었다. 수련의 따위가 집도를 맡다니, 수많은 선배 외과 의사를 모독하는 짓이다.

소독 간호사와 마취과 의사를 비롯한 수술실 스태프들은 다들 그런 생각을 품고 있었고, 시바 이츠키가 메스를 든 모습을 보며 노골적으로 헛웃음을 짓는 사람까지 있었다.

하지만 그런 분위기는 금세 바뀌었다. 냉소는 당혹감으로, 그리고 경악으로 바뀌었다.

칸자키처럼 눈이 번쩍 뜨이는 솜씨를 보여준 것은 아니었다. 간호사에게 지시를 내리는 목소리는 듣는 쪽이 불안해질 만큼 떨렸고, 경직된 얼굴은 당장이라도 쓰러질 것처럼 창백했다.

지금 이것이 맹장염이나 탈장처럼 비교적 간단한 수술이었다면 수련의가 집도하는 것도 이해할 수 있다. 하지만 이 수술은 관상동맥 우회술, 심혈관 외과 영역에서도 가장 난이도가 높은 수술 중 하나였다.

이 수련의는 누가 봐도 집도의로는 부적격이었다. 지금 당장 대타를 찾는 게 나을 것이다.

그런데 왜 박리된 혈관은 깔끔하게 메스로 절개되어 훌륭한 접합부가 만들어진 것일까? 바늘 끝으로 그림을 그리는 듯한 세밀함으로 관상동맥과 내흉동맥을 봉합하고 있는 것일까? 스태프들이 움직이기도 전에 다음 차례로 넘어가고 있는 것일까?

마치 다음 순서를 몇 수는 내다보고 있는 것처럼.

수련의의 수술을 왜 이리 넋 놓고 보게 되는 것일까.

***

내 머릿속은 믹서기로 갈아놓은 것처럼 엉망진창이었다. 지금 내가 처리하는 과정이 어떤 의미가 있는지, 무엇을 주의해야 하는지……. 열심히 공부했던 내용인데도 아무것도 떠오르지 않았고, 두서없는 생각만 급류처럼 머릿속을 휩쓸었다.

그래도 나는 움직였다. 무언가에 이끌리듯이, 수술은 조금씩 앞으로 나아가고 있었다.

하지만 갑자기 수술실에 알람음이 울렸다. 나는 어깨를 부르르 떨었다. 옆을 보니 환자의 혈압이 떨어지기 시작했다. 그에 저항하듯 심박수는 올라가고 있다.

술야에 피가 고이고 있었다. 아무리 흡인해도 피는 계속해서 새어 나왔다.

'안 돼, 안 돼, 안 돼…!'

어떻게 하지? 출혈 원인을 제대로 파악할 수 없었다. 지혈하지 못하면 술야도 확보할 수 없다.

총 출혈량은 얼마일까? 바이털이 흔들리기 시작했다면 이제 물러설 곳은 없는 걸까?

모니터에 시선이 고정되었다. 내리막길을 구르듯 계속 떨어지는 혈압에서 눈을 뗄 수 없었다. 눈앞이 새하얘지며 별 같은 것이 반짝거렸다. 하지만…….

"뭘 멍하니 있는 거냐."

그 목소리가 나를 현실로 되돌려 놓았다.

"—칸자키 선생님!"

칸자키 타케오미는 언제나처럼 탐탁지 않은 표정으로 수술대에 돌아왔다. 수술용 가운과 고무장갑을 착용한 것을 보면 다시 수술에 참여할 생각인 것 같다. 아사히나가 당황한 듯 물었다.

"선생님, 손은—."

"응급처치는 하고 왔어. 조수 정도는 할 수 있다."

칸자키는 그렇게 말하지만 멀리서 봐도 알 수 있을 만큼 오른손의 움직임이 어색했다. 우리의 시선을 알아챘는지 칸자키가 무뚝뚝하게 말했다.

"날 걱정할 여유가 있으면 수술에 집중해라."

칸자키는 수술대를 사이에 두고 내 맞은편에 섰다. 술야를 들여다보며 콧방귀를 뀌었다.

"피투성이로군. 지혈을 제대로 하지 않으니까 이렇게 되는 거다."

칸자키가 전기 메스를 손에 집었다.

"바이털 관리는 마취과에 맡겨라. 네가 해야 할 일은 계속 수술을 진행시키는 것뿐이다."

살이 타는 냄새가 희미하게 코를 자극했다. 칸자키는 눈 깜빡할 시간 동안의 소작(燒灼)만으로 마법처럼 출혈을 멈춰놓았다.

"쓸데없는 생각은 하지 마라."

칸자키의 말이 내 고막을 때렸다.

나는 천천히 심호흡했다. 그다음 슬며시 귀를 기울였다. 수술실 모니터 소리, 맞은편에 선 칸자키와 아사히나의 숨소리.

"지금은 네게 달렸어."

나는 마른침을 꿀꺽 삼켰다.

'그래. 내가 해야 해.'

무엇을 위해 여기까지 왔던가? 셀 수 없을 만큼 상처받고 좌절하면서도, 운명을 저주하면서도 여기까지 버티면서 달려왔다.

오직 이 순간을 위해서.

나는 지침기를 강하게 쥐었다.

폭풍 한가운데에 서 있다.

한 걸음 나아갈 때마다 바람이 몸을 밀어내며 다리가 비틀거렸다. 최대한 몸부림치며, 이제 한계라고 비명을 지르는 몸을 억지로 채찍질하며 발을 앞으로 내디딘다.

눈과 귀, 그리고 온몸에서 오감을 통해 온갖 정보가 밀려들어 온다. 그 대부분이 잡음이었다. 그래서 지워버린다. 나 자신을 한 자루의 메스처럼 날카롭게 연마시킨다.

모든 것을 깎아내고 나자 왜소한 세계가 남았다. 이 수술실의 술야 안에서 나의 세계가 완결된다.

심장 소리가 들렸다. 그게 하루카의 소리인지, 아니면

나한테서 나는 소리인지는 알 수 없다. 하지만 내 눈앞에서 하루카의 심장은 분명 강하게 뛰고 있다. 멈추지 않았다.

아직 나아갈 수 있다.

피로는 이미 한계를 넘은 지 오래다. 잠시라도 마음을 놓았다간, 그 순간 모든 정신을 놓쳐버릴 것만 같다. 작업을 계속했다. 사막의 모래 위로 그림을 그리듯 세밀한 작업이었다. 이런 수술을 고안한 녀석은 미친 게 틀림없다.

내 일거수일투족이 미나토 하루카의 생사여탈을 쥐고 있다고 생각하면 비명조차 나오지 않는 공포가 솟구쳤다.

그러나 극복해 낸다. 수술 실패에 대한 두려움도, 준 선배에 대한 애석함도, 뇌리를 스치는 하루카의 기억도 지금은 전부 버려둔다.

몇 번이고 반복해 왔다. 몇 번이고 하루카의 죽음을 지켜봐 왔다. 몇 번이고 하루카를 구하려 했지만 죽게 만들었다.

그래도 나아간다. 몇 번이든 또 시도할 것이다. 1000번 실패한다면 1001번 시도하면 된다. 이 손이 움직이는 한, 나는 하루카의 병을 계속 고칠 것이다.

'—하루카.'

똑같은 시간을 수없이 반복하더라도 의사는 환자를 구

해낸다.

봉합을 끝냈다. 마지막으로 실을 자른 순간, 온몸에서 힘이 빠져나가는 게 느껴졌다. 나는 그 자리에 주저앉고 말았다. 수술이 종료하자 수술실에 있던 모두가 박수를 쳤다.

수술 시간은 네 시간 14분이었다.

네 시간 14분.

관상동맥 우회술 중에선 평범한 수준이다. 하지만 나에게 그건 평생에 필적할 만큼 긴 시간이었다. 모니터에는 하루카의 바이털 사인이 표시되고 있었다.

BT(체온), 36.7℃. BP(혈압), 106/64mmHg. HR(심박수), 68bpm. SpO2(동맥혈 산소포화도), 98%.

바이털, 안정.

하루카의 분홍빛 얼굴을 보았다. 숨을 쉰다. 이건 살아 있는 사람의 얼굴이다. 그저 평온하게 잠들어 있을 뿐이다. 수술은 성공했다.

***

파도 소리가 들렸다.

미나토 하루카는 해변에 혼자 서 있었다.

처음 보는 장소였다. 하얗고 부드러운 모래가 끝없이 펼쳐져 있다. 조용한 곳이었다. 파도가 찰랑거리는 소리만 들려오고 있었다.

아무리 주위를 둘러봐도 사람은 보이지 않았다. 하루카는 어디로 걸어가야 좋을지 알 수 없었다.

파도가 들어오는 곳까지 걸어가자 발밑에서 물이 튀었다. 차가운 물의 감촉이 기분 좋았다. 그대로 조금씩 물속으로 걸어 들어갔다.

무릎까지 물에 잠겼을 때 하루카는 다시 멈춰 섰다.

이제부터 어떻게 해야 하지? 고개를 갸웃거렸다.

뭔가 중요한 사실을 잊어버린 것 같았다. 그게 무엇인지, 아무리 머리를 쥐어짜도 생각나지 않았다.

물은 점점 깊어졌다. 허리 근처까지 물이 올라왔다. 이대로 나아가면 빠져 죽을 거라고, 마치 남의 일처럼 생각했다. 죽는다는 건 뭘까? 사람은 어떻게 해야 죽는 걸까? 깊이 생각해 본 적 없는 의문이 이상하게 머리를 떠나지 않았다.

가끔 병원이 커다란 하나의 관처럼 느껴질 때가 있었다. 처음 입원했을 때만 해도 자주 문병을 와주던 반 친구들은 이제 아무도 오지 않는다. 그걸 비난할 생각은 없다. 만약 자신이 친구들 입장이었어도 분명 그랬을 테니까.

여기서 하루카가 죽으면 친구들은 자신을 기억해 줄까? 슬퍼해 줄 사람은 있을까? 아니면 아, 그런 애도 있었지, 하고 어깨를 으쓱거리기만 할까?

아무렴 어때. 결론이 나지 않는 생각을 떨쳐버리며 다시 앞으로 걸음을 내디뎠다.

그때 누군가의 목소리가 들렸다.

—하루카.

젊은 남자의 목소리였다. 따뜻해서 듣고 있으면 안심되는 목소리였다.

그게 누구 목소리인지 떠올리기도 전에 하루카의 다리가 먼저 움직였다. 목소리가 들린 쪽으로 이끌리듯이 나아갔다.

파도치는 바다는 어느새 멀어져 있었다.

눈을 뜨자 낯선 천장이 보였다.

몸을 일으키려 했지만 침대에 천 같은 것이 둘둘 말려

있어서 움직일 수 없었다. 입가와 기도 쪽에 위화감이 느껴진다 싶더니, 입안에 이상한 관이 삽입되어 있었다. 이게 그 인공호흡기라는 걸까? 덕분에 몸을 옆으로 돌릴 수도 없었다.

머리가 멍했다. 자신이 이런 데서 뭘 하고 있는 건지 떠올리기까지 오랜 시간이 걸렸다.

'…아. 그래. 수술이 끝난 거구나…….'

눈만 움직여 주변을 보니 넓은 병실이었다. 하루카가 원래 지내던 곳과는 조금 느낌이 달랐다. 침대 주위에는 이상한 선이 잔뜩 표시된 모니터와 링거 주머니, 주사기가 놓인 기계 등이 꽉꽉 들어차 있다. 모니터에는 '집중치료실'이라는 스티커가 붙어 있었다.

링거 바늘이 꽂힌 팔은 무거워서 움직이는 것도 힘겨웠다. 온몸에 무거운 납덩이가 달린 것 같았다. 이건 마취의 영향인 걸까?

'…졸려…….'

다시 늪 같은 잠에 빠져들 뻔했다. 조금씩 내려가는 눈꺼풀 너머에서 문득 익숙한 얼굴이 보였다.

병실 문 너머로 병동 복도와 너스 스테이션이 보였다. 지금은 밤인지 소등되어 지나다니는 사람은 없었다. 한 남자가 너스 스테이션 책상에 엎드린 채 잠들어 있었다. 머리카락은 잔뜩 헝클어지고 수염이 텁수룩하게 자라나 있다. 어지간히 피곤했는지 침까지 흘리며 휜자를 뒤집어 깐 모양새였다.

시바 이츠키가 그곳에 있었다.

수술이 끝나고 며칠이 지났는지 하루카는 알 수 없었다. 이렇게 눈을 뜰 때까지 시바가 계속 곁에 있어 주었던 걸까? 분명 그럴 것이다.

목소리가 나오지 않는 것이 지금만큼 답답했던 적이 없었다. 전하고 싶은 말을 전할 수 없다는 게 이렇게나 괴로운 일일 줄이야.

평소 같으면 쑥스러워서 하지 못할 말을 지금이라면 솔직히 털어놓을 수 있을 것 같았다.

'고마워. 시바 선생님…….'

경박하고 뭐든 대충대충 하고 늘 실실 웃지만, 자신을 구하기 위해 싸워준 사람.

하루카는 온몸의 힘을 쥐어짜 내 오른손을 움직였다. 손바닥을 가슴 위에 얹었다. 테이프와 붕대로 수술 부위가 보호되어 있었다. 그 안쪽에서 확실한 박동이 전해져 왔다.

***

수술 뒤에는 예기치 못한 합병증이 발생하거나, 최악의 경우 재수술을 하게 되는 경우도 있다. 나는 가슴을 졸이며 하루카의 경과를 지켜봤지만, 결과적으로 그건 전부 기우에 불과했다.

절개된 상처는 며칠 만에 깔끔하게 붙었고, 재활도 문제없이 진행되었다.

하루카가 퇴원하는 날, 우리 심혈관 외과의 모든 의료진이 배웅하러 나왔다. 하루카는 병동 간호사들의 인기를 독차지했던 것 같다. 타카미네 간호사는 눈물까지 글썽였을 정도다.

병원 출구에서 우리는 하루카를 둘러싸고 작별 인사를 했다. 택시 승차장은 우리 심혈관 외과 스태프들로 북적거렸다. 환자복이 아닌 사복을 입은 하루카는 내 앞에서 쑥스러운 듯 시선을 피했다.

"다음 외래는 다음 주인 거 알지? 빼먹지 마."

"알아. 몇 번이나 확인하는 거야?"

거듭 확인하는 내 앞에서 하루카는 귀찮다는 듯 고개를 절레절레했다. 그 옆에서는 부모님이 웃고 있었다.

곧 택시가 도착했다. 나는 하루카에게 말했다.

"이제 가는 거야?"

"그야 당연하지. 퇴원했으니까."

"그렇긴 하네."

당연한 말이지만 조금 쓸쓸하게 느껴지는 것도 사실이었다. 나는 얼버무리듯 어깨를 으쓱거렸다.

"아주 속이 다 시원하다. 이걸로 채혈 때마다 투덜대는 성가신 환자가 한 명 줄어들었으니까."

"바보."

하루카가 깔깔 웃었다. 환자한테 그게 무슨 태도냐고 표정을 찡그리는 간호사도 있었지만, 대부분은 호의적인 웃음을 지어 보였다. 수술 뒤에 하루카의 전신 관리를 위해 집중 치료실에 사흘 밤낮으로 머물렀던 보람이 있었다. 야근 수당은 나오려나? 아마 안 나오겠지.

"퇴원하면 뭐 할 거야? 하고 싶은 일은 정해놨어?"

내가 묻자…….

"무슨 소리야? 그야 뻔하지."

하루카는 어깨를 으쓱거리며 들뜬 목소리로 대답했다.

"오랜만에 학교에 가서 같은 반 애들은 놀라게 해줄 거야. 그동안 쭉 먹고 싶었던 팬케이크 가게에도 가고 싶고,

수험 공부도 열심히 해야지. 그것 말고도 하고 싶은 일이 잔뜩 있어. 셀 수도 없을 만큼. 그리고…….”

하루카는 말을 이었다.

“연애도 해보고 싶어. 나, 최근에 좋아하는 사람이 생겼거든.”

“어, 그래?”

아닌 밤중에 홍두깨 같은 소리라 나는 눈을 동그랗게 뜰 수밖에 없었다. 생각해 보면 하루카도 이제 다 컸으니까 좋아하는 남자 정도는 있어도 이상할 게 없지만, 왠지 복잡한 심경이었다.

대체 어떤 녀석인가 하고 나는 고개를 갸웃거렸다. 문득 주위를 둘러보니 무슨 일인지 아사히나가 어처구니없다는 듯 나를 보고, 타카미네 간호사는 히죽히죽 웃고 있었다.

하루카가 내 얼굴을 올려다보았다.

“저기. 몇 년이 걸릴지 모르지만, 만약—.”

거기까지 말하다 말고, 하루카는 얼굴을 붉히며 입을 다물었다.

“…역시 말 안 할래!”

“혼자 뭐 하냐.”

"아무것도 아냐."

하루카는 고개를 홱 돌렸다.

하루카는 부모님과 함께 차에 올라탔다. 차 문이 탁하고 닫혔다.

'…응?'

차창 너머로 하루카가 입을 움직이고 있었다. 목소리는 들리지 않았지만 나에게 무어라 말하고 있는 듯했다.

하루카가 하얀 이를 드러내고 웃으며 손을 흔들었다. 나도 답례하듯 손을 흔들었다.

차에 시동이 걸렸다. 하루카를 태운 차가 달리기 시작했고 주차장을 빠져나가 금세 보이지 않게 되었다.

"…그럼 잘 가. 하루카."

나는 불쑥 중얼거렸다.

한동안 외래 진료를 통해 경과를 지켜볼 테지만, 특별한 문제가 나타나지 않는다면 하루카는 이제 병원에 올 일이 없다. 아마 다시 만날 일은 평생 없으리라.

환자와 의사의 관계란 다 그런 법이다. 이제부터 하루카는 자기 인생을 살아간다. 거기에 내가 낄 여지는 없다. 그저 그 인생에 찬란한 빛이 가득하길 바랄 뿐이다. 어릴 때 경험한 고통을 전부 날려버릴 수 있을 만큼 행복한 생애가 되길 기원했다.

"그건 그렇고, 그때 시바는 참 대단했어."

옆에 선 아사히나가 말했다. 나는 "뭐가?" 하고 되물었다.

"수술 말이야. 어떻게 잘하게 된 거야? 수련의 1년 차가 관상동맥 우회술을 성공적으로 집도한다니, 그런 얘긴 처음 들어봐."

"뭐, 자체적으로 많은 훈련을 받았지."

나는 적당히 얼버무렸다. 시간을 수없이 되돌리며 하루카의 수술을 반복했다고 솔직히 말해도 농담으로만 받아들일 테니까.

"꼭 칸자키 선생님 같았어."

"호오?"

근처에 있던 칸자키가 뭔가 할 말이 있는 듯 이쪽을 보았다. 아사히나가 황급히 손을 저었다.

"아, 아니, 그게 아니라……. 선생님과 비교하면 아직 많이 서투르고 천지 차이죠."

"왜 내가 갑자기 디스당하는 것 같지?"

"그래도 뭐랄까……. 분위기랄지, 숨소리랄지. 말로 표현하기 힘든 부분에서 굉장히 닮았다고 생각했습니다."

아사히나는 최대한 신중하게 단어를 고르며 천천히 말

했다.

아무에게도 말할 수는 없지만, 마음속으로는 납득이 가는 부분도 있었다. 내가 가진 수술 기술은, 루프에서 칸자키를 모방하면서 습득한 것이다. 수없이 혼나고 잔소리를 들어가면서 칸자키 타케오미의 기술을 조금씩 베껴냈으니 닮은 느낌이 드는 게 당연했다.

"흥. 내 수술과 말이지."

"아뇨. 말도 안 되죠. 저 같은 건 아직 멀었는데요."

헤헤헤, 하고 머리를 긁적이며 칸자키에게 고개를 숙였다. 칸자키는 콧방귀를 뀌었다.

나는 그대로 잠시 가만히 서 있었다. 그리고.

"시바."

조용히 있던 칸자키가 천천히 입을 열었다. 나는 그를 바라보았다.

"네?"

"좋은 의사를 구분하는 방법이 뭔지 아냐?"

"…글쎄요. 수술을 잘한다거나, 약에 대해 잘 안다거나, 감별 질환을 많이 떠올릴 수 있다거나, 여러 가지가 있지 않을까요?"

"그건 한 측면일 뿐이야. 정답 중 하나일 수는 있어도 본질에선 벗어나 있지."

칸자키는 말을 이었다.

"좀 더 간단하게 구분하는 방법이 있다. 환자가 퇴원할 때 어떤 표정을 짓는지 보면 돼."

칸자키는 먼 곳을 바라보았다.

"환자가 웃고 있으면, 그 녀석은 좋은 의사다."

칸자키는 잠시 틈을 두었다가 나를 돌아보았다.

"넌 좋은 의사가 될 거다."

가슴이 먹먹해지는 기분이었다. 칸자키의 말에 동요하는 나 자신이 쑥스러워서 얼버무리듯 시선을 내렸다.

"…감사합니다."

그렇게 말하는 게 고작이었다.

눈가에 잔뜩 차오른 것이 흘러내리지 않도록, 나는 하늘을 올려다보았다. 높은 하늘은 겨울의 시작을 알리듯이 맑게 개어 있었다.

Chapter 6

그래도 의사는 되살아난다

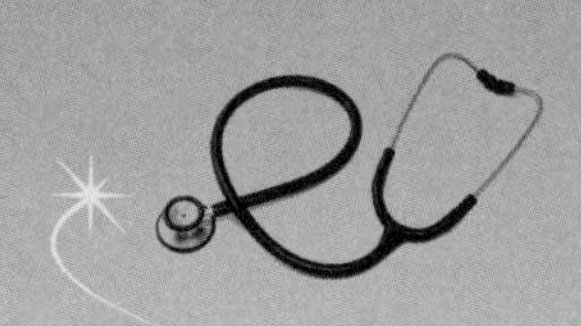

“역시 의사는 참 뭐 같다니까.”

약품 냄새가 코를 찌르는 연구실 한구석에서 실험용 쥐의 꼬리에 바늘을 찌르며 나는 신음했다.

해가 저문 지 한참 지났지만 연구실은 많은 사람으로 붐볐다. 지금 이곳은 하바토 대학 의학부 부속 병원 심혈관 외과 의국에 부설된 실험실이었다. 우리 과는 ‘하바토 대학의 의국에 속해 있다면 임상은 물론이고 연구에서도 성과를 낼 수 있어야 제 몫을 하는 거다.’라는 교수님의 알 수 없는 지론 탓에 악착같이 실험에 매달렸다.

연구실에는 커피를 마시며 무표정한 얼굴로 논문을 읽

는 사람, 쓸 만한 데이터를 준비하지 못해 망가진 인형처럼 전문의한테 계속 고개만 숙이는 사람, 그리고 나처럼 좀비 같은 얼굴로 실험하는 녀석도 있다.

"내가 여기서 이걸 왜 하고 있지?"

나는 피곤한 목소리로 혼잣말을 중얼거렸다.

내가 그 신기한 루프를 경험한 지 6년 정도가 흘렀다.

나는 하바토 대학 의학부 부속 병원의 심혈관 외과에 들어가 이렇게 대학병원에서 혹사당하는 나날을 보내고 있었다. 초기 수련의 시절처럼 말단 심부름꾼으로 부려먹히는 일은 없어졌지만, 상사한테서 업무를 잔뜩 넘겨받거나 수련의 지도를 맡는 등 잠잘 틈도 없이 중간 관리직의 비애를 감내하는 중이다.

가끔 스스로도 신기하게 느껴질 때가 있다. 한때는 연수를 끝내자마자 최전선에서 도망칠 기회만 호시탐탐 노리던 내가, 어쩌다 보니 지금은 이렇게 바쁘디바쁜 외과의사가 되었으니까. 각오는 했지만 요즘 들어 체력이 따라가질 못했다. 나도 이제 30대라 몸을 혹사시키는 것에도 한계가 있었다.

"아침부터 밤까지 수술하고 외래 보고 병동 업무 보고, 겨우 병원을 나왔다 싶으면 또 실험 쥐 관리랑 실험이라니. 그 망할 교수, 하루가 스물네 시간밖에 없다는 걸 알긴 하는 건가?"

주변 상사들에게 들리지 않을 정도의 목소리로 열심히 투덜거렸다. 옆에 앉은 후배가 고개를 절레절레했다. 나처럼 이 친구도 심혈관 외과 의국 소속이며 한 팀으로 일하다 보니 대화할 기회가 많았다.

"시바 선생님, 그냥 포기하시죠. 의국에 들어온 시점부터 우린 교수님께 거역할 수 없으니까요."

"그러고 보니 너, 이번 학회에 제출할 데이터는 나왔어?"

"나왔으면 이런 시간까지 실험하고 있진 않겠죠?"

그때 내 가슴 주머니에 든 PHS에서 벨 소리가 울렸다. 난 후배와 얼굴을 마주 본 다음 천천히 전화를 받았다.

"네, 시바입니다."

"선생님. 환자분이 잠이 안 온다고 하셔서 그러는데, 진찰하고 수면제 좀 부탁드려요."

병동 간호사의 연락이었다. 난 실험 쥐를 사육장 안으로 옮긴 다음, 구겨진 의사 가운을 걸치며 병동으로 향했다. 어둑어둑한 병원 안을 걷다가 이젠 완전히 얼굴을 익힌 경비원 아저씨와 마주쳤다. 그가 웃으면서 농담을 건넸다.

"시바 선생님, 아직도 퇴근 안 하셨어요? 그냥 병원에서 사시는 건 어때요?"

그리고 병실로 가서 환자의 이야기를 몇 분 정도 들어주었다.

"그럼 이제 수면제를 드시겠어요? 잠이 잘 올 거예요."

내가 그렇게 말하며 몸을 돌리려 하자, 환자인 할머니가 기쁘게 손을 모았다.

"선생님. 늘 감사드려요."

"아니에요. 대단한 일을 한 것도 아닌데요."

"그렇게 겸손하기까지 하시고. 처음 병원에 왔을 땐 어떻게 될지 너무 걱정됐는데. 선생님 덕분에 많이 건강해졌어요. 정말 고마워요."

할머니는 양손을 모으며 연신 고맙다고 말했다. 왠지 쑥스러워져서 나는 얼버무리듯 웃으며 "그럼 푹 주무세요." 하고 병실을 빠져나왔다.

다음 날, 밤을 새워서 간신히 실험을 성공시키고 긴 수술을 마친 나는 수술실의 사물함에 기대어 서서 늘어지게 기지개를 켰다. 그러고는 벤치에 누우며 한숨을 쉬었다.

머리를 긁적이며 휴대폰을 들여다보는데, 어제도 같이

일했던 후배 의사가 들어왔다. 그는 나를 보고 "어, 시바 선생님. 수고가 많으십니다." 하고 고개를 숙였다.

"오늘 수술 참 힘들었죠? 이렇게 오래 걸릴 줄은 몰랐네요."

"관상동맥이 그렇게 딱딱하게 굳었으니까 말이지. 봉합도 엄청 신경 써야 했어."

나는 축 늘어진 채 말했다. 집도를 맡을 때는 늘 이런 상태였고, 이제부터 또 병동 업무가 남았다고 생각하니 그것만으로도 우울증에 걸릴 것 같았다.

탈의실에는 누가 가져온 건지 모를 낡은 TV가 있었다. 슬쩍 눈을 돌려 송출되는 뉴스를 보았다.

"—구급차를 불러도 받아줄 병원을 찾지 못해 그대로 사망하는 사고가 줄을 잇고 있습니다. 그 배경에는 병원의 구급차 떠넘기기가 있으며……."

또 이 이야기인가 하며 나는 염증을 느꼈다. 최근 들어 의료 시스템에 관한 부정적인 이야기만 흘러나오고 있다.

'어쩔 수 없다는 건 알지만……. 힘이 빠지네.'

의료 현실은 서서히, 하지만 확실하게 악화하고 있었다. 내가 처한 환경을 생각할 때마다 마치 솜으로 목을 졸리는 듯한 기분이 든다. 필사적으로 발버둥 쳐봐야 결국 끝없는 나락으로 떨어질 수밖에 없지 않겠냐는 공상이다.

TV에선 안경을 쓴 전문가 패널이 근엄하게 말했다.

"—이미 의료 붕괴는 눈앞까지 와 있습니다. 병원에는 돈에 눈이 먼 의사들이 판을 칩니다. 의사의 말에 순순히 따르기만 할 게 아니라, 우리는 스스로 어떤 치료를 받을지 선택할 수 있어야 합니다. 더 이상 '슈바이처'는 없습니다. 예전 시대의 좋은 의사는 전부 죽었습니다."

나는 천천히 몸을 일으켰다. 후배에게 "가자." 하고 말을 건네며 병동으로 향했다.

"참 싫어지네요."

후배가 깊은 한숨을 내쉬었다. 나는 "동감이야." 하고 대답했다.

"그래도 말이지……."

나는 혼자 작은 목소리로 중얼거렸다.

"그만둘 순 없잖아."

"네? 선생님, 뭐라고요?"

"아무것도 아냐. 가자."

후배의 등을 떠밀며 병원 복도를 걸어갔다. 대학병원의 대기실은 오늘도 순서를 기다리는 환자들로 가득했다.

나는 밤이 늦어서야 겨우 일을 끝내고 병원에서 나왔다. 핸드폰을 보니 몇 개의 메시지가 와 있었다.

'아직이야? 빨리 좀 와.'

여전히 거침없는 말투에 쓴웃음이 나왔다.

내가 향한 곳은 대학 근처의 이자카야였다. 학생 시절에는 '사회에 나가면 이렇게 값싸고 낡은 이자카야엔 안 오겠지.'라고 생각했던 기억도 나지만, 결국은 이렇게 저렴하고 맛있는 안주를 찾아 이곳으로 왔다.

이자카야 안쪽에는 한 여성이 앉아 있었다. 인상이 험악한 여자가 혼자서 메뉴판을 노려보는 중이었다. 나는 그녀에게 말을 건넸다.

"안녕, 아사히나."

"어, 이제야 왔네."

아사히나 쿄코는 한숨을 쉬며 "자." 하고 내게 메뉴판을 건넸다. 서로 같은 직장에서 일하고는 있지만, 서로 너무 바쁘다 보니 제대로 대화할 기회도 없었다. 연말이 되어서야 겨우 같이 식사할 여유가 생긴 것이다.

"순환기 내과는 어때? 많이 바빠?"

"그렇지 뭐. 너 말이야, 말을 할 거면 좀 빨리해. 심장카테터 쓰는 것도 꽤 힘들다구."

"미안, 미안."

내가 적당히 사과하자 아사히나는 쓴웃음을 지었다.

"너도 변함없구나."

"그래?"

"뭐, 난 그게 더 안심되긴 해. 시바가 빈틈없이 일하면 오히려 징그러울 것 같으니까."

막말인지 농담인지 모를 말을 꺼낸 아사히나는 점원에게 "생맥주 두 개요." 하고 주문했다. 곧 황금빛 맥주가 큰 잔에 담겨 나왔다.

"아사히사는 이제 곧 이동한다면서?"

"응. 다음 주부터 아키하바라. 여기서도 가까워."

아사히나는 하바토 대학 계열의 유명 병원으로 옮겨간다고 한다. 그뿐만 아니라…….

"벌써 부장이잖아? 대단해. 우리 나이에 그 정도 규모 병원에서 부장 달기는 힘들잖아. 완전 출세했네."

"언제 적 이야기야. 이젠 사정이 많이 달라졌어."

아사히나는 살짝 근심 어린 표정으로 맥주를 한 모금 마셨다.

"거기 원래 직원이 관뒀으니까. 난 땜빵하러 가는 거야."

"…그래, 그랬지."

"의료 붕괴가 현실이 되어가고 있잖아. 윗세대는 돈 싸들고 일찌감치 도망치고 있어."

이런 이야기는 이제 그리 드물지도 않았다. 고액 의료비 대책으로 시작된 보험 점수 삭감과 진료 보수 개정, 고액 의료 적응 병례의 대폭 삭감을 거치면서 의사의 노동 환경은 악화 일로를 걷고 있었다. 그런 주제에 아침부터 밤까지 계속 일하는 노동 환경은 변함이 없으니 현장을 떠나는 판단도 옳다고 할 수 있다.

"결국 손해를 떠안는 건 젊은 세대인 거지."

나는 맥주잔을 다 비우며 고개를 가로저었다.

"아사히나는 의사를 관두겠다는 생각은 안 해?"

"하지. 매일 밤 자기 전에 생각해. 지금부터라도 인생 계획을 다시 짜는 게 좋지 않을까 하고. 그래도……."

아사히나는 말을 이었다.

"여기서 관두면 나루베의 말이 옳았다는 걸 인정하는 셈이 되니까."

"…그렇겠네."

"일본의 의료가 붕괴되고 있는지도 모르지만, 내가 치료한 환자들까지 부정하고 싶진 않아. 그래서 그만둘 수는 없어."

아사히나가 히죽 웃었다. 나는 그녀가 이런 식으로 웃을 수 있다는 걸 처음 알았다.

"…좋은 의사다. 너."

"고마워."

우리는 술을 진탕 마셔댔다. 밤이 깊어지고 있었다.

이자카야를 나와서 아사히나와 함께 밤거리를 걸었다. 이런 시간인데도 거리는 붐볐다. 닭꼬치 냄새를 풍기는 이자카야와 수상한 노점을 지나치며 우리는 역으로 향했다.

"옛날엔 말이야."

아사히나가 불쑥 입을 열었다.

"내가 일본의 의료 시스템을 바꾸겠다고 생각했어. 누구에게도 지지 않을 만큼 공부하고, 누구도 흉내 내지 못할 만한 기술을 익히고, 새로운 치료법을 찾아내서 일본 최고의 의사가 되고 싶었어."

"너답네."

나는 어깨를 으쓱거렸다. 나처럼 처음부터 의욕이 없던 녀석과 다르게, 큰 꿈을 품고 이쪽 세계에 발을 들여놓은 것이리라.

"공부할수록 의료 시스템의 문제점도 보이기 시작했

어. 어떻게 하면 해결할 수 있을지, 나름대로 많이 생각했는데 말이야. 결국 좋은 해결책은 생각해 내지 못했어."

나는 말없이 계속 걸었다.

"처음엔 누군가 나쁜 사람이 있어서 그런 줄 알았어. 기득권을 지키려는 의사, 비싼 약값을 받으려는 제약 회사, 사회 보장비를 아끼려 하는 정부……. 하지만 요즘 들어서야, 다들 나름대로 필사적으로 노력하는데도 해결이 안 될 뿐이라는 걸 깨달은 거야."

나는 아사히나의 얼굴을 바라보았다. 옛날처럼 날카로운 눈빛으로 허공을 올려다보고 있었다.

"그림으로 그린 듯한 악당 같은 건 이야기 속에나 존재하는 거지. 현실은 그렇게 단순하지 않아. 무언가를 해결하려면 그 대신 무언가를 희생해야만 해."

나는 어떻게 대답해야 할지 알 수 없었다.

어느새 역에 도착했다. 아사히나가 손을 흔들었다.

"여기서부턴 혼자 갈게."

"응. 조심해서 가."

아사히나가 개찰구로 걸어갔다. 나는 그 뒷모습을 보다가 불쑥 말했다.

"아사히나."

"응?"

"…힘내."

아사히나는 놀란 듯 눈을 동그랗게 떴다. 그리고.

"시바도."

그렇게 말하며 살짝 웃었다.

아사히나가 멀어져 갔다. 다른 사람들과 섞이며 금세 뒷모습도 보이지 않게 되었다. 나는 잠시 개찰구 앞에 서 있다가 천천히 발걸음을 돌렸다.

나는 대학 근처의 싼 방을 빌려 생활하고 있었다. 어차피 잠만 자는 곳이니 낡은 곳이어도 괜찮다는 생각으로 직장에서 가장 가까우면서 싼 곳을 찾았더니, 믿기 힘들 만큼 방세가 저렴한 곳을 발견했다. 좁은 방이고 가끔 같은 아파트에 사는 대학생들의 술잔치로 시끄럽긴 하지만, 그것 외에 특별히 마음에 안 드는 점은 없었다.

방으로 돌아온 나는 씻기도 귀찮아서 그대로 바닥에 벌렁 드러누웠다. 그렇게 방 안에서 뒹굴거리는데 문득 손끝에 딱딱한 종이 같은 것이 만져졌다. 주워 들어서 보니 올해 연초에 칸자키에게서 받은 연하장이었다. 그 남자는 묘하게 의리를 잘 지키는 성격인 건지, 매년 작은 글

씨로 빼곡히 적은 연하장을 보내주었다.

"부원장까지 됐으니까 바쁘실 텐데."

칸자키의 지도를 받던 시간을 떠올리며 나는 연하장을 읽었다. 속옷 빨아 입을 시간도 없을 만큼 힘든 시절이었지만, 끝나고 보니 나쁘지 않은 경험이었다는 생각이 든다는 게 신기하다. 그렇다고 다시 한번 그때로 돌아가겠냐고 묻는다면 생각할 필요도 없이 거절하겠지만.

연하장 마지막은 이런 말로 마무리되고 있었다.

'학회 같은 곳에서 또 이야기할 날을 기대하겠다.'

평소엔 병원 안에 있지도 않고 좀처럼 만날 기회도 없지만, 가끔 심혈관 외과 학회에서 마주칠 때가 있었다. 그럴 때마다 늘 라면을 얻어먹었다. 전에 규슈에서 학회가 있었을 때는 하쿠타 라면을 같이 먹으러 갔다.

'아들이 가끔 만나러 와주기 시작했어.'

칸자키는 살짝 백발이 늘어나기 시작한 머리를 긁적이며 기쁜 듯 웃고 있었다. 그의 남모를 고뇌가 간신히, 아주 조금이나마 보답받은 것 같아서 왠지 안심이 되었다.

'…벌써 6년이나 흘렀나.'

가끔 그때의 신비한 경험을 떠올리곤 한다. 같은 시간을 수도 없이 반복하면서 한 소녀를 살리기 위해 발버둥 쳤던 기억을.

'지금쯤 어떻게 지내려나.'

나는 하루카의 소식을 알지 못한다. 퇴원한 환자가 지금 어디서 어떻게 사는지 일일이 파악하는 건 불가능하니 말이다. 다만 칸자키의 말에 따르면 적어도 타카야스 동맥염이나 협심증이 재발해서 하바토 대학 의료센터에 실려 왔다는 이야기는 듣지 못했다고 한다.

그렇다면 분명 어디선가 건강히 지내고 있을 것이다. 그걸로 충분하다.

봄이 되었다. 병원에 새로운 얼굴들이 찾아오는 시기다.

"선생님."

병동에서 내가 전자 차트를 작성하고 있자 다른 후배가 내게 말을 건넸다.

"새로 온 수련의들이 인사하러 왔습니다."

"아아……. 그럴 무렵이네."

나는 눈을 가늘게 떴다. 매년 4월이 되면 올봄에 의사 면허를 취득한 녀석들이 찾아온다. 지금 같은 시대에 수련의는 귀중한 업무 동료였다. 잠깐 얼굴이라도 보러 갈까 하며 자리에서 일어났다.

하바토 대학 의학부 부속 병원은 대학 대지 안에 세워진 거대한 건물들로 이루어져 있다. 건물 사이를 왕래하는 것만으로도 상당한 시간이 걸린다.

우리 심혈관 내과에 할당된 공간은 대학의 외곽, 낡은 벽돌 건물 안에 있어서 병원에서는 제법 거리가 멀다. 건물 안에 들어가 계단을 올라가자 한 무리의 사람들이 학회실 앞에 몰려 있는 게 보였다.

"뭐야, 무슨 일이라도 있어?"

"아, 시바 선생님."

가까운 곳에 서 있던 후배에게 마을 건네자 갑자기 목소리를 잔뜩 낮추며 대답했다.

"새로 온 수련의, 여자인데요. 엄청 예뻐요. 칙칙한 의국이 단숨에 화사해졌어요."

"오."

"다들 일은 내팽개치고 구경하러 와 있어요. 보세요. 다들 얼굴이 헤벌쭉하죠?"

"그러네."

그러고 보니 남자들의 얼굴은 따뜻한 곳에 둔 얼음처럼 살살 녹아 있었다. 우리 과 의사들은 멍청이밖에 없나 싶어 나는 한숨을 쉬었다.

"선생님도 같이 인사하러 가시죠?"

후배가 내 어깨를 떠밀었다. 나는 엄청난 인파를 보며 말했다.

"아니, 지금은 사람도 많으니까 나중에 다시……."

"뭘 그렇게 쑥스러워하세요? 소중한 업무 동료 아닙니까. 라인 ID 교환하면 저한테도 알려주세요."

"너, 그거 직권 남용 아니냐?"

"됐으니까, 자. 가시죠."

나는 쓴웃음을 지으며 과실 안으로 들어섰다.

낡은 책상과 의자가 늘어선 학회실 안은 인쇄된 논문 더미와 의학서, 수술 연습 키트 등으로 어수선했다. 그 사이로 의사 가운을 입은 낯선 여자가 서 있는 걸 발견했다. 뒤돌아선 모습이라 얼굴은 보이지 않지만, 대화 중인 남자들—우리 의국의 준교수와 강사 아저씨들이다.—이 헤벌쭉한 걸 보면 확실히 예쁘긴 예쁜가 보다.

나는 난감한 기분에 머리를 긁적거렸다. 저렇게 많은 사람에게 둘러싸여 있으면 말을 걸기도 쉽지 않을 테다. 하지만 모처럼 연수 장소로 우리 과를 선택해 준 것에 대한 감사 인사 정도는 해야 할 것 같았다.

"저기."

여자 수련의에게 말을 건넸다.

'…어라?'

나는 문득 이상한 기분이 들었다. 분명 처음 보는 사람일 텐데 어디선가 만난 것 같다는 느낌을 받았던 것이다.

여자 수련의가 천천히 이쪽을 돌아보았다.

"아아, 여기 있었네."

들어본 적이 있는 목소리였다.

수련의는 접힌 자국이 선명히 남은 새 가운을 입고 있었다. 소매를 걷고 있어서 새하얀 팔이 드러나 보였다.

"여전하네."

수련의가 하얀 이를 드러내며 웃더니 갑자기 수줍어했다. 내가 기억하는 것보다 조금 어른스러워진 얼굴로 나를 올려다보았다.

"이번 달부터 심혈관 외과에서 연수하게 된 수련의, 미나토 하루카야."

하루카는 장난스럽게 웃으며 내 눈을 들여다보았다.

"잘 부탁해. 시바 선생님."

나는 오랫동안 멍하니 서 있었다.

목소리가 나오지 않았다.

"왜 그래? 그렇게 이상한 표정을 짓고."

잠시 지나고서야 겨우 나는 힘을 빼며 히죽 웃었다.

"오랜만이야, 하루카."

"응."

하루카는 만면에 미소를 지었다.

옆에서는 다른 의사들이 뭐라 뭐라 떠들어댔다.

"야, 시바. 미나토 선생하고 아는 사이였어?"

"어떤 관계야?"

"이 자식, 방금 하루카라고 불렀지?"

"뭐? 우리 미나토 씨에게 감히……."

"아직 우리 과는 아니지만요."

하루카는 그런 남자들을 보며 어깨를 움츠리더니 내 얼굴을 올려다보았다. 그리고 자랑스럽게 가슴을 펴며 자기 명찰에 손을 얹었다.

'하바토 대학 의학부 부속 병원 의사 미나토 하루카'

틀림없이 그렇게 적혀 있었다.

"어때? 나, 의사가 됐어. 선생님."

"…그래."

그 미소를 보자 나는 태어나서 처음으로 이런 생각을 했다. 의사란 것도 의외로 나쁘지 않다고.

일본의 의료는 벼랑 끝에 서 있다.

하지만 다음 세대는 확실히 싹을 틔우고 있다. 미래의 의료 시스템을 짊어질 인재가 자라나고 있으니 마냥 비관할 수만은 없다.

한때 아주 어린 간호사들이 죽은 뒤에도 사람들의 목숨을 살렸던 것처럼. 평범하고 겁 많은 수련의가 몇 번이고, 몇 번이고 환자의 죽음에 맞서 싸웠던 것처럼.

언젠가 반드시,

그래도 의사는 되살아난다—.

그래도 그는 되살아난다

초판 인쇄 | 2025년 5월 12일
초판 발행 | 2025년 5월 20일

지 은 이 | 고도리 시키
옮 긴 이 | 김진환
펴 낸 이 | 서장혁
편 집 | 성유경
디 자 인 | 이새봄

펴 낸 곳 | 토마토출판사
주 소 | 서울시 마포구 양화로161 케이스퀘어 727호
T E L | 1544-5383
홈페이지 | www.tomato4u.com
E-mail | story@tomato4u.com
등 록 | 2012. 1. 11.
I S B N | 979-11-92603-79-7 (03830)